십자성-칠왕의 땅 10

허담 新무협 판타지 소설

초판 1쇄 찍은 날 § 2016년 7월 14일
초판 1쇄 펴낸 날 § 2016년 7월 21일

지은이 § 허담
펴낸이 § 서경석

편집책임 § 조현우
디자인 § 신현아

펴낸곳 § 도서출판 청어람
등록번호 § 제387-1999-000006호
등록일자 § 1999. 5. 31
어람번호 § 제2-2670호

주소 § 경기도 부천시 원미구 부일로 483번길 40 서경B/D 3F (우) 14640
전화 § 032-656-4452   팩스 § 032-656-4453
http://www.chungeoram.com
E-mail § chungeorambook@daum.net

ⓒ 허담, 2015

ISBN 979-11-04-90892-7 04810
ISBN 979-11-04-90503-2 (세트)

10
태양의 사막
十字星
십자성
칠왕의 땅
도서출판 청어람
허담 新무협 판타지 소설
FANTASTIC ORIENTAL HEROES

제1장 사막의 추격자들　7

제2장 사람을 팔려는 자(者), 하사람　37

제3장 다섯 무리의 흑상(黑商)　67

제4장 사구(砂丘)? 사구(死丘)!　97

제5장 추격은 끊이지 않는다　129

제6장 노인 타르두　159

제7장 돌 밀매업자와 물 위의 도적　189

그리고 오손의 전사들

제8장 운이 좋은 건가　219

제9장 제왕의 호수　251

제10장 오손과의 조우　281

제1장
사막의 추격자들

후우웅!

낮에는 달궈진 쇠처럼 뜨거운 사막이지만 해가 지면 기온이 급격하게 떨어진다.

기온의 변화가 시작되는 해질녘, 기온의 변화를 이기지 못하고 바람이 불기 시작했다. 그 바람을 타고 일어난 모래 구름이 사막 위로 떠올랐다.

하늘로 솟구친 모래들이 구름처럼 사막을 떠돌다가 내려앉은 곳에 새로운 모래언덕이 만들어지곤 했다.

그래서 사막을 여행하는 자는 어제의 지형을 머리에서 지워야 한다. 새로운 아침이 밝으면 여행자는 태양의 위치와 오랜 경험, 그리고 자신들이 지니고 있는 지도에 의지해 새로운 길을 정해야 하는 법이다.

오늘 저녁도 예외 없이 사막의 지형을 바꾸어 놓을 사풍이 강하게 일어났다.

불운하게도 이 시간은 사실 기온으로 보자면 여행하기에 가장 좋은 시간이었다. 뜨거운 태양의 열기가 사그라지는 시간이기 때문이었다.

그러나 이렇게 사풍이 불기 시작하면 그 누구도 여행을 계속할 수 없다. 사풍을 뚫고 움직이다가는 모래바람에 휩쓸려 일행과 흩어지거나, 꼼짝없이 모래 속에 파묻혀 죽을 수도 있었다.

그런데 그 모래바람을 뚫고 이동하는 자들이 있었다. 그들은 모래바람에 밀려 서로 흩어지지도 않았고, 그렇다고 길을 잃은 것 같지도 않았다.

오히려 모래바람을 타고 나는 듯이 사막을 이동하는 것처럼 보였다.

특이하게도 그들은 보통 사막을 여행하는 자들이 낙타를 이용하는 것과 달리 말을 타고 있었는데, 그들이 탄 말들 역시 모래바람을 전혀 무서워하는 것 같지 않았다.

후우웅!

강력한 사풍이 다시 한 번 일어났다. 그러자 말과 사람이 거의 떠밀리듯 한 번 큰 폭의 거리를 이동했다.

그렇게 사풍과 함께 사막을 이동하던 자들은 사풍이 잦아진 이후에야 멈췄다.

"살펴라!"

사풍이 사라지며 이동을 멈춘 자들 중 회색 망토를 걸친 자가 날카로운 목소리로 명령했다.

그러자 그를 따르는 자들 중 한 명이 앞으로 나오더니 들고 있던 검은색 나무통을 열었다.

스르륵!

나무통이 열리자 그 안에서 사막의 모래 빛과 비슷한 색을 지닌 뱀이 기어 나왔다.

뱀은 연신 혀를 내밀어 사방의 공기를 살폈는데 그런 뱀의 혀에 사내가 허름한 천 조각을 가져다 댔다. 그러자 뱀이 그 천 조각에 몇 번 혀를 대더니 이내 모래 위를 따라 움직이기 시작했다.

"찾은 듯합니다."

뱀을 풀어 놓은 사내가 회색 옷의 사내를 보며 말했다.

"좋아, 가자!"

회색 옷을 입은 사내가 만족한 듯 고개를 끄떡이자 그의 수하들이 일제히 말을 몰아 앞서가는 뱀을 따라 움직이기 시작했다.

*　　　　　*　　　　　*

적풍은 기이한 눈으로 설루와 적사몽을 바라보고 있었다. 구름 한 점 없는 사막의 밤하늘에는 별들이 보석처럼 박혀 있어서, 그 별빛만으로도 두 사람의 표정을 살펴보기에 충분했다.

하물며 그들 앞에는 작은 모닥불까지 있으니 눈 밝은 적풍의 눈에는 두 사람 모공까지 보일 정도였다.

마르칸이 남기고 죽은 낙타들 등에는 사막을 여행하기 위해 필요한 물건들이 여럿 있었는데, 그중에는 사막에서 땔감으로 쓰는 말린 동물의 배설물도 있어서 노숙하는 밤에는 이렇게 요긴하게 쓰이고 있었다.

"이상하지요?"

문득 몽금이 적풍 옆으로 다가앉으며 말했다.

적풍 역시 작은 체구는 아니지만, 몽금의 체격이 워낙 커서 적풍 옆에 큰 바위에 옮겨 온 것 같았다.

"뭐가 말인가?"

적풍이 무심하게 되물었다.

"주모님 말이에요."

"루가 왜?"

"본래 주모께서 아이들을 귀하게 여기기는 하지만, 그래도 저 아이에 대해선 무척 특별히 대하시는 것 같아요. 신곡의 아이들 중 저런 관심을 받은 아이는 없었는데, 마치 오래전부터 알아온⋯ 누가 보면 친 모자 관계로 알겠어요."

"죽을 지경에 처한 것을 보았으니 더 동정심이 생긴 모양이지."

"그렇겠죠? 그런데 기분이 이상해요. 동정심이라고 하기에는 좀……."

　사실 두 사람을 보며 적풍이 느끼는 기이함 역시 몽금이 말한 그것이었다. 그럼에도 몽금의 말을 굳이 부인한 것은 괜한 수다를 떨고 싶지 않았기 때문이지만, 그 역시 몽금과 같은 생각을 하고 있었다.

　'어릴 때 나와 같다고 하더니 그래서 그런가?'

　설루는 적사몽의 모습과 처지가 어릴 때 이골마족 사냥에 쫓기던 적풍과 비슷하다고 했었다.

　"주군, 한 가지 무례를 범해도 될까요?"

　"무례?"

　"묻고 싶은 것이 있는데 주군께서 기분 상하실까 두려워서……."

　"말해 봐."

　적풍이 선선히 몽금의 부탁을 들어줬다. 그러자 몽금이 다른 사람들의 귀에 들리지 않을 정도로 작게 말했다.

　"두 분께는 왜 아이가 없는 거죠?"

　너무 뜻밖의 질문에 적풍이 자신도 모르게 몽금을 돌아봤다. 그러자 몽금이 두려운 얼굴로 되물었다.

　"화나셨어요?"

　"…아니, 너무 뜻밖의 질문이라……."

　"답해주시지 않아도 돼요. 사실 무례한 질문이긴 한데 너무 궁금해서……."

　"그런데 나도 해줄 말이 없군. 대답해 주기 싫은 게 아니라 대답할 수가 없다는 뜻이야. 우리도 이유를 모르니까. 하지만 사실 뭐 없어도 상관없다고 생각하고 살고 있지. 아니 어떤 면에서는 없기를 바라기도 하고."

"아니 왜요?"

몽금이 커다란 체구에 어울리지 않게 동그랗게 눈을 뜨며 물었다.

"몰라서 묻나?"

적풍이 심드렁하게 대답했다.

"제가 어떻게 그 이율 알아요?"

"내가 누군지 알잖아?"

"······?"

몽금은 여전히 모르겠다는 표정이다. 그러자 적풍이 고개를 돌리며 말했다.

"난 전마 적황의 아들이야."

"그런데요?"

"우리 어머니는 마흔을 넘기지 못하셨지. 지금 루의 나이쯤 이셨을까?"

"설마 그 이유가 아버님, 아니 성주님 때문이라고 생각하시는 거예요?"

"언젠가 천의비문의 화수께서 그런 말을 하더군. 비문의 전대 문주가 아버지를 원망한 이유 중 하나는 어머니의 건강 때문이기도 했다고. 정확히는 나 때문이랄까. 아버지의 강한 기운을 이어받은 날 임신한 상태로 열 달을 버티면서 원기가 너무 많이 소모되었다는 거지."

"말도 안 돼요. 그럼 신혈족들과 인연을 맺은 모든 여인들은 전부 일찍 죽었어야죠. 하지만 신혈족과 인연을 맺은 여인들 중 아이를 낳고도 장수한 사람이 여럿 있어요."

"신혈이라고 같은 신혈은 아니니까. 모두들 조금씩 차이가 있다는 거 알잖아?"

"그렇긴 하지만 그래도… 아니 천의비문의 화수께서도 그리 생각하신다고 하던가요?"

"가능성이 아주 없는 것은 아니라고 하더군. 그래서… 조심스러웠지. 물론 설루는 그런 말들 신경 쓰지 않았지만. 어쨌든 정확한 이유는 몰라도 아이가 생기지 않았고, 그런 면에서 난 오히려 안도하고 있지."

"아이를 갖고 싶지 않으세요?"

"몽금, 그대가 십자성에 든 지 꽤 오래되었는데, 아직 날 잘 모르는군."

"예?"

몽금이 적풍의 말을 이해하지 못하겠는지 얼른 되물었다.

"난 혈연에 얽매이는 사람이 아니야. 나에겐 설루 하나면 족해. 사실 그 이상은… 오히려 거추장스러울 수도 있다고 생각했지. 내가 간혹 십자성의 주인은 결국 내가 아니라고 한 말 기억하나?"

"가끔 그런 말씀을 하시긴 했죠. 그런데 그게 진심이셨습니까? 신혈족들에게 십자성에 대한 충성심을 끌어내기 위해 하신 말씀이 아니라요?"

몽금이 놀란 듯 물었다.

"난 허언을 하는 사람이 아니야. 혈연으로 주인을 이어가는 십자성은 존재하지 않을 거야. 십자성은 혈연으로 이어가기에는 너무 독특한 집단 아닌가. 더군다나 혈육이라도 신혈의 힘이 단절되는 경우도 종종 있고. 아무튼 십자성은… 당대의 가장 강한 신혈족의 고수가 이끌어야 해. 그래야만 모두가 복종할 테니까. 이 피는 강자를 원하지."

"그래서 일부러 혈육을 두지 않으시겠다는 건가요?"

"그게 아니라 혈육에 대한 욕심이 없다는 뜻이지."

"주모께서는 조금 다르실 수도 있습니다."

몽금의 말에 적풍이 고개를 끄떡였다.

"음, 가끔 아이를 갖고 싶어 하는 기색이 보이긴 하더군. 하지만 난 그 누구보다 설루가 중요하니까. 지금이 좋아."

적풍이 담담하게 말했다.

"어려운 문제군요.'

"어려울 것이 전혀 없어. 그냥 이대로 살면 되니까."

"성주께선… 여자를 잘 모르시는군요."

"그게 무슨 말인가?"

"주모께 아이는 다른 의미일 수도 있다는 말이지요."

"그래도 둘 중 하나를 선택하라면 그녀의 목숨과는 어떤 것도 바꾸지 않겠어."

적풍이 단호하게 말했다. 그런 적풍을 보며 몽금이 가만히 고개를 저었다.

그런데 그때였다.

일행의 노숙지 외곽에서 주변을 경계하고 있던 이위령이 갑자기 바람처럼 달려와 적풍 앞에 섰다.

"무슨 일인가?"

긴장한 듯한 이위령의 모습에 적풍이 물었다.

"누군가 오고 있습니다."

"벌써?"

정말 뜻밖의 일이었다. 적풍 일행이 마르칸을 물리치고 사막의 우물가를 떠난 것이 겨우 닷새 전이다.

그 이후에는 마르칸의 낙타를 빼앗아 타고 밤낮 없이 이동했기 때문에 누군가 그들을 추격하는 자가 있어도 닷새 만에 따라잡힐 상황이 아니었다.

더군다나 이 쿰이라는 사막은 저녁마다 불어오는 사풍으로 인해 지형이 하루가 다르게 변하므로 적풍 일행을 추격해 온 자가 벌써 나타날 거라고는 일행 중 누구도 예상치 못했던 것이다.

"지나가는 여행객일 수도 있지요."

몽금이 말했다.

"하긴 그럴지도 모르겠군요."

이위령이 조금 안심이 되는 표정으로 말했다.

"그래도 준비는 한다. 모두 한곳에 모이고 낙타들을 신중하게 지킨다. 위령, 그대는 금화와 함께 루와 아이를 호위하고!"

"알겠습니다. 성주!"

이위령이 대답을 하고는 서둘러 설루와 적사몽 옆으로 다가
갔다.

갑작스러운 소란에 적사몽이 다시 불안에 떨었다. 그런 적사
몽의 손을 설루가 부드럽게 잡아 주었다.

푸스스!

말굽이 닿는 곳에서 모래가 폭포처럼 흘러내렸다. 모래언덕
위로 유령처럼 이십여 필의 말이 모습을 드러냈다. 말 위에는
한밤 사막의 냉기를 견디기 위해 두툼한 천으로 온몸을 감싼
자들이 섬광 같은 눈빛을 번뜩이고 있었다.

그중 한 사내가 손을 들어 멀리 모래언덕들 사이, 냉기를 막
을 수 있는 지형에 모닥불을 피우고 있는 적풍 일행을 가리켰
다. 그러자 그자 무리 중 우두머리로 보이는 자가 수하들을 돌
아보며 말했다.

"우리가 온 걸 아는 눈치지?"

"그렇습니다. 이미 진형을 구축한 듯합니다."

"기습은 어렵겠군."

우두머리의 눈가에 망설이는 듯한 기색이 보인다.

"숫자는 우리가 두 배 더 많습니다. 한 번에 밀어버리죠."

수하가 말했다.

"마르칸을 죽인 자다. 마르칸은 천인총 장군 출신이야. 그의
수하들 역시 하나같이 사나운 자들이었지. 그런 자들을 물리

쳤다면 조심해야 한다."

"하지만 시간을 끌다가는 다른 사냥꾼들이 올 겁니다."

"어쩐다?"

우두머리가 여전히 망설이는 듯한 표정을 지었다. 그러자 수하 중 하나가 조심스레 입을 열었다.

"거래를 한 번 해보면 어떨까요?"

"거래?"

우두머리가 되물었다.

"그렇습니다. 우리가 필요한 건 아이가 아닙니까? 아이를 넘기면 다른 자들은 해치지 않겠다고 하면……."

"아이를 지키기 위해 마르칸 일행과 싸운 자들이 그 제안에 응하겠느냐?"

"그것이… 사실 정확히 모르는 것 아닙니까? 저들이 마르칸과 싸운 것이 꼭 아이 때문은 아닐 수도 있습니다. 마르칸은 워낙 포악한 자라서 애초부터 불문곡직하고 저들을 공격했을 겁니다."

"음… 그렇기도 하군."

우두머리가 눈빛을 빛내며 고개를 끄덕였다.

"일단 말을 몰아 놈들을 포위한 후 넌지시 거래를 제안하면… 응할 겁니다. 사실 아이 녀석을 처음부터 데리고 있었던 것도 아니라지 않습니까?"

"그렇긴 하지. 손해날 일은 아니다. 거래가 틀어져도 기세를 보아 싸울지 말지 결정할 수 있으니까."

우두머리의 눈가에 미소가 지어졌다.

"요삭은 거둘까요?"

우두머리 앞에서 눈만 내놓은 수하가 물었다.

"놈들을 찾았으니 이젠 필요 없지."

우두머리가 대답했다.

"알겠습니다."

수하가 대답을 하고는 손가락을 입에 물고 가볍게 휘파람 소리를 냈다. 그러자 모래 속에서 한 마리의 뱀이 요기롭게 나타나 휘파람 소리를 내는 사내에게로 다가왔다.

뱀이 다가 오자 사내가 들고 있던 목함을 열었다. 휘파람 소리를 따라온 뱀이 망설이지 않고 목함으로 들어갔다.

"좋아. 비록 싸우지 않는다 해도 놈들에게 공포심을 심어줄 필요가 있다. 최대한 사납게 다룬다. 가자!"

우두머리가 명령을 내리고 나서 자신이 먼저 말을 몰아 모래 언덕을 거칠게 달려 내려가기 시작했다.

"오오옷!"

순간 그의 수하들이 기괴한 소리를 질러댔다. 그러고는 누가 먼저랄 것 없이 우두머리의 뒤를 따랐다.

깊은 침묵에 빠져 있던 사막의 밤이 말을 몰아오는 자들에 의해 갑자기 깨어났다.

두두두!

모래를 달리는데도 땅에서는 묵직한 소음이 일어났다. 습격자들을 태운 말들은 모래가 아니라 맨땅을 달리듯 날렵했다.

말들이 사막의 모래에 익숙하던지, 아니면 말발굽에 사막을 잘 달릴 수 있는 특별한 편자가 박힌 것이 분명했다.

사납게 모래사막을 달려 내려온 습격자들이 적풍 일행을 가운데 두고 둥글게 원을 그리며 말을 몰았다.

어두운 밤하늘로 뿌연 모래 구름이 솟구쳤다. 그 모습이 마치 초저녁에 일었던 사풍이 다시 일어나는 듯한 착각이 들게 했다.

그러나 그 와중에도 적풍과 십자성의 고수들을 동요하지 않고 이 갑작스러운 습격자들을 여유 있게 살피고 있었다.

사실 이런 싸움은 적풍에게 무척 익숙한 것이었다. 그가 어린 시절 한때 몸을 의탁했던 단웅족 역시 기마에 능한 유목족이었다. 단지 사는 곳이 이곳과는 다른 초지였다는 것이 다를 뿐이었다.

그래서 이런 식의 공세가 적풍에게 두려움을 줄 수는 없었다. 아니 애초에 십자성의 고수들에게 이런 식의 도발은 전혀 두려운 것이 아니었다.

십자성의 고수들은 하나같이 신혈의 힘을 바탕으로 한 무공을 수련한 사람들이어서 혹상 무리의 기세로 겁을 줄 수 있는 상대가 아니었던 것이다.

그래서 십자성의 고수들은 그저 날리는 모래바람을 손을 저어 막아내면서 적이 이 소란스러운 짓거리를 그만둘 때까지 기다리고 있을 뿐이었다.

한순간 적풍 일행을 포위하고 사납게 말을 몰던 자들 중 하나가 검을 쥔 손을 높이 들었다.

그러자 습격자들이 급히 말을 세워 질주를 멈췄다.

"히히힝!"

갑작스러운 정지에 말들이 저마다 투레질을 하며 비명을 질러댔다. 그런 말들을 습격자들이 능숙하게 진정시켰다.

그렇게 말들을 진정시키고 나자 무리들이 적풍 일행을 포위한 채 잠시 침묵을 지켰다. 아마도 적풍 일행의 반응을 살피는 듯싶었다.

그러다가 문득 습격자들의 우두머리인 듯한 자가 입을 열었다.

"마르칸을 죽였다더니 과연 배짱들이 두둑하구나."

역시 알아들을 수 있는 말이다. 그건 곧 이들 역시 칠왕의 땅과 인연이 있는 자들이란 뜻이다.

"마르칸이 죽은 건 알고 있구나."

단우하가 얼굴을 가린 채 대답했다. 단우하는 자신의 정체가 드러나는 것을 극도로 꺼려했다. 그의 정체가 드러나는 순간 적풍의 정체도 드러날 것이란 생각 때문이었다.

일단 적풍의 정체가 드러나면 칠왕의 세력은 물론 야심 있는 아바르의 성주들조차도 적풍의 길을 막으려 들 것이다.

그렇게 되면 제 때 적풍을 주군 적황에게 데려가는 것은 거의 불가능했다. 아니 도착하기도 전에 몰살당할 가능성이 훨씬 컸다. 그러니 단우하가 자신의 얼굴을 감추는 것은 당연한 일이었다.

"물론 알고 있다. 감히 쿰에서 흑상을 살해하다니… 그러고도 무사할 것이라 생각했느냐?"

습격자들의 우두머리가 날카롭게 추궁했다.

"흑상 따위가 감히 칠왕의 흉내를 내려는 것이냐? 쿰에 언제 주인이 있었더냐?"

단우하가 차갑게 대꾸했다.

그 기세가 너무 단호해서 습격자들의 우두머리가 한순간 말을 잃었다. 대신 그는 천을 꿰뚫고 단우하의 얼굴을 보려는 듯 날카롭게 단우하의 얼굴을 주시했다.

그러나 아무리 대단한 자라도 천으로 가린 얼굴 안쪽을 볼 수는 없다.

"그대의 말이 맞다. 태양의 사막, 쿰에는 주인이 없지. 그러나 적어도 야시가 열릴 때만큼은 주인이 있다. 바로 야시에 참가한 흑상들이 그 주인이지. 지금 야시에 온 모든 흑상들이 너희들을 쫓고 있다는 걸 아느냐?"

"생각보다 빨리 온 것은 좀 놀라울 뿐이다."

단우하가 담담하게 대답했다. 그런 태연함이 습격자들의 우두머리를 더욱 조심하게 만들었다. 그래서 그는 싸우는 대신 애초에 계획한 대로 거래를 하기로 결정했다.

"야시에 참가한 흑상들의 숫자가 수백이다. 그들이 모두 온다면 너희들은 뼈도 추릴 수 없을 것이다. 그래서 하는 말인데… 내가 살 길을 열어주려는데 어떠냐? 거래할 마음이 있느냐?"

"흑상 따위 수천에 몰려와도 두렵지 않지만 귀찮을 일을 피할 수 있다면 거래하는 것도 괜찮지. 그래 원하는 걸 말해 봐라."

단우하가 적선하듯 물었다. 그러자 말 위의 우두머리가 살기가 도는 눈으로 단우하를 노려보다가 나직하게 말했다.

"어린놈을 넘기면 너희들을 보내주마."

"어린놈?"

단우하가 되묻자 흑상의 우두머리가 시선을 돌려 적사몽을 바라봤다. 사내의 눈길을 받은 적사몽이 흠칫 놀라며 설루 뒤로 몸을 숨겼다.

"그건 어렵겠는데?"

이미 단우하는 절대 설루가 적사몽을 내주지 않을 것임을 알고 있었다. 설루가 내주지 않는다면 적풍이 적사몽을 지킬 것이다. 단우하로서는 이해할 수 없는 일이지만, 적풍은 설루에 대해서만큼은 거의 모든 것을 양보했다.

그의 아버지 적황과 비교해 가장 크게 차이가 나는 것이 바로 그 점이라고 할 수 있었다. 이 땅에서는 무황이라 불리는 적황은 단 한 번도 여인에 의해 자신의 의지를 바꾼 적이 없는 사람이었다.

그리고 그것이 신혈의 피 중에서도 가장 뜨겁다는 적씨 혈통이 지닌 사내들의 특징이기도 했다.

그런데 적풍은 아니었다. 아니 어쩌면 적풍 역시 여인들에게 휘둘릴 사람은 아닐지도 모른다. 그저 단지 설루라는 사람에게

만 보여주는 마음이라는 것이 더 정확했다.

그런 마당에 군이 자신이 나서서 적사몽을 두고 흑상과 흥정을 한다면 가뜩이나 자신을 못마땅해 하는 적풍에게 더욱 신뢰를 잃을 수 있었다. 지금은 자신이 나서서 싸우더라도 적사몽을 지킬 때였다.

"겨우 노예 놈 하나 때문에 모두의 목숨을 걸겠단 말인가?"

흑상의 우두머리가 빈정거리며 물었다.

"그런 너희들은 겨우 꼬마 한 명 때문에 아까운 목숨을 내놓겠단 거냐?"

단우하가 흑상의 우두머리의 말에 대꾸하기도 전에 십자성의 젊은 무사 와한이 앞으로 나서며 물었다.

"어린놈이 나설 자리가 아니다."

흑상의 우두머리가 갑자기 끼어든 와한을 보고 눈살을 찌푸리며 말했다.

단우하 역시 조금 불쾌한 눈빛을 보였다. 말로 구슬러 보낼 수 있으면 좋을 일을 와한이 나서서 싸움이 일어나게 생겼기 때문이었다.

그러나 적풍의 생각은 다른 듯했다. 그는 와한이 단우하를 대신해 나서는 것을 보고도 제지하지 않았다.

"물러나 있게. 이 일은 내가 처리하지."

단우하가 와한에게 말했다.

"그러지 말고 노사께서 양보해 주세요. 제가 상대하고 싶군요."

"어허, 왜 고집을 부리는가?"

단우하가 못마땅한 눈빛을 내보이면서 적풍을 바라봤다. 그러자 적풍이 의외의 말을 꺼냈다.

"와한에게 맡겨 보시오."

"소공자!"

단우하가 조금 놀란 표정으로 적풍을 불렀다.

"아마 말을 탄 자들이라 관심이 생긴 모양이오. 말을 다루는 일이라면 와한을 따라갈 사람이 없을 것이오."

"하지만 이건 말을 다루는 일이 아니라 사람을 다루는 일입니다."

"사람?"

적풍이 되물으며 흘깃 말 위에 올라 있는 흑상들을 바라봤다. 그러고는 나직하게 중얼거렸다.

"내 눈에는 말만 보이지 사람은 보이지 않는군."

순간 흑상 우두머리의 얼굴이 벌겋게 달아올랐다. 자신들을 사람 취급조차 하지 않는 적풍의 태도에 단단히 화가 난 모습이었다.

"이놈들… 번거로움이 싫어 살길을 열어주려 했거늘 감히 날 모욕하다니. 이 땅에서 나 포엽을 모욕하고 살아난 자가 없다는 걸 모르는구나."

"포엽이라. 아는 자요?"

적풍이 단우하에게 물었다. 그러자 단우하가 잠시 생각에 잠겼다 고개를 저었다.

"모르겠습니다."

"그대가 모를 이름이라면 마르칸이란 자보다도 못한 자가 아닌가?"

적풍이 심드렁하게 말하고는 걸음을 옮겨 설루와 적사몽이 있는 곳으로 다가갔다. 그리고 설루의 등 뒤에서 그녀를 호위하듯 서며 입을 열었다.

"밤이 짧아. 우린 곧 떠나야 한다. 그러니 모두 나서서 서둘러 정리하도록!"

적풍이 흑상들의 처리를 수하들에게 맡기고 뒤로 물러난 이유는 확실했다. 흑상 무리 중에 자신이 상대해야 할 자가 없기 때문이었다.

"성주께서 명하셨으니 넌 내가 상대해주마. 그 말(馬), 아주 맘에 들어."

와한이 말에 대한 욕심을 드러내며 흑상들의 우두머리에게 다가섰다.

"와한, 내가 맡으마!"

젊은 와한이 못미더운지 감문이 와한을 불러 세웠다. 그러자 와한이 고개를 돌려 감문을 보며 빙긋 미소를 지었다.

"걱정 마세요. 예전의 제가 아닙니다."

"이놈, 경적은(輕敵) 필패(必敗)라 했거늘!"

감문이 와한을 나무랐다.

그런데 그때 적풍이 다시 감문을 제지했다.

"놔둬. 어떻게 변했는지 나도 궁금하군. 마르칸이란 자를 상대할 때는 자세히 보지 못했어."

"하지만 성주!"

"됐어. 어쩌면 와한이 그대보다 강할지도 몰라."

"설마 그럴 리가요!"

감문이 동의할 수 없다는 듯 고개를 저었다.

"두고 보자고! 와한! 마음껏 싸워봐라!"

적풍이 와한을 보며 소리쳤다. 그러자 와한이 휘어진 월도를 들어 올리며 대답했다.

"감사합니다, 성주! 자, 놀아보자고!"

와한이 흑상 포엽을 향해 소리치며 땅을 박찼다.

순식간에 장내가 전운에 빠져들었다. 십자성의 고수들은 거침없이 흑상 포엽이 이끄는 무리들을 향해 달려들었다.

설루와 적사몽을 지키던 이위령까지도 싸움에 뛰어 들었다. 적풍이 지키고 있는 이상 두 사람 곁에 자신이 남아 있는 것은 쓸모없는 일이기 때문이었다.

땅을 박차고 오른 와한이 자신을 향해 날아오자 흑상 포엽도 검을 쳐들었다.

"애송이! 핫!"

포엽이 검을 듦과 동시에 말의 허리를 찼다. 그러자 놀란 말이 벼락처럼 와한이 다가오는 방향으로 내달렸다.

포엽이 몸을 왼쪽으로 살짝 기울였다. 말 위에서 자신을 향해 달려드는 와한을 상대하려 함이다.

본래 모든 싸움에서 높은 곳을 차지한 자가 유리하다. 그래서 이 싸움 역시 당연히 말을 탄 포엽에게 유리하게 느껴졌다.

그러나 두 사람이 격돌하는 순간, 그러한 싸움의 상식은 한순간에 깨져 버렸다.

두 개의 도검이 격돌하는 순간 갑자기 와한의 몸이 땅속으로 꺼지듯 푹 내려갔다.

웅!

포엽의 검이 맹렬하게 허공을 갈랐다.

촤아악!

포엽이 타고 있는 말 밑에서 모래 쓸리는 소리가 일어났다. 몸을 거의 땅에 뉘인 와한이 어느새 말의 뒷다리 쪽으로 미끄러져 가고 있었다.

그리고 말을 거의 스쳐 지나가는 찰나, 와한이 가볍게 손을 들어 말 다리를 슬쩍 밀었다.

정면으로 부딪혔다면 강력한 말 다리에 채여 팔이 부러져 나갔을 테지만 측면에서 쓰다듬듯 가볍게 말 다리를 만졌기에 와한에겐 가볍게 밀리는 것 말고는 어떤 충격도 없었다.

하지만 포엽이 타고 있는 말은 달랐다.

무서운 속도로 질주하던 중이었기에 말은 작은 방해만으로 한순간에 중심을 잃었다.

"히힝!"

포엽의 말이 다급히 신음을 터뜨리며 앞으로 고꾸라지듯 중심을 잃었다. 앞으로 기울어진 말이 팽이가 돌듯 빙그르 몸이 돌아가며 그대로 모래 위에 주저앉았다.

"헛!"

갑작스레 타고 있던 말이 주저앉자 포엽의 입에서 다급한 음성이 흘러나왔다.

포엽이 무너지는 말 위에서 급히 허공으로 솟구쳤다. 그런 그를 향해 기다렸다는 듯이 와한이 닥쳐들었다.

쐐액!

초승달처럼 휘어진 와한의 도가 섬뜩한 파공음을 일으키며 공중에 뜬 포엽을 다리를 잘라갔다. 그러자 포엽이 급히 검을 아래로 내리꽂으며 와한의 도를 막았다.

캉!

두 개의 도검이 격돌하며 불꽃을 일으켰다. 그 순간 와한이 두 손을 모아 도의 손잡이를 마주잡고 그대로 앞으로 내밀었다.

"헛!"

다시 포엽의 입에서 다급한 음성이 흘러나왔다. 마주한 와한의 도를 통해 밀려들어오는 힘이 그의 예상을 훨씬 뛰어넘었기 때문이었다.

나이에 어울리지 않는 강력한 힘, 도검을 맞대고도 흔들리지 않는 심기, 포엽은 자신이 상대를 잘못 만났다는 것을 단숨에 깨달았다. 흑상으로 살면서 자연스레 체득한 본능이 자신의 위기를 고스란히 말해주고 있었다.

포엽이 훌쩍 뒤로 물러나 재빨리 주위를 살폈다. 그리고 절

망했다.

곳곳에서 자신의 수하들이 쓰러져가고 있었다. 숫자는 두 배가 넘었지만 이 기이한 사냥감들은 도저히 자신들의 상대가 아니었던 것이다.

"빌어먹을!"

포엽의 입에서 자신도 모르게 욕설이 흘러나왔다.

애초에 싸울 생각이었던 것도 아니었다. 어르고 협박해 어린 놈만 받아내면 그뿐이었고, 그도 아니면 뒤로 물러나 다른 흑상들이 올 때까지 기다리는 것이 차선이었다.

그런데 이 빌어먹을 놈들이 자신의 계획을 깡그리 깨뜨리고 먼저 싸우자고 덤벼들어 수하들을 도륙하고 있는 것이다.

포엽의 동공이 빠르게 움직였다. 상황을 보고 다음 행보를 판단해야 하기 때문이었다.

그 와중에도 와한이 포엽을 향해 비릿한 미소를 지으며 다가오고 있었다. 살기 충만한 와한의 모습이 거친 흑상의 삶을 살아가는 포엽조차도 두렵게 만들어 순식간에 그의 몸이 경직됐다.

그 두려움이 빠른 판단을 내리는 것에 도움을 줬다.

팟!

포엽이 모래를 차고 올랐다. 그리고 북쪽 모래언덕을 향해 바람처럼 달리기 시작했다.

도주를 택한 것이다.

사막에서 물도 없이 도주하는 것은 죽음을 자초하는 일이지만 그에게도 믿는 바가 있었다.

이곳을 벗어나기만 하면 다른 흑상들의 추격대를 만날 수 있을 것이기에 사막에서 말라 죽을 걱정을 할 필요가 없었다.

"싱거운 작자군. 하지만 올 땐 마음대로 와도 갈 땐 그럴 수 없는 것이 세상의 이치지. 더군다나 추격자들에게 우릴 쫓는 자들의 운명이 어떻게 될지 알려줄 필요가 있거든. 그게 우리 고향에서 싸우는 방식이란 말이야."

와한이 혼잣말을 중얼거리면서 포엽이 타고 있다가 자신이 주저앉힌 말을 일으켰다.

"히힝!"

익숙하지 않은 사람의 손길에 말이 투레질을 하며 와한을 거부하는 듯한 행동을 보였다. 그러자 와한이 말의 갈기와 목덜미 사이를 쓰다듬으며 사람에게 말하듯 속삭였다.

"이제 내가 네 주인이다. 네놈이 처음부터 마음에 들었어. 그러니 반항하지 말거라. 그래봐야 너만 고생이야. 난 말을 아주 잘 다루거든!"

와한의 말을 알아들었을까. 잠시 거부의 의사를 보이던 말이 이내 고개를 숙이며 와한의 손길을 받아들였다. 그러자 와한이 훌쩍 말 등에 올라탔다.

"이제 네 주인이었던 자를 잡아보자. 하앗!"

와한이 외침과 함께 말이 화살처럼 모래 위를 질주하기 시작했다.

두두두!

와한이 바람처럼 말을 몰아 이미 제법 멀리 달아난 포엽을 추격했다. 말이 일으키는 뿌연 모래 먼지가 순식간에 와한과 말의 모습을 감춰 버렸다.

"괜찮을까?"

설루가 사막 위로 사라진 와한이 걱정이 되는 지 적풍을 돌아보며 물었다.

"음."

적풍이 말없이 고개를 끄덕였다.

"조금 놀랐어. 와한의 무공이 그렇게 까지 진보했을 거라고는 생각지 못했는데… 역시 교벽을 통과하며 생긴 변화 때문이겠지?"

설루가 다시 말했다.

"그렇기도 하고. 본래 자질이 뛰어난 녀석이었지."

"다른 아이들도 마찬가지잖아?"

설루가 흑상들을 상대로 매섭게 도검을 뿌려대고 있는 다른 두 명의 젊은 십자성 무사, 금화와 파간을 가리키며 말했다. 확실히 두 사람의 무공은 감문 등 다른 십자성의 고수들에 비해 특별해 보였다.

십자성을 떠나 교벽에 들기 전까지, 세 사람의 무공은 감문 등에 비해 한 수 아래에 있었다. 그들이 십자성의 후기지수들 중 가장 앞선 사람들이긴 했지만 말이다.

그런데 지금은 오히려 감문 등을 능가하는 것 같았다.

"뭔가를 얻은 건 확실하고."

적풍이 담담하게 대답했다.

"걱정은 덜었네. 저들 세 사람이 가장 걱정이었는데."

설루가 안도한 표정으로 말했다.

그사이 십자성의 고수들은 이십여 명에 달하던 흑상들을 거의 모두 전멸시키고 있었다.

십자성의 고수들이 살인을 즐기는 마인들은 아니지만 신혈의 피를 가진 사람들이어서 일단 싸움을 시작하면 적에 대해 조금의 동정심도 보이지 않았다.

그런데 갑자기 싸움의 혼란 속에서 적풍 등이 알아들을 수 없는 기이한 말을 처절하게 외치는 자가 나타났다.

"구와라! 구와라!"

이상한 말을 외치는 자는 흑상들의 무리에 포함되어 있던 자였는데, 이미 몸 여러 곳에 부상을 당해 피가 흥건하게 젖어 있었다.

얼굴을 가리고 있던 검은 천도 도검에 베어져 흩어지고, 그 덕에 어둠속에서도 확연하게 얼굴이 드러났는데, 생김새가 보통 사람들과는 조금 달랐다.

흑상치고는 너무 선하고 동그란 눈을 가지고 있었고, 앳돼 보이는 얼굴에 두 귀가 보통 사람보다 조금 더 큰 모습이었다.

머리는 세 갈래로 땋아 어깨 아래로 닿았는데 강호에서 만났다면 계집이 남장을 한 것으로 오해할 만했다.

"뭐라는 거야?"

칼을 버리고 두 손을 저으며 괴상한 말을 지껄이는 적을 보고 그와 싸우던 이위령이 황당한 표정으로 중얼거렸다.

"살려주게."

그때 어리둥절한 이위령 뒤로 단우하가 다가서며 말했다.

"뭐라는 겁니까?"

"흑수족의 말이네."

"흑수족이요?'

"음. 본래 칠왕의 땅에 살던 원주족인데 지금은 거의 멸종한 것으로 알려졌지. 칠왕의 땅을 떠나 오지로 도주한 일부가 살아 있다고 알려졌었는데 여기서 그 후인을 보게 되는군."

"그런데 왜 살려줘야 합니까?"

출신이야 상관없었다. 어쨌든 자신들을 추격해온 적이고 적이라면 살려둬야 할 이유가 없었다.

"쓸모가 많아."

"……?"

"이 땅에서, 특히 사막에서 길을 찾는데 아주 뛰어난 능력을 가지고 있네. 흑수족이 번성하던 시기, 이들은 천하인들의 길잡이로 명성이 높았네. 우리가 가는 길에 도움이 될 걸세. 칠왕족의 말을 아느냐?"

단우하가 괴상한 말을 지껄이던 사내에게 물었다. 그러자 사내가 급히 고개를 끄덕였다.

"어느 정도는……."

"살겠느냐?"

단우하가 다시 묻자 사내가 얼른 고개를 끄떡였다.

"좋아. 네 종족의 재주가 널 살렸다. 이름이 뭐냐?"

"파묵!"

"파묵! 이제부터 넌 우리 사람이다."

단우하가 말하자 흑수족의 사내가 그 자리에 엎드려 살려준 은혜에 대한 감사를 표시했다.

그때 갑자기 모래언덕 위에서 호기로운 외침소리가 들려왔다.

"오오옷!"

몽골 전사들이 초원을 질주할 때 질러대는 소리다.

사람들의 시선이 일제히 소리가 들린 쪽으로 향했다.

와한이 말 위에서 칼을 휘두르며 모래언덕을 달려 내려왔다. 그의 손에는 흑삼 포엽이 머리에 두르고 있던 검은 천이 휘날리고 있었다.

제2장
사람을 팔려는 자(者), 하사랍

여행은 한결 수월해졌다. 흑상들의 추격에 대한 걱정도 한
시름 놓게 되었다. 그 모든 것이 투항한 흑수족 청년 파묵으로
인해 비롯됐다. ㆍ

파묵은 놀라운 재주를 쉬지 않고 드러냈다.

사막의 길을 찾을 수 있는 길들인 뱀, 요삭을 부리는 재주는
그가 가지고 있는 재주의 일부에 지나지 않았다.

그는 육감으로 바람을 읽었다. 그래서 사풍이 불 시기도 정
확하게 예측했다.

그가 가진 재주 중에서 가장 유용한 재주는 메마른 사막에
서 귀신처럼 지하수가 흐르는 지점을 찾아낸다는 것이었다.

지하수가 흐르는 지점을 찾을 때, 파묵은 요삭을 동원하기

도 했지만 그 스스로 육체와 마음의 문을 열고 대지와 감응하는 것처럼 보이기도 했다.

그래서 그가 어김없이 얕은 지면을 흐르는 지하수를 찾아 일행에게 물을 공급할 때면 사람들은 그를 길잡이가 아닌 신과 교통하는 무당이 아닌가 생각하곤 했다.

"전 술사가 아닙니다."

세 번째 지하수를 찾아냈을 때, 이위령이 신내림 받은 무당이 아니냐고 물었을 때 파묵이 억울한 말투로 대답한 말이다.

그리고 그는 자신이 사막에서 길을 찾고 지하수를 찾아내는 것은 신령스러운 영감 때문이 아니라 그저 자신이 가지고 있는 기술 때문이라는 것을 명확히 했다.

어찌 보면 지나칠 정도로 그 사실을 강조했는데, 그런 그의 태도를 의아해 하는 일행에게 단우하가 그 이유를 설명해줬다.

"흑수족의 이 탁월한 능력은 칠왕의 시대 이전에는 그들 종족을 이 땅에서 크게 번성하게 하는 큰 힘이 되었지만, 칠왕의 시대에는 종족이 몰살당하는 이유가 됐기 때문이라네. 칠왕의 시대에 그들은 요사스러운 사술을 부리는 자들로 매도됐네. 물론 그들을 공격하기 위한 핑계에 불과했지만 말이네. 그래서 지금도 살아남은 흑수족 사람들은 대부분 자신의 능력을 숨기고 사람들 눈에 띄지 않는 곳에서 숨어 살아가고 있지."

"왜 그들을 몰살했습니까? 칠왕에게도 무척 유용한 사람들이었을 텐데요?"

단우하의 설명을 듣고 감문이 되물었다.

"공격할 때는 유용하지만 공격당할 때는 무척 위험한 자들이기 때문이네."

"그들이 칠왕을 공격할 수도 있었다는 겁니까? 그렇게 세력이 강했나요?"

"그건 아니네. 단지 칠왕을 공격하려는 자들의 길잡이가 되어줄 수는 있었네. 사실… 그 일이 정말 일어나기도 했고. 칠왕이 이 땅의 주인이 된 후 본래 이곳의 주인을 자처하던 자들, 칠왕의 후예들은 그들을 야수족이라 부르는데, 스스로는 원주족이라 칭하지. 그 원주족들은 보통 사람은 생존하기 어려운 먼 변방으로 도주했네. 아직 사람이 여행해 보지 못한 땅으로 말이네. 지금도 그들에게 칠왕의 땅은 반드시 되찾아야 할 땅이지. 그래서 그들은 칠왕의 역사가 시작된 이후 수시로 칠왕의 땅을 침범했네. 그중 몇 번은 칠왕의 땅 깊숙한 곳까지 침범한 적이 있는데 당시 야수족의 길잡이를 했던 자들 중 흑수족의 일부가 있었네. 그래서 이 땅에서 흑수족은 사이한 종족으로 배척받기 시작했지."

단우하의 설명에 일행은 흑수족의 비극적인 운명에 때문에 우울한 표정으로 파묵을 바라봤다.

그러나 파묵은 마치 단우하의 이야기가 자신과는 관련이 없다는 듯 자신이 발견한 지하수 위의 모래를 파내어 우물을 만드는 일에 집중하고 있었다.

파묵이 발견한 우물을 중심으로 사막 위에 다시 숙영지가 꾸려졌다.

일행의 식사는 제법 풍성했다. 마르칸 무리에게서 얻은 물건들과 흑상 포엽이 가지고 있던 물건들을 모두 얻었기 때문이었다.

잠자리도 아늑했다.

그래서 이 쿰이라고 불리는 죽음의 사막에서 일행은 사막 밤하늘의 아름다움을 음미할 여유까지 갖게 되었던 것이다.

그러나 그런 적풍 일행의 여유와 달리 단우하는 여전히 근심 어린 표정으로 가끔 그들이 지나온 사막 서북쪽을 응시하곤 했다. 그리고 그런 그의 행동이 적풍의 눈에 들어오지 않을 리 없었다.

"뭐가 그리 걱정이오?"

적풍이 모닥불을 건너편 얼굴에 비친 불빛으로 붉게 보이는 단우하를 보며 물었다.

"걱정하는 바는 하나지요."

"추격자들 말이오?"

"그렇습니다."

"지금도 그들을 걱정해야 하오?"

파묵을 얻은 이후 일행은 여유 있게 여행하면서도 그전보다 배는 빠르게 사막을 횡단하고 있었다. 그래서 이대로라면 단우하가 처음 사막을 횡단하는 시간으로 예상했던 것보다 훨씬 빠르게 사막의 끝을 볼 수 있을 것이란 생각들을 하고 있었다.

이런 여행 속도는 일행에게 추격자들에 대한 걱정을 덜게 했

다. 아무리 흑상들이 사막의 지리에 밝다 해도 파묵의 안내를
받고 있는 자신들을 따라잡지는 못할 거라 생각한 것이다.

그래서 적풍의 의문은 당연한 것이었다. 사람들의 관심도 단
우하의 대답에 모여졌다. 그들 역시 추격자를 걱정하는 단우하
의 태도가 의외였던 것이다.

"걱정해야 합니다."

"이유는? 우리가 늦다는 것이오?"

"아닙니다. 우리 여행 속도는 무척 빠른 편이지요. 하지만 야
시에 모인 흑상들이 그들의 전부가 아닙니다. 사막에 들어가
야시에 참여하는 자들은 일부분이고, 나머지 무리들은 사막
곳곳에서 동료들을 기다리지요. 그리고 양쪽의 소식은 무림과
마찬가지로 새를 이용해 전해집니다. 그러니……."

"앞을 막을 수도 있다는 것이오?"

"그렇습니다."

"그런데 왜 그대는 앞이 아니라 지나온 곳을 보는 것이오?"

적풍이 다시 의문을 드러냈다.

"앞을 막는 자들 걱정은 나타나면 하면 되지요. 그러나 앞을
막는 자들 말고 추격해 오는 자들이 우릴 따라잡을 가능성이
있습니다. 그들 중에도… 흑수족 혹은 그에 못지않은 길잡이들
이 있을 테니까요."

그러자 적풍이 금세 고개를 끄떡였다.

"그렇군. 흑수족이 저 친구 하나뿐이 아닐 테니까."

적풍이 숙영지 외진 곳에 홀로 앉아 있는 파묵을 보며 말했다.

"그리고 이번에는 결코 하나의 무리가 단독으로 오지는 않을 겁니다. 이미 마르칸과 포엽, 두 흑상 무리가 우리에게 당했으니까요."

"위험할 수도 있겠군."

적풍이 순순히 단우하의 우려를 인정했다. 그러나 그의 태도를 보면 단우하처럼 크게 걱정을 하는 것 같지는 않았다.

"좀 더 속도를 높이는 것이 어떨까요?"

단우하가 물었다.

"다른 방법도 있소."

"……?"

"오면 싸우는 것과 길의 방향을 트는 것. 이봐!"

적풍이 파묵을 불렀다. 그러자 파묵이 잔뜩 겁먹은 표정으로 적풍에게 다가왔다.

"칠왕의 땅에 대해 잘 알지?"

적풍이 물었다. 그러자 파묵이 망설이며 단우하의 눈치를 봤다.

파묵은 적풍 일행에게 항복한 이후 줄곧 적풍보다는 단우하의 눈치를 보고 있었다.

그가 생각에 비록 적풍이 일행의 우두머리라 해도 실질적으로 일행의 여행을 주도하고 있는 것은 단우하인 듯 보이기 때문이었다.

그리고 단우하는 칠왕의 땅에 사는 자가 분명했다. 그런 인물이 있는 곳에서 흑수족이 멸족당한 이유, 칠왕의 땅에 대한 지식을 자랑하기에는 불안한 파묵이었다.

그러나 파묵의 생각은 잘못된 것이었다. 그는 단우하를 걱정하는 것보다 훨씬 더 많이 적풍을 걱정해야 했다.

삭!

한 순간 파묵의 가슴 어림에 미세한 공기의 흐름이 일어났다 사라졌다. 파묵은 자신에게 무슨 일이 일어났는지 모른 채 시원한 바람이 밀려드는 가슴을 내려다 봤다.

"헉!"

파묵의 입에서 비명이 터져 나왔다.

날카롭게 베어져 열린 옷자락, 그 안쪽으로 가슴이 훤히 드러나 있었고, 그 가슴에서 실처럼 가는 핏빛 선혈이 배어나고 있었다.

"그걸로 죽지는 않는다. 하지만 다시 한 번 내 질문에 대답을 망설이면 그땐 죽을 거야."

적풍의 담담한 말투가 오히려 파묵을 소름 끼치게 했다.

"사, 살려주십시오."

파묵이 어눌하지만 다급한 마음이 드러나는 말투로 소리치며 그 자리에 무릎을 꿇고 엎드렸다.

"칠왕의 땅에 대해서도 잘 알고 있지?"

적풍이 다시 물었다.

"예, 어느 만큼은……."

파묵이 기다리지 않고 대답했다. 그는 이제야 이 무뚝뚝하면서 한편으로는 도도해 보이는 사내가 얼마나 무서운 인물인지 실감한 것이다.

그 두려움으로 인해 본능이 이성에 앞서 반응하고 있었다.

"여기서 무황이 있다는 검은 사자들의 성에 이르는 길이 몇 개나 있느냐?"

적풍이 물었다. 순간 우려스러운 눈으로 두 사람을 바라보고 있던 단우하의 눈동자가 흔들렸다.

그러면서 그가 급히 두 사람의 대화에 관여하려는 순간 이미 파묵의 입이 열렸다.

"길이야 수백 개라도 만들 수 있습니다. 하지만 크게 나누면 다섯 갈래 정도의 길이 있다고 할 수 있습니다."

"다섯 갈래라. 생각보다 많군."

적풍이 대답했다.

그러자 단우하가 기다렸다는 듯이 입을 열었다.

"소공자님 길에 대해선 이미 제가 설명을 드렸는데 어찌……?"

"그래도 이자가 흑수족이라고 하니 그대가 모르는 길을 알 수도 있을 것 같아서 말이오. 그리고 벌써 다른 대답이 나오잖아? 다섯 갈래라면 그대가 말한 것에 비해 두어 개가 더 많지 않소?"

"저로서는 가장 중요한 길을 추려 말씀드렸기에……."

단우하가 변명하듯 말했다.

"탓하는 게 아니오. 그저 다른 길에 대해서도 들어보려는 거지. 파묵!"

적풍이 다시 파묵을 불렀다,

"예, 예."

파묵이 연신 고개를 조아리며 대답했다.

"그 다섯 개의 길 중 가장 안전한 길은 뭐냐?"

"그야 당연히 사막 남쪽으로 이동해 바다에 이르러 배를 타고 가는 것입니다. 그 길이 가장 안전합니다."

파묵이 대답했다.

"바닷길이 위험하지 않느냐?"

"몇몇 곳에 위험한 암초 지대가 있고. 바다 괴물들을 있기는 하지만 좋은 배를 구할 수만 있다면……."

"배를 구할 방법은?"

"쿰 아래쪽 바다에는 배를 구할 만한 포구가 드문긴 합니다만. 몇몇 작은 마을이나 해적들과 거래를 할 수는 있지요."

파묵이 대답했다.

"좋아. 그럼 제일 위험한 길은……?"

"그건 이대로 동진해서 검은 사자들의 성까지 직진하는 길과 세 어머니의 호수 남쪽 숲을 여행하는 길입니다. 직진하는 길은 석림을 통과해야 하는데 석림은 대대로 외부인들이 한 번 들어가면 헤어 나오지 못할 기이한 환영의 가득한 곳이지요. 또 세 어머니의 호수 남쪽 길은 거대한 산맥으로 갈라져 있지만 그 남측에 천인총이 있습니다. 천인총은……."

파묵이 생각만 해도 두렵다는 듯 몸을 떨었다. 이 땅의 사람들이 천인총을 얼마나 두려워하는지는 파묵의 반응만 보아도 알 수 있었다.

파묵의 말이 끝나자 적풍이 단우하를 돌아봤다. 그리고 아무런 감정이 느껴지지 않은 목소리로 말했다.

"그대는 가장 위험한 길 중 하나를 택했구려. 바닷길이 위험하다는 것도 틀린 말인 것 같고. 이자의 설명을 들으면 그대는 석림을 통과하는 길을 택한 것 같은데……."

"소공자……."

단우하가 치부를 들킨 것처럼 당황한 표정으로 입을 열었다.

"이유는?"

적풍이 단우하에게 화를 내는 대신 그 이유를 물었다.

"그건… 시간 때문이었습니다."

단우하가 두려운 얼굴로 대답했다.

"시간?"

"그렇습니다. 말씀드렸듯이 소공자께서 제때 도착하지 않으실 경우 주군께서 다른 선택을 하셔야 하기에… 아마 이미 진행되고 있을 겁니다. 그런데 주군의 새로운 선택은 성공과 실패의 가능성이 거의 반반… 설혹 성공한다 해도 주군께선 크게 원기를 훼손하실 겁니다. 그러면……."

"그대의 선택이 틀린 것은 아니오."

적풍이 고개를 끄떡였다.

"동의해 주시는 겁니까?"

단우하가 반색하며 되물었다.

"오해했군. 난 단지 그대의 선택을 비난하지 않겠다는 뜻이오.

그대는 자신의 주군을 위해 최선의 선택을 한 것이니까. 하지만 나는 다르지. 나로선 내 사람들을 위해 최선의 선택을 해야지 않겠소?"

"소공자······."

단우하가 불안한 눈으로 적풍을 응시했다.

하지만 적풍은 미련 없이 단우하에게서 시선을 돌렸다. 대신 여전히 고개를 들지 못하는 파묵에게 물었다.

"너라면 어떤 길을 택하겠느냐? 추격자가 있고, 가능한 빠른 시간에 검은 사자의 성에 도착해야 한다. 최대한 방해를 받지 않고 갈 수 있는 길을 택하라면 말이다."

"저라면······."

파묵이 말꼬리를 흐렸다. 아무래도 단우하의 눈치가 보이는 모양이었다. 그러자 적풍이 단호하게 말했다.

"파묵, 이제부터 넌 내 사람이다. 내가 허락지 않는 한 그 누구도 네 목숨을 건드릴 수 없다."

적풍의 말에 파묵이 감격한 표정으로 말했다.

"정말 절 지켜주실 겁니까?"

"난 내 사람을 다른 사람에게 내주지 않는다."

"감사합니다. 성··· 주!"

파묵은 적풍을 따르는 십자성의 무사들을 그를 성주라고 부르는 것을 들었기 때문에 어색하지만 그 자신도 적풍을 성주라고 불렀다.

"파묵, 이젠 다른 사람의 일이 아닌 네 일이다. 어느 길이 가장 안전하며 빠른가?"

적풍이 다시 물었다. 그러자 파묵이 더 이상 단우하의 눈치를 보지 않고 대답했다.

"말씀드렸지만 빠르기로는 지금 이 방향이 가장 빠릅니다. 단지 석림의 환영을 지나는 것이 너무 위험하기에 저라면 이 길을 택하지 않겠습니다."

"그럼 어디로 가겠는가?"

"시간이 충분한 여행이라면 당연히 남쪽 바다로 가겠지만 그건 일 년이 넘게 걸릴 수도 있으니 역시 세 어머니의 호수를 건너겠습니다. 남쪽 숲은 천인총의 위험이 있으니 배를 타고 호수를 건너는 길이 가장 좋을 겁니다."

"그 호수의 위험을 모르느냐?"

단우하가 눈을 부라리며 소리쳤다.

"왜 모르겠습니까? 하지만 석림보다는 낫지 않습니까? 더군다나 어느 정도 위험을 감수하고라도 시간을 단축해야 한다면 역시 세 어머니의 호수에서 배를 타고 이동하는 방법이 가장 좋을 겁니다."

"좋아. 튼튼한 배를 구해 호수의 거친 물살과 곳곳에 숨어있는 수적들을 막을 수 있다고 치자. 하지만 오손의 성에 억류될 가능성은 생각지 않느냐? 호수 위에서 오손의 전선을 만나면 도저히 빠져나갈 수 없을 것이다. 그 길은 석림에 비해 결코 수월치 않은 길이다."

"오손의 전사들을 만나면 그렇겠지요. 하지만 그들을 만나지 않을 수 있다면 시간을 줄일 수 있을 겁니다."

이상하게도 길에 관한 이야기가 나오자 파묵은 지금까지와 달리 당당하게 단우하와 언쟁했다.

그것이 적풍이 그를 자신의 사람으로 인정했기 했기 때문만은 아닌 것 같았다. 세상의 길을 두고 논쟁하는 데 있어서는 흑수족으로서의 자존심을 굽힐 생각이 없는 파묵이었다.

"그들을 어떻게 피할 수 있단 말이냐? 특히 두 번째 호수에선 절대 그들의 피할 수 없다."

단우하도 파묵의 당당함에 그를 추궁하기 보다는 논리적인 대답을 요구했다.

"그 길은 제가 찾아내지요."

파묵이 자신있게 말했다.

"설마 이미 알고 있는 길이 있다는 건가?"

"적어도 석림보다는 안전한 길일 겁니다."

파묵이 장담했다.

그러자 적풍이 물었다.

"그래서 얼마 만에 도착할 수 있나?"

"석림으로 가는 것보다 한 달 정도 더 걸릴 겁니다. 물론 늘어난 시간 대부분은 이 사막 쿰에서 어머니의 호수에 이르는 길 때문인데, 대신 그 길로 가면 좋은 점도 있습니다."

"뭔가?"

"추격자의 열 중 일곱은 떨어져 나갈 겁니다. 아무리 흑상들이라 해도 한 달 이상 늘어난 사막 여행을 감당하긴 쉽지 않으니까요. 반면 우리 쪽은 사람 수에 비해 말과 낙타 그리고 식량도 충분합니다. 물을 찾는 거야 제 일이고……."

"좋아. 그렇게 한다. 이제부터 파묵 그대가 여정을 이끈다."

"믿어주시면 반드시 해내겠습니다."

파묵이 자신 있게 대답했다.

"그를 믿으십니까?"

다시 여행이 시작되었을 때 단우하가 조심스럽게 적풍에게 물었다.

"믿소."

"그는… 우리와는 다른 피가 흐르는 자입니다."

단우하가 앞서서 일행을 이끌고 있는 파묵을 보며 말했다.

"인간이 아니라고 말하고 싶은 거요?"

적풍이 무심하게 물었다.

"인간이 아니라고는 말할 수 없지요. 두 발로 걷고 말하고 비슷한 음식을 먹고……."

"그럼 인간이오. 난 피로서 사람을 구분 짓지 않소. 그런 일은 우리 신혈족이 무림에서 당한 일로 충분하오. 이곳에서도 그리 당하면 살지 않았소? 설마 그런 과거를 겪고도 그게 비열한 짓이라는 걸 모르오?"

적풍이 힐난하듯 말했다.

그의 눈에는 적의까지 드러났다. 그러자 단우하가 자신의 실수를 깨닫고 급히 사과했다.

"불편하셨다면 죄송합니다. 다만 저로선 만약의 경우도 생각을 해줘야 한다는 생각으로……."

"지금 나에겐 파묵이 그대보다 더 신뢰할 수 있는 사람이오."

"소공자!"

단우하가 억울한 얼굴로 적풍을 바라봤다.

"당신은 내게 목적을 가지고 온 사람이오. 그 목적이란 것이 내 아버지의 목적이라 해도 상관없소. 거기에 당신은 그대의 주군에게 영혼을 바친 사람이지. 그 말은 그대의 목적을 위해 언제가 내가 죽어야 한다면 날 죽일 수도 있다는 뜻이오. 아니오?"

"어떻게 그럴 수 있겠습니까? 절대 그럴 일 없습니다."

단우하가 강하게 고개를 저으며 부인했다.

"글쎄… 그건 두고 봅시다. 어쨌든 그대는 목적을 위해 나에게 온 사람이고, 파묵은 살기 위해 날 선택한 사람이니 파묵을 더 믿는다는 것이오. 며칠 되지 않았지만 파묵은… 길만 잘 보는 것이 아니라 사람도 잘 보는 것 같소."

"무슨 말씀이십니까?"

"내가 어떤 경우에도 자신을 버리지 않을 것이란 걸 알고 있다는 뜻이오. 그래서 그 자신도 나를 배신하지 않을 생각을 하지 않을 거요. 그게 안 보이시오?"

"사람의 마음이란… 음!"

단우하가 적풍의 말을 반박하려다 말고 입을 닫았다. 사람의 마음을 믿지 말라고 말하려면 그 자신 역시 믿을 수 없는 사람이 되기 때문이었다.

"난 내 직감을 믿소. 이 땅에서 처음 얻은 사람이 파묵인 걸 보면 이곳이 내게 그리 운이 나쁜 곳은 아닐지도 모른다는 생각까지 드는구려."

"그리 생각하셨다면 다행입니다만……."

단우하가 말꼬리를 흐렸다.

그러나 그 자신보다 이족인 파묵을 더 신뢰하는 적풍에 대해서 서운한 감정을 감추지는 않았다.

*　　　　　*　　　　　*

바람이 사자처럼 일어나 북쪽으로 불어왔다.

사막임에도 불구하고 티끌하나 묻지 않은 검은 옷을 입고 있던 사내가 모래바람에 옷이 더럽혀질 것을 걱정했는지 등 뒤로 흘러내린 망토를 끌어와 온몸을 감쌌다.

후우웅!

그사이 바람이 사내의 일행을 휘감고 지나갔다. 푸석한 모래 흙이 사내의 망토에 싸락눈처럼 싸였다.

"제길!"

사내가 망토에 붙은 모래를 털어내며 욕설을 내뱉었다.

"어찌할까요?"

그의 곁에 있던 수하 한 명이 물었다. 수하의 얼굴에 피곤함과 두려움이 함께 서려 있었다.

"어떡하긴, 쫓아야지."

"하지만… 너무 위험한 길입니다."

"그렇다 한들 그 꼬마를 두고 갈 수는 없다. 꼬마를 데려가지 못하면 우린 다 죽은 목숨이야. 카르의 무서움을 모르냐? 또한 십면불 그자의 독랄함을 알지 않느냐?"

"돌아가지 않으면 되지 않습니까?"

"여기서 살자고?"

"돌아가면 상주님 말씀대로 죽을 지도 모르는데……"

"흐흐흐, 그래서 이 척박한 땅에서 살자는 거냐? 야만족처럼?"

"변방에도 쓸 만한 성이나 마을이 제법 있지요."

"그럴 수 없다. 나 하사랍의 꿈을 알고 있지 않느냐?"

"영원히 변방에 살자는 것은 아닙니다. 어차피 칠왕의 땅에는 조만간 큰 바람이 불겁니다. 특히 아바르는 더하지요. 무황이 위험한 도박을 시작하지 않았습니까?"

"그래서 더더욱 지금 그곳에 있어야 한다는 거다. 전쟁이 벌어지면 상인들도 또 다른 전쟁을 함께 치른다. 그 싸움에서 승리한 자가 이 세계의 상권을 장악하는 거지. 사람들은 칠왕이 이 세계의 주인이라고 하지만 난 그렇게 생각지 않는다. 칠왕이 나타나기 전이나 후나 세상을 움직이는 것은 결국 상인이야. 난 그 상계의 왕이 돼야겠어. 그러자면 반드시 칠왕의 땅으로 돌아가야 한다. 어린놈을 데리고."

"그러나……."

수하가 모래바람이 휩쓸고 간 뒤 마치 호수에 물결이 이는 것처럼 켜켜이 쌓인 모래 물결을 바라보며 말꼬리를 흐렸다.

"걱정 마라. 죽지는 않을 테니. 사하(沙河) 따위가 날 막을 수는 없어."

하사랍이라 스스로를 밝힌 사내가 다부진 표정으로 말했다.

"문제는 사하가 즐비한 쿰 남쪽 사막을 여행할 흑상들이 많지 않다는 겁니다. 아무리 현상금을 많이 걸었다고 해도……."

"황금을 백 툭 더 올린다."

"상주! 너무 지나칩니다. 놈을 잡아 아바르의 이후(二侯)에게 데려간다 해도 황금 이백 툭을 받을 수는 없습니다."

"놈의 가치는 황금으로 논할 수 없다. 녀석을 데려가는 순간 난 아바르의 영주 중 한 명을 손에 넣을 수 있어. 그러니 황금 이백 툭 따위는 언제든 투자할 수 있다."

흑상 하사랍은 전혀 물러날 기미를 보이지 않았다. 그러자 그의 수하가 결국 수긍했다.

"알겠습니다. 흑상들에게 전하지요. 하지만 그래도 함께 움직일 자들은 많지 않을 겁니다."

"그리 많지 않아도 돼. 우리 대신 놈들과 싸워주며 시간을 벌 정도면… 생각보다 강한 놈들임이 확실하니 칼 받이 없이 갈 수는 없는 일이다."

"그렇긴 하지요."

"적랑들을 불러. 끝은 그들이 내게 한다."

"그들을요?"

수하가 놀란 표정으로 되물었다.

"지금은 힘을 아낄 때가 아니다."

"알겠습니다. 칠왕의 땅 경계에 머물고 있으니 사선으로 길을 잡으면 쿰 남쪽에서 만나게 될 겁니다."

"최대한 빠르게 움직이라고 해."

"알겠습니다."

수하가 고개를 숙여 대답했다.

그때 물결 모양의 모래 앞에서 뭔가를 분주히 준비하고 있던 사하랍의 수하 중 하나가 다가왔다.

"준비가 끝났습니다."

"좋아. 그럼 가자."

흑상 사하랍이 고개를 끄떡였다. 사하랍이 걸음을 옮겨 사막 앞에 서 있는 낙타들 쪽으로 이동했다.

낙타들은 하나같이 등 쪽에 긴 썰매 같은 것을 매달고 있었다. 그렇다고 제대로 만들어진 썰매는 아니었다. 급조한 듯 두 개의 나무를 낙타등에 고정시켜 꼬리처럼 뒤로 빼고, 양쪽 나무에 가죽 천을 단단하게 이어 묶어 모래에 끌리게 만든 썰매였다.

몇 개의 썰매에는 낙타 등에 올렸던 짐들이 실려 있었고, 또 몇 개의 썰매에는 아무런 짐도 실려 있지 않았다.

사하랍은 그중 하나의 썰매에 올라탔다. 그러자 썰매를 매단 낙타의 고삐를 잡고 있던 수하가 낙타를 끌기 시작했다.

낙타는 두려운 듯 잠시 사하 입구에서 망설였지만, 사람의 강압을 이기지 못하고 결국 모래 속으로 발을 디뎠다.

사막의 사하는 늪과 같아서 자칫하다가는 사람과 짐승이 모두 모래 속으로 빠져들게 마련이지만, 혹상 사하랍의 수하들이 끌고 있는 낙타들은 뒤에 매단 썰매 때문인지 모래에 그리 깊게 빠지지 않고 느리지만 사하를 따라 이동하기 시작했다.

*   *   *

사람들이 지쳐갔다.

파묵의 놀라운 재주로 물은 언제나 공급되었고, 먹을 양식도 충분했지만 사람은 물과 양식만으로 사는 존재가 아니었다.

끝없이 이어진 모래의 지평선, 하늘과 땅의 경계조차 모호한 그 끝없는 사막이 감옥에 갇힌 듯 사람들을 답답하게 만들었다.

몸은 사방천지로 펼쳐진 열린 공간에 있었지만, 정신은 창살로 막힌 한 평 감옥에 있는 것 같은 느낌이었다.

그래서 사막을 여행하는 자들에게 가장 위험한 것은 갈증도 굶주림도 아닌 정신적 공황이라 하는 모양이었다.

그 공황 상태에서 환각이 일어나기 시작하면 결국 길을 잃고 끝없이 사막을 맴돌다 죽고 마는 것이다.

이미 사막 쿰을 여행한 것이 한 달이 훌쩍 넘어가고 있었다. 보통 사람이라면 필시 미쳐 버렸을 시간이었다.   .

다행이 십자성의 전사들은 신혈의 피를 받아 보통 사람 이상의 정신력을 지니고 있었다. 그런 그들이기에 지쳐가면서도 본래의 정신을 유지하고는 있었다.

"에잇, 정말!"

사구 하나를 넘으면 그 너머에 다른 무엇인가가 있을 거란 기대를 하던 사람들 눈앞에 다시 거대한 사구가 나타나자 자연스레 이위령의 입에서 욕설이 흘러나왔다.

욕설을 내뱉은 사람은 이위령 하나지만, 다른 사람들 표정 역시 입안 가득 욕설을 머금은 듯한 모습이다.

그런데 오직 한 사람, 길을 열어 나가고 있는 파묵만큼은 얼굴이 밝았다.

"이제 거의 다 온 것 같습니다."

파묵이 눈앞에 높다랗게 쌓여 있는 사구를 보며 말했다. 그러자 사람들의 시선이 일제히 파묵에게로 향했다.

"그게 무슨 소린가? 이 사구는 다른 사구보다도 더 커서 사막 한가운데나 있을 법한데 거의 다 왔다니?"

감문이 의구심을 드러내며 물었다.

그러자 파묵이 손으로 사구의 모래 한 줌을 쥐어들며 말했다.

"본래 사막 끝에는 바람이 부는 방향에 따라 이렇게 큰 사구가 형성되지요. 더 이상 모래를 날려 보낼 힘이 사라져서인데, 대부분의 경우 이럴 때는 그 앞쪽에 사막이 아닌 숲이나 산등이 있어 바람을 막는 역할을 합니다."

"그럼 사구 너머에 숲이 있단 소린가?"

감문이 믿을 수 없다는 듯 다시 물었다. 그도 그럴 것이 사구가 비록 작은 산만큼 높고 크기는 해도, 사구의 측면을 보면 여전히 사막이 이어지고 있기 때문이었다.

감문이 계속 의구심을 드러내자 파묵이 말없이 손에 든 사구의 모래를 감문에게 건넸다.

감문이 얼떨결에 모래를 받아들었다.

"뭔가?"

"보십시오."

파묵이 설명보다는 직접 감문에게 손에 쥐어 준 모래를 살필 것을 권했다.

감문은 마뜩치는 않지만 파묵의 말대로 손에 들어온 모래를 살피기 시작했다. 그러다가 그의 눈빛이 살짝 변했다.

"다르군."

"역시 알아보시는군요."

"미약하지만 습기가 있어."

"그렇습니다. 아마 사구 안쪽을 깊이 파면 더 많은 물기를 볼 수 있을 겁니다. 바람에 날려 와 쌓인 모래에 물기가 있다는 것은 이곳 공기 중에 적지 않은 물기가 있다는 뜻이지요. 물론 지하에도 말입니다. 이런 일은 절대 사막 한가운데서 일어날 수 없는 일입니다."

"자네 말이 맞는지 확인하는 가장 빠른 방법은 저 위로 올라가 보는 것이겠군."

감문이 손을 들어 작은 동산 같은 사구 정상을 가리켰다.

"눈으로 보셔야 믿으시겠다면……."

파묵이 가볍게 미소를 지었다.

아마 그가 적풍 일행을 만난 후 가장 밝게 지어보인 미소일 것이다.

그 순간 감문은 사실 이 기이한 이족의 사내가 무척 순수한 사람이라고 느껴졌다. 웃음이 사라졌을 때의 그와는 전혀 다른 모습이었다.

하지만 파묵에 대한 생각을 길게 이어갈 상황은 아니었다. 감문이 고개를 돌려 이위령을 보며 말했다.

"아우가 올라가 보지?"

"그럴까요?"

이위령이 고개를 끄떡이고는 훌쩍 신형을 날렸다. 그러자 그의 몸이 무너져 내리는 모래를 밟으며 사구 위를 향해 바람처럼 치달아 오르기 시작했다.

"와우!"

모두의 기대에 대한 대답은 이위령의 탄성 소리가 대신했다.

이위령의 탄성을 들은 십자성의 고수들이 누가 먼저랄 것 없이 사구를 오르기 시작했다.

적풍 역시 천천히 거대한 모래언덕을 오르기 시작했다. 설루는 어린 적사몽의 손을 잡고 적풍의 뒤를 따랐고, 단우하는 뭔지 모를 불안감 같은 것을 담은 얼굴로 긴 한숨을 내쉰 후 걸음을 옮겼다.

"오우!"

"야, 이건 정말……."

사구의 정상에 오른 사람마다 탄성을 자아냈다. 그들의 표정에 새로운 세상을 본 것 같은 놀라움이 가득했다.

적풍은 그런 수하들의 탄성을 들으며 사구의 정상에 발을 디뎠다. 그런 그의 눈앞에 사막 한가운데를 가르듯 흐르는 기다란 물줄기가 들어왔다.

"대체 이게 뭐죠?"

적풍 뒤를 따라 사구 정상에 오른 설루가 눈앞에 펼쳐진 광경을 보고 놀란 목소리로 파묵에게 물었다.

"보다시피 작은 강입니다."

"어떻게 사막에 강이 있을 수 있나요? 물이 빠지지 않고……."

"말씀드렸듯이 이곳은 사막 한가운데가 아닙니다. 눈에 보이지는 않지만 멀지 않은 곳에 숲이 있을 겁니다. 이 강은 그 숲으로 흘러들어가 세 어머니의 호수에 닿을 겁니다. 사막에 강이 생긴 것은 이곳이 사막 지하에 흐르는 지하수의 분출구란 뜻이고 말입니다."

"이 사구 밑에 지하수가 있다는 거군요."

"아주 거대한 지하수의 공간이 있을 겁니다. 사구가 아니라면 분수처럼 위로 솟구쳤을 겁니다."

"놀라운 일이군요."

설루가 다시 감탄사를 흘려냈다.

"아무튼… 이것으로 사막 여행은 끝입니다."

파묵이 큰 짐을 내려놓은 것 같은 표정으로 말했다.

"수고했어."

적풍이 가볍게 파묵의 어깨를 두드리며 말했다. 그러자 파묵이 만면에 미소를 지으며 대답했다.

"살려주신 은혜에 비할 수 없지요."

"앞으로도 부탁하지."

"앞으로가 더 걱정입니다."

단우하가 뒤쪽에서 말했다. 그러자 파묵이 웃음을 거두며 말했다.

"생각 같아서는 강변 경치 좋은 곳에 머물며 긴 사막 여행의 피로를 풀고 가자고 말씀드리고 싶지만, 사실 그럴 여유는 없을 것 같습니다. 추격자들도 곧 이곳에 도착할 겁니다."

"그래? 정말 우릴 쫓아올까?"

"그들 중에는 저보다 더 사막 여행에 뛰어난 자도 있습니다."

"그렇군. 그런데 그들의 추격이 사막을 벗어난 후에도 계속될까?"

"아마… 그럴 겁니다."

파묵이 확신했다.

"왜 그렇게 생각하지? 흑상은 칠왕의 땅에선 범죄자 취급을 받는다며? 그렇다면 그들도 칠왕의 땅에 들어간 우리를 추격하는 것은 쉽지 않을 텐데?"

"다른 사람은 몰라도 그자는 사람들을 움직여 끝까지 추격할 겁니다."

"그자라면… 하사람이라는 자?"

"그렇습니다. 매혈을 하는 일은 칠왕의 땅에선 극히 위험한 일인데 그럼에도 그 일을 맡았다면 아마도 무척 큰 이익이 걸려 있을 겁니다. 그런 일에 실패하면 반대로 큰 위험에 빠진다는 뜻도 되지요. 그래서 그는 반드시 우리를 추격할 겁니다."

파묵이 시선을 돌려 설루 옆에 있는 적사몽을 보며 말했다.

파묵의 설명에 적풍이 고개를 끄떡였다. 사실 최근 들어 적풍은 파묵의 다른 모습을 발견하고 있었다.

파묵은 그저 단순히 길잡이로서의 재주만 지닌 자가 아니었다. 여행을 하며 이 땅과 그들의 행보에 대해 조언을 구할 때마다 파묵은 적풍 일행의 상황을 정확히 판단한 후, 그가 알고 있는 지식을 모두 동원해 최적의 조언을 하곤 했었던 것이다.

더군다나 이 땅에 대한 그의 지식은 놀라울 정도로 박식했다. 칠왕의 땅과 그 변방에 대한 지식은 단우하를 능가하는 것이 분명했다.

그래서 적풍은 파묵을 단순한 길잡이가 아닌 뛰어난 조언자로서 대하기 시작했다. 물론 그 사실을 단우하는 달갑지 않게 받아들였다. 하지만 단우하의 심기 따위는 적풍이 신경 쓸 문제가 아니었다.

그런데 오늘 만큼은 단우하도 파묵의 의견에 동의하는 모양이었다.

"파묵의 말이 맞습니다. 하사랍이란 자는 반드시 우릴 추격해 올 겁니다. 더군다나 아이의 피를 원하는 자가 아바르의 삼후 중 하나인 십면불이라면 더욱 그렇습니다. 십면불은 목숨을 건 거래를 한 거지요. 그러니 하사랍은 절대 포기할 수 없을 겁니다."

단우하까지 하사랍의 추격을 예상하자 적풍이 잠시 생각에 잠겼다. 그러다가 십자성의 무사들에게 말했다.

"사구를 내려가 강변에서 휴식할 곳을 찾는다. 여기서 충분히 휴식을 취한다."

"성주님!"

"소공자!"

적풍의 명에 파묵과 단우하가 놀란 표정으로 동시에 적풍을 바라봤다. 적풍이 그들의 조언과는 정반대의 선택을 했기 때문이다.

그러자 적풍이 담담하게 말했다.

"추격을 포기할 자가 아니라면 이곳에서 놈을 정리하고 가야 한다. 그런 끈질긴 놈의 추격을 받으며 칠왕의 땅으로 들어갈 수는 없어. 그렇게 되면 우리의 행적이 금세 다른 누군가의 관심을 받을 것이 아닌가?"

"그, 그렇긴 합니다만… 그는 결코 혼자 오지 않을 겁니다."

단우하가 걱정스러운 표정으로 말했다.

그러자 적풍이 가벼운 미소를 지으며 대답했다.

"그대는 여전히 과거의 검은 사자들이 세상에서 가장 강한 전사들이라고 생각하겠지?"

"물론… 그렇습니다."

단우하가 대답했다. 세상 그 누구도 자신을 포함한 무황 적황을 따르는 검은 사자들보다 강할 수는 없다고 생각하는 단우하였다.

그러나 적풍은 그와 생각이 다른 모양이었다.

"그럼 이번에 제대로 확인해 봐. 나와 십자성의 형제들이 과연 검은 사자들에 비견될 수 있는지. 사실… 우린 그동안 제대로 된 실력을 보여주지 않았거든. 안 그런가?"

적풍이 자신을 바라보고 있는 십자성의 무사들을 보며 물었다. 그러자 감문 등 십자성의 고수들이 일제히 대답했다.

"물론입니다. 성주! 사실 싸우지 않고 도망가는 것이 영 불쾌했습니다. 그건 우리 방식이 아니지요. 우릴 따라 오는 놈들을 시원하게 해결해 버리고 편하게 길을 가시지요. 하하하!"

감문이 큰 소리로 웃음을 터뜨렸다.

제3장
다섯 무리의 흑상(黑商)

파묵과 적사몽은 두려움에 떨었다.

그리고 의문이 생겼다.

두어 달 동안 도주한 이유가 뭔가. 여기서 싸울 거라면 사막에서 싸울 수도 있었다.

그런데 사막 쿰에서는 한 걸음이 다급할 정도로 길을 재촉하더니 사막을 벗어난 지금에 와서야 추격자들과 싸우겠다고 나서는 적풍 일행을 이해할 수 없었다.

물론 싸울 상대가 많이 줄어들기는 할 것이다.

쿰 남부를 여행하는 것은 사막에 익숙한 자들에게도 위험한 일이었다. 곳곳에 모래가 강물처럼 흐르는 사하가 존재했고, 물을 찾기가 쿰의 다른 지역보다 배는 어려웠다. 그러니 추격자들 중 상당수가 중도에 추격을 포기했을 것이다.

그러나 그렇게 돌아간 자들이 상당수라 해도 이곳까지 추격해오는 자들의 숫자는 십자성의 고수들보다 압도적으로 많을 터였다. 그러니 추격자의 수가 줄어든 것에 대한 이득은 사실 그리 크지 않았다.

더군다나 이곳까지 추격해 온 자들이라면 하나같이 뛰어난 싸움꾼들일 것이 분명했다.

어쩌면 개중에 칠왕의 후예들처럼 기이한 싸움의 기술, 그들이 무공이라고 부르는 것을 수련한 자들도 있을 것이다. 그런 자들을 겨우 십여 명에 불과한 십자성 무사들이 상대할 수 있을까.

이런저런 이유로 흑상의 거친 성정을 직접 겪으며 살아온 파묵과 적사몽에게는 이 싸움이 두려운 일이 아닐 수 없었다.

하지만 두 사람과 달리 십자성의 고수들은 생기가 돌고 한편으로는 즐거워 보이기까지 했다.

그들은 사구에서 시작된 강줄기를 따라 백여 장 이동한 후, 물가 옆 오래 자란 나무 숲 아래에 숙영지를 꾸렸다.

그리고 그때부터 분주하게 싸울 준비를 하기 시작했다. 그들은 수시로 사구로 나가 적을 맞을 계획을 세웠는데 아마도 싸울 장소로 그들이 넘어 온 사구를 선택한 모양이었다.

"이길 수 있습니까? 아니, 왜 지금에 와서 싸우려는 겁니까? 사막에서 싸우지 않고……?"

단우하를 몹시 꺼려하는 파묵이었지만, 십자성의 무사가 아

닌 것이 분명한 단우하에게 적풍의 결정에 대한 의문을 물을
수밖에 없었다.

"첫째, 추격자의 숫자가 줄었기 때문이고, 둘째, 휴식을 통해
원기를 회복했기 때문이네. 적은 사막을 건너느라 정신적으로
무척 지쳐 있을 것이다. 반면 우리는 이곳에서 충분한 휴식을
취할 것이니 싸우려면 이곳에서 싸워야겠지. 이길 수 있냐고?
그건 나도 모르겠네. 어떤 싸움이든 승패를 예상하는 것은 어
리석은 일이니까. 특히 그 능력을 정확히 모르는 사람들의 싸
움은 더더욱!"

"그 말씀은 이길 수도 있단 뜻이네요?"

이번에는 적사몽이 물었다.

단우하가 묘한 시선을 적사몽을 바라봤다. 그런 단우하의
시선이 부담스러운지 적사몽이 슬쩍 고개를 돌렸다.

"물론 이길 수도 있다. 세상 누구도 패할 싸움을 선택하지는
않는다. 더군다나 전쟁터를 사지로 선택하는 사람들은 하나같
이 퇴로가 없기 때문이다. 그런데 지금 우리에겐 퇴로가 없는
것도 아니다. 그럼에도 싸우겠다는 것은 사실… 이길 가능성이
더 크다는 뜻이지."

"정말요?"

이번만큼은 단우하의 시선을 피하지 않는 적사몽이다.

"정말 그렇게 생각하십니까?"

파묵도 물었다. 그러자 단우하가 잠시 두 사람을 바라보다가
입을 열었다.

"소공자 일행은 너희들이 알고 있는 것보다 훨씬 많은 비밀을 가진 사람들이다. 그 비밀 중에는 싸우는 능력도 포함된다. 이번 싸움이 벌어지면 너희들은 마르칸이나 포엽을 상대할 때와는 전혀 다른 소공자의 능력을 보게 될 것이다. 다만……."

단우하가 말을 멈추자 적사몽과 파묵 침을 꿀꺽 삼켰다. 자신도 모르게 긴장이 되는 모양이었다.

"다만 싸움의 결과가 깨끗해야 한다는 전제가 있다. 그래서 난 이 싸움에 동의하기 어려운 것이다."

"결과가 깨끗해야 한다는 건 무슨 뜻입니까?"

파묵이 다시 물었다.

그러자 단우하가 싸늘한 안광을 흘려내며 말했다.

"일단 싸움이 시작된다면 적을 전멸시켜야 한다는 뜻이네. 도주하는 자가 나온다면 여전히 우린 누군가의 추격을 받게 될 것이네. 아니 적어도 세상에 우리에 대한 소문이 나겠지. 그럼……."

"추격자들을 제거해도 또 다른 적이 생긴다는 뜻이군요… 그런데 대체 성주께선 어떤 분이십니까? 왜 무황의 성으로 가시는 것입니까?"

파묵이 그동안 가지고 있던 의문을 물었다. 적풍의 사람이 되었으면서도 적풍에 대해 제대로 알고 있는 것이 없는 파묵이었다.

그러나 그의 질문을 단우하는 매정하게 회피했다.

"소공자에 관한 일은 오직 소공자께만 듣게. 나로서는 소공자에 대해 타인에게 해 줄 수 있는 말이 없네."

단우하의 단호한 태도에 파묵이 더 이상 적풍의 내력을 묻지 못했다. 그러자 적사몽이 다시 걱정스러운 표정으로 물었다.

"어쨌든 적이 계속 생길 수 있다는 거군요?"

"그건… 거의 확실하다. 아마 무황성 가까이 갈수록 더 강한 적들이 나타날 거다. 결코 쉽지 않은 여행이 될 것이다. 그래도 같이 가겠느냐? 너희들은 언제라도 자유롭게 떠날 수 있다. 사막도 벗어났으니……."

파묵과 적사몽 두 사람은 사실 적풍과의 인연이 깊다고 할 수 없었다. 지금이라도 떠난다면 적풍은 망설이지 않고 허락할 것이다. 그러나 두 사람은 단우하가 묻자마자 고개를 저었다.

"아뇨. 우린 성주님과 함께 갈 겁니다."

파묵이 망설이지 않고 대답했다.

"이유가 뭐냐? 수많은 위험이 기다리고 있는데……."

"이유요? 글쎄요… 음, 당황스럽게도 생각해 보니 이유가 없군요. 하지만 그래도 성주님을 따라갈 겁니다. 이건, 그냥 본능 같은 겁니다. 어른께선 성주와 함께 가는 여행이 위험할 거라지만 왠지 모르게 전 성주와 함께 있는 것이 이 땅에서 가장 안전하게 느껴지는군요."

"저도 마찬가지예요. 더군다나 전… 아주머니를 떠날 수 없어요."

적사몽이 멀리 떨어진 곳에서 저녁을 짓고 있는 설루를 보며 말했다.

"후우. 그렇다면 어쩔 수 없는 일이지. 하긴 사람의 운명이란 것이 정해진 것도 아니니……."

단우하가 가볍게 한숨을 쉬며 말했다.

"이 정도면 충분할 것 같습니다."

와한과 파간이 사구 중턱에 십여 장 길이로 참호를 파놓고 적풍에게 말했다.

"됐군."

적풍이 고개를 끄떡였다.

"그런데 이게 정말 효과가 있을까요? 놈들도 싸움에 일가견이 있는 놈들일 텐데 겨우 이런 함정이란 것은… 별 의미가 없는 것 같은데요?"

파간이 고개를 갸웃하며 적풍에게 물었다. 그러자 적풍 대신 그 옆에 서 있던 소두괴가 입을 열었다.

"어리석은 소리, 이 함정은 우리에게 큰 도움이 될 것이다."

"왜 그렇습니까? 날아 넘거나 혹은 빠진다 해도 금세 벗어날 수 있을 텐데요. 안쪽에 병기를 꽂아 놓은 것도 아니고, 깊이가 그리 깊은 것도 아니고……."

"그런 소리를 하는 걸 보니 아직 많이 배워야겠구나. 이 함정은 우리에게 두 가지 이득을 줄 것이다. 하나는 기세! 놈들은 우릴 발견하면 이리처럼 달려 들 것이다. 오랜 여행 끝에 사냥감을 찾은 사냥꾼들은 이리처럼 사납겠지. 하지만 이 함정에 빠지는 순간, 그 사납던 기세는 크게 꺾일 것이다. 대신 당황하겠지. 아무런 위협이 되지 않는 함정이라도 갑자기 빠지면 누구나 당황할 수밖에 없는 것이니까."

소두괴의 설명에 와한과 파각이 얼른 고개를 끄떡였다.

"그렇긴 하겠지요."

"두 번째 이득은 이 사구를 이용할 수 있다는 것이다."

"사구를 이용하신다면……?"

"몽금 누이와 감문 대형, 그리고 성주시라면 놈들이 그 함정에 빠지는 순간 사구를 이용해 모래사태를 만들어낼 수 있을 것이다. 아마 잘하면 족히 대여섯은 처리할 수 있겠지. 그것으로 싸움의 초기 전세는 완전히 우리 쪽으로 넘어올 것이다. 이후에는 그저 사냥을 하면 된다. 그즈음에는 우리의 무공을 그들도 보게 될 테니까. 놈들은 도주하기 바쁠 것이다. 문제는… 도주하는 자들을 모두 잡아내는 것인데, 그 일은 아무래도 위령을 도와 너희들이 맡아줘야겠다."

"후방을 맡으라고요?"

와한이 불만스러운 표정으로 되물었다.

"중요한 일이다."

소두괴가 단호하게 말했다.

"하지만……."

와한은 적과 정면에서 싸우고 싶은 모양이었다. 그의 시선이 자연스레 적풍에게 향했다. 소두괴의 결정을 번복할 수 있는 사람은 오직 적풍뿐이기 때문이었다.

그러나 평소라면 싸움에 관한한 최대한 각자의 의견을 존중해 줬을 적풍도 이번에는 고개를 저었다.

"계획대로 한다."

"에이… 쩝! 어쩔 수 없죠. 알겠습니다, 성주!"

와한이 실망한 표정을 지으면서도 적풍의 결정에 수긍했다.

"파는 것은 끝났으니 나무를 베어와 함정을 감춘다."

소두괴가 두 젊은 무사에게 말했다.

"알겠습니다!"

와한과 파간이 얼른 대답하고는 사구를 달려 내려갔다.

사구에 간단한 함정을 만드는 일이 끝나자 일행은 사구 위에 경계를 서는 사람 한 명을 남겨두고 모두 숙영지에 모여 휴식을 취했다.

여전히 적사몽과 파묵은 조금은 불안한 모습이었고, 단우하는 불만에 찬 듯 보였다.

그러나 나머지 사람들은 즐거운 놀이를 앞둔 아이들처럼 즐겁게 먹고 떠들었다. 신혈족의 피를 이은 이들에게 싸움은 곧 생기를 불어넣는 훈풍과 같은 것이었다.

*   *   *

삐이익!

사막 위로 길고 날카로운 피리 소리가 퍼져나갔다. 피리라고는 하지만 결코 아름답지 않은 소리였다. 음의 고저가 없어 귀에 거슬리는 소리를 내는 것으로 만족할 수밖에 없는 피리 소리는 흑상 하사랍의 수하 중 한 명이 내는 것이었다.

구우우!

피리 소리가 한참 동안 퍼져나가던 어느 순간, 이번에는 비둘기 소리가 들렸다.

그리고 어디서 나타났는지 검은 새 한 마리가 하사랍 무리의 머리 위에 나타나더니 급히 방향을 바꿔 떨어지듯 피리를 부는 사내의 팔뚝 위에 앉았다.

새는 기이했다. 분명 생긴 것이나 우는 소리는 비둘기인데 그 색이 까마귀처럼 검었다.

사내가 검은 비둘기의 다리에 매달린 작은 전통 안에서 작게 말린 종이를 꺼내 들었다.

"어떠냐?"

사하랍이 기다리지 못하고 물었다. 그러자 수하가 흥분한 표정으로 대답했다.

"찾았다고 합니다."

"그래! 어디냐?"

사하랍이 기쁜 표정으로 되물었다.

"일 차간 안이랍니다. 사막의 경계에서 시작되는 작은 강에서 쉬고 있답니다."

"좋아. 절대 먼저 공격하지 말고 날 기다리라고 해. 그리고 이곳까지 온 모든 흑상들에게 놈들의 위치를 전하라."

"알겠습니다."

수하가 고개를 숙여보였다.

그러자 사하랍이 이번에는 오른쪽에 서 있는 사내를 보며 물었다.

"적랑들의 위치는?"

"아직 반나절은 기다려야 할 것 같습니다만."

"그래? 그럼 어쩔 수 없지. 일단 흑상들로 공격을 시작하는 수밖에. 모두 신중하게 움직인다. 놈들이 눈치채고 도주하면 안 되니까."

"알겠습니다. 상주!"

사하랍의 수하들이 일제히 대답하고는 사막을 질주하기 시작했다.

사막의 달이 일찍 떠올랐다.

하늘에는 여전히 태양이 있었다. 해는 서쪽 하늘을 차지하고, 달은 동쪽 하늘을 차지한 기이한 시간, 그래서 세상도 반으로 갈린 것처럼 보였다.

붉은 서쪽과 시리도록 푸른 동쪽, 그 경계선이 사구로부터 먼 사막의 지평선까지 이어졌다.

그리고 언제부턴가 그 경계선을 따라 스무 명 남짓한 무리들이 사막을 질주했다. 말과 낙타를 고루 갖춘 이 무리는 누가 봐도 사막을 여행하기에 적합한 준비를 하고 있었다.

모래바람을 일으키며 질주하던 그들이 멈춰선 곳은 어울리지 않게 사막에 만들어진 천막 군락이었다.

어림잡아 수십 개의 천막이 네 무리로 나뉘어져 둥글게 원을 그리며 서 있었고, 그 가운데서 거대한 모닥불 타오르고 있었다.

"서시오!"

사막을 질주해 온 여행자들의 걸음을 다섯 사내가 막았다.

"신분을 밝히시오."

여행자들의 발을 묶은 사내가 다시 외쳤다.

"하사랍 상주께 전하라, 기황이 왔다고!"

말 위에서 자상이 가득한 얼굴을 한 수염 기른 초로의 사내가 날카로운 목소리로 말했다.

순간 그들을 세운 사내가 급히 허리를 굽혔다.

"미천한 놈이 기황님을 뵙습니다. 몰라 뵈어 죄송합니다."

"됐다, 상주께 전하기나 하라."

노인의 말에 사내가 급히 네 개의 천막군 중 북쪽의 천막들을 향해 뛰어갔다.

사내가 기황이란 자의 출현을 알리러 달려간 지 얼마 되지 않아 하사랍이 모습을 드러냈다.

"기황께서 오셨군요."

도도한 흑상 하사랍도 노인에게는 정중하게 예의를 갖췄다. 그러자 노인도 말에서 내려 하사랍에게 마주 인사를 했다.

"하사랍 상주께서 큰 거래를 하신다기에 오지 않을 수 없었소."

"사막 길은 편하셨습니까?"

"하하하, 우리 같은 사람에게야 사막이나 숲이나 그게 그거 아니겠소?"

"그렇군요. 일단 안으로 드시지요."

"그럽시다. 그런데 몇이나 왔소?"

"기황님까지 하면 다섯 개의 상단이 모였습니다."

"생각보다 적군."

"쿰 남쪽 길은 어려운 길이니까요."

하사랍이 가볍게 미소를 지으며 말했다.

"그러나 황금 이백 툭은 쉽게 만질 수 없는 금액이지."

기황이 엷은 미소를 지었다.

"나쁘지는 않지요. 사람이 적으면 몫이 많아지니까."

"그 말은 모두 함께 싸워야 한다는 말이오?"

"아무래도 그래야 할 것 같습니다."

"대체 어떤 자들이기에?"

기황이 호기심을 드러냈다.

"저도 놈들의 정체는 자세히 모르겠습니다. 그러나 마르칸 상주와 포엽 상주가 당했으니 만만한 놈들은 아니겠지요."

"지금 놈들은 어디 있소?"

기황이 다시 물었다. 그러자 하사랍이 손을 들어 남쪽 멀리, 작은 산처럼 솟아 있는 사구를 가리켰다.

"저 뒤에 있습니다."

"우리가 온 걸 아는 것 같소?"

"글쎄요. 알았다면 도주했을 텐데 아직은 눈치채지 못한 것
같습니다. 사구 넘어 강이 시작되는 곳에서 휴식을 취하고 있
다고 하더군요."

"허술하군."

"어쩌면 알고 있을 수도 있긴 하지요."

"그렇다면 자만했다는 뜻이고. 마르칸과 포엽을 이긴 뒤라
그럴지도 모르겠군."

"어느 경우든 우리에게 유리한 상황입니다. 문제는……."

"역시 아이겠구려."

"맞습니다. 아이가 죽으면 안 됩니다."

하사람이 신중하게 말했다.

"대체 누구요?"

기황이 걸음을 멈추며 물었다. 그러자 하사람이 엷은 미소
와 함께 고개를 저었다.

"아시지 않습니까? 이 거래는 철저히 비밀이어야 한다는 걸."

"흐흠… 미안하오. 우리 흑상들의 규칙이야 알지만 너무 궁
금해서."

기황이 희미한 미소를 지었다.

"들어가시지요."

하사람 역시 묘한 미소를 지으며 기황을 천막 쪽으로 안내
했다.

하사람의 천막에서는 세 사람이 두 사람을 기다리고 있었

다. 그중 둘은 모두 중년 이상으로 보이는 남자였고, 다른 한 명은 날카로운 눈을 가진 중년의 여인이었다.

세 사람은 하사랍과 기황이 들어왔음에도 자리에 앉아 있었다. 이건 이들의 관계가 결코 호의적이지 않다는 뜻이다.

세 사람의 반응을 본 기황이 씁쓸한 미소를 지으며 비어 있는 의자에 앉았다.

그러자 하사랍이 선 채로 네 사람을 보며 부드럽게 말했다.

"기황께서 도착하신 것으로 올 사람은 다 온 것 같소이다. 이제… 놈들을 제압할 계획을 세웁시다."

"계획이랄 것이 뭐 있겠소? 놈들의 숫자라야 겨우 십여 명, 반면 우린 백여 명에 달하는 인원이오. 사구를 넘어 일거에 공격하면 손쉽게 놈들을 제압할 수 있을 것이오."

천막에 미리 와 있던 자들 중 기황만큼이나 나이를 먹은 듯한 노인이 말했다.

"신옹 상주의 말씀이 옳소이다. 사구를 넘어 일거에 공격하면 기습의 효과도 있을 것이오."

구릿빛, 강렬한 팔 근육을 드러낸 사내가 말했다.

"그들이 마르칸과 포엽의 무리를 전멸시킨 것을 잊으셨나요?"

여인이 날카로운 목소리로 반박했다.

"어찌 잊겠소. 하지만 우리와 그들은 다르오. 우린 다섯 상단이 모였소. 또한 놈들에 대해 충분히 경계하고 있소. 방심하지 않고 모든 힘을 모아 공격한다면 놈들을 제거하는 것은 그리 어려운 일이 아닐 거요."

사내 중 구릿빛 피부의 사내가 대답했다.

그러자 그와 같은 의견을 가지고 있는 초로의 사내가 말을 더 보탰다.

"더군다나 이곳은 어머니의 호수로 연결되는 강줄기의 기원이오. 자칫 시간을 끌었다가는 호수의 지배자인 오손의 무사들에게 발견될 수 있소. 그러니 속전속결, 빨리 놈들을 제거한 후 아이를 데리고 떠나는 것이 상책이오."

"다른 건 몰라도 그 말에는 나도 동의하오. 괜히 오손의 관심을 끌 이유가 없소. 그들이 개입하면 일이 복잡해질 거요."

흑상 기황도 사내들의 말에 동조했다. 그러자 여인이 더 이상 말을 하지 않고 시선을 돌려 버렸다.

"의견이 모아진 것 같소이다. 허면 언제 공격하는 게 좋겠소?"

하사랍이 네 사람에게 다시 물었다.

"그야 상주가 결정해야 할 문제 아니오?"

기황이 하사랍을 보며 말했다.

이 일의 주도자는 누가 뭐래도 하사랍이다. 금자가 나올 곳도 그의 주머니였다. 그러니 공격 시기를 정하는 것은 그의 몫이다.

"내게 결정하라면 난 오늘 밤을 택하겠습니다."

"그렇게 급하게 말이오?"

기황이 되물었다.

"피곤하시면 하룻밤 쉬시겠습니까?"

하사랍이 정중하게 반문했다. 그러자 기황이 얼른 고개를 저었다.

"아, 아니오. 니 오늘 밤이 좋을 것 같구려. 내일 아침 날이 밝으면 놈들도 필시 우릴 발견하게 될 테니."

기황이 하사랍의 의견에 동의했다.

"다른 분들의 의견은 어떻소이까?"

하사랍이 다른 흑상의 상주들을 돌아보며 묻자 구리빛 근육을 자랑하는 자가 검을 뽑아 검 날로 손바닥을 쓸며 말했다.

"사냥을 하기엔 좋은 밤이오. 마침 달빛도 호젓하니 좋은 사냥이 될 것이오."

사구(砂丘) 정상에 올라 있던 적풍의 눈빛이 한순간 번쩍였다. 멀리 푸르스름한 달빛 아래 한 무리의 검은 인영들이 움직이고 있었다.

"역시 기습이군요."

소두괴가 적풍 옆에서 혀를 내밀어 입술을 적시며 말했다. 마치 투전판에 나가는 타짜의 모습과 흡사하다.

신혈족에게 싸움이란 이런 것이었다. 잠들어 있던 투쟁의 피가 일순간에 끓어오르는 것, 그것이 바로 신체적으로 나타나는 신혈족의 모든 특징들을 압도하는 고유한 정신적 특징이었다.

"놈들의 숫자는?"

적풍이 가장 앞쪽에 위치한 이위령에게 물었다.

"정확하게 아흔 다섯입니다."

이위령은 이미 적풍의 명으로 그들을 추격해 온 흑상들의 숙영지를 자세히 살피고 돌아온 후였다.

"적이… 너무 많습니다."

단우하가 걱정스러운 표정으로 말했다. 그러자 한쪽 옆에서 조어장이 대꾸했다.

"예전에 말입니다. 성주께선 홀로 무림 천하의 수천 고수를 상대하셨지요. 그런데 겨우 장사꾼 백여 명 정도가 문제겠습니까?"

"과장이 심하군. 그 일을 나도 들었네. 소공자께선 의천노공 우서한과의 대결에서 승리함으로써 당시 주도권을 잡으신 것이 아닌가? 소공자님의 능력을 폄하하는 것이 아니라, 한 사람이 여러 사람을 상대하는 일은 그만큼 어렵다는 뜻이네."

"그 양반은 어떻겠소?"

단우하의 말이 끝나자 적풍이 단우하에게 물었다. 자신에 대한 평가에 기분이 상한 것은 아니었다. 묻는 적풍의 표정은 덤덤했다.

"주군 말씀이십니까?"

"그렇소."

"주군이시라면… 과거 밀교의 문을 여실 때, 천하제일의 고수들이라는 삼백 명의 추격대를 홀로 물리치셨지요."

"그런데 난 왜 안 된다는 거요?"

"그, 그것이……."

예상치 못한 질문이었는지 단우하가 말꼬리를 흐렸다. 그러자 적풍이 다시 말을 이었다.

"난 말이오. 그에게 그 어떤 것도 양보할 생각이 없소. 그러니… 그가 가능한 일이라고 생각되면 내가 하는 일 역시 막지마시오. 모두 준비됐나?"

적풍이 십자성 고수들을 돌아보며 물었다.

"예, 성주님!"

"좋아. 몽금과 금화는 설루와 사몽을 보호한다. 이위령과 와한, 파간은 적이 당도하면 우회해 적의 후방을 친다. 도주하는 자가 있으면 안 돼!"

"알겠습니다."

십자성의 고수들이 일제히 대답했다.

"들으니 이자들은 변방의 작은 마을을 약탈하고 사람들을 잡아 노예로 파는 자들이라 한다. 그런 자들을 베는 데 인정을 둘 필요는 없다."

"알겠습니다."

"신혈의 적을 상대하듯 적을 상대하라."

"예, 성주!"

다시금 십자성 고수들의 살기어린 대답이 들려왔다.

그 순간 적풍과 십자성의 고수들을 지켜보고 있던 단우하는 한 가지 사실을 분명하게 깨달았다.

"…검은 사자의 재림이야."

이들의 싸움을 보지 못한 것이 아니었다.

처음 도착한 곳에서 사나운 야수들인 우저를 상대하는 것을 보았고, 마르칸과 포엽이라는 이 사막에서 가장 사나운 존재들 중 하나인 흑상들을 상대하는 것도 보았다.

그러나 단언컨대 그때의 모습은 이 십자성 고수들의 진면목이 아니었다.

달빛을 비참하게 만드는 검은 기운, 천하를 장악할 것 같은 투기, 그리고 무엇보다 눈빛에 드러나는 싸움을 향한 열망하는 시선들…….

십자성의 고수들이 단우하 자신이 속한 검은 사자들과 비교하면 몇 수 아래라고 생각했던 그의 판단은 실수라고 인정할 수밖에 없는 상황이었다.

"어쩌면 더 강할 수도……."

단우하가 다시 중얼거렸다.

싸움에 대한 치열함에 있어 과거 적황이 이끌던 검은 사자들보다 이들 십자성 고수들의 더 강렬한 느낌이 들었다. 그리고 그 이유를 단우하는 어렵지 않게 알아챘다.

검은 사자들은 하나의 목적을 위해 자신들의 몸과 마음을 던진 자들이었지만, 이들 적풍이 이끄는 십자성의 고수들은 순수하게 싸움 그 자체에 대한 열망이 들끓는 사람들이었던 것이다.

"순수한 신혈에 대한 반발인가! 아니면 이게 진정한 신혈의 힘인가?"

단우하의 탄식이 이어졌다.

그는 어쩌면 이들에게서 순수한 신혈의 힘을 제대로 볼 수 있을 거란 생각까지 하고 있었다.

그러자 갑자기 이 싸움에 대해 참을 수 없는 호기심이 솟구쳤다.

애초에 단우하는 이 싸움이 달갑지 않았다. 괜한 소란으로 그들의 행보에 악영향을 미칠 것이라는 생각했기 때문이었다.

그런데 지금은 오히려 빨리 이 싸움이 보고 싶었다. 검은 사자들과는 또 다른 모습, 신혈의 순수한 힘을 보고 싶었다.

그리고 그런 그의 기대를 충족시켜 줄 자들이 어느새 눈앞에 다가와 있었다.

스스슥!

달빛 아래 이리처럼 다가서던 흑상의 무리가 한순간 걸음을 멈췄다. 그리고는 조금 당황한 듯 선두에 섰던 자들이 후미의 본진이 오기를 기다렸다.

"무슨·일이냐?"

이번 공격을 이끌고 있는 하사랍이 선두의 머뭇거림을 질책하듯 물었다. 그러자 선두에서 길을 열던 자가 급히 보고했다.

"놈들이 모래언덕 위에 있습니다."

"뭐?"

"우릴 기다리고 있는 것 같습니다."

"우릴 기다려?"

하사랍이 믿지 못하겠다는 듯 되물었다.

"그렇습니다."

수하가 다시 대답하자 그제야 하사랍이 사구 위로 시선을 돌렸다.

하사랍이 눈을 가늘게 뜨고 사구 위를 면밀히 살폈다. 그러자 희미한 달빛 아래 서 있는 몇몇 인영이 보였다. 이상하게도 달빛이 그들 근처에선 힘을 잃어 마치 먹구름에 가린 듯 거무스름한 모습의 인물들은 분명 그들이 공격하려던 자들이었다.

"정말 놈들이군."

하사랍이 눈살을 찌푸리며 중얼거렸다.

"저것들이 미쳤나?"

어느새 하사랍 옆에 다가온 구릿빛 근육의 사내, 흑상 상주 모살라가 눈을 치뜨며 중얼거렸다.

"일이 쉬워질 모양이오."

노련해 보이는 초로의 또 다른 흑상의 우두머리 신옹이 말했다.

"그게 무슨 말씀이오?"

모살라가 되묻자 신옹이 눈빛을 빛내며 말했다.

"놈들이 우리의 추격을 알고도 도주하지 않고 기다리고 있다는 것은 결국 우리와 싸워 이길 자신이 있다는 뜻 아니겠소?"

"그런데 왜 일이 쉬워진다는 것이오?"

"방심한 적을 치는 일이야말로 가장 쉬운 싸움 아니겠소? 놈들이 마르칸과 포엽의 상단을 물리친 일 때문에 우리에 대해

방심하고 있는 것이 분명하오. 하지만… 우리가 어디 놈들에게 당할 전력이오? 이대로 밀어붙이면 싸움은 육랍이(시간단위 : 차간(한 시간) , (10랍 — 1차간)) 지나지 않아 끝날 거요."

신웅이 자신에 찬 표정으로 말했다.

"어떻게 생각하시오?"

하사랍이 흑상의 다른 우두머리들을 보며 물었다. 그러자 기황이 대답했다.

"신웅 상주의 말이 맞소. 놈들이 방심한 지금이 가장 좋은 기회요. 서둘러 일을 끝냅시다."

기황이 달빛 아래 번쩍이는 검을 뽑아들며 말했다. 그러자 하사랍이 개중 유일한 여자 상주에게 물었다.

"귀모라께선?"

"모두가 같은 생각인데 나만 반대할 수 있나요? 하지만 선봉은 사양하죠."

여상주 귀모라의 말이 끝나자 상주 모살라가 앞으로 나섰다.

"내가 앞장서겠소."

"클클, 우리 숫자가 거의 일백, 그 숫자가 겨우 십여 명을 공격하는데 선봉과 후군의 구분이 무슨 소용이오. 그냥 모두 함께 갑시다."

신웅이 미소를 지으며 말했다.

"하긴… 이 싸움이 전쟁도 아니고. 자 그럼 모두 함께 가 봅시다."

기황도 전의를 드러내며 앞으로 말을 몰기 시작했다.

"저놈들이 정면으로 밀고 올라오려는 모양인데요?"

소두괴가 입술에 침을 묻히며 말했다.

작은 동산 크기의 사구 아래, 그들을 추격해온 흑상들이 진격 대형으로 도열하고 있었다.

선봉 중간 후미의 구분 없이 한데 뭉쳐 공격을 준비하는 것이 한 번의 돌격으로 이 싸움을 끝내려는 의도가 분명했다.

"나쁘지 않군."

작은 체구지만 누구보다 단단한 몸과 힘 그리고 빠른 손놀림을 지닌 감문이 칼을 들어 발끝을 툭툭 치며 말했다. 그뿐 아니라 십자성의 고수들 모두가 전의에 불타는 모습이다.

그러나 적풍은 심드렁한 모습으로 사구 아래 도열하는 흑상 무리들을 바라보고 있었다. 그러다가 실망한 투로 말했다.

"생각보다 싱겁군."

"적을 경시하는 것은 좋지 않습니다."

단우하가 적풍에게 충고했다.

"그대가 보기에 저들 중 마르칸보다 강한 자가 있는 것 같소?"

적풍의 물음에 단우하가 잠시 흑상들을 바라보다 고개를 저었다.

"능력으로 보자면 마르칸을 능가하는 자는 없을 것 같습니다. 그는 누가 뭐래도 천인총 장군 출신이니까요. 아니… 한 명은 모르겠군요."

"하사랍이란 자 말이오?"

"그렇습니다."

"만약 그가 무공을 수련했고, 그 경지가 진기를 안으로 갈무리 할 수 있는 능력을 지녔다면 그대의 말이 맞소. 하지만 그렇지 않다면 그 역시 마르칸에 비할 수 없소. 난 저들 중 내 관심을 끌 만한 기운을 가진 자를 발견하지 못했소."

"어쩌면 소공자께서 말씀하신 그런 능력을 갖춘 자일 수도 있습니다. 그가… 아바르의 영주 중 한 명에게 매혈을 하려 한다는 것은 그만한 위험을 감수할 능력과 담력이 있다는 뜻이지요."

"정말 무공을 지닌 자일 수도 있다?"

"그렇습니다."

"그럼 칠왕과 관련이 있는 자라고 보시오?"

"꼭 그들만 무공을 수련할 수 있는 건 아닙니다."

"칠왕의 후예 말고도 무공을 수련할 수 있다? 말이 처음과 틀리지 않소?"

"가능성은 희박하지만 다른 방도가 없는 것은 아닙니다. 칠왕의 시대가 시작된 이후 무공 수련은 그들의 직계 후예에게만 허락된 것이었지만, 이십팔룡이 이 땅에 온 이후에 조금 변했지요. 그들 중 칠왕의 세력에 들지 않은 자들 몇몇의 무공이 비밀스럽게 칠왕 이외의 종족에게 전해진다는 말이 있으니까요."

"이십팔룡의 사라진 무공을 익힌 자들이 존재한다?"

"가끔 그런 자들이 나타나곤 했습니다. 물론 그래봐야 세력이 없어서 칠왕의 지배에 큰 영향을 미치지는 못했지만 칠왕의 땅을 벗어나면 사정이 다르지요."

단우하의 말이 끝나자 적풍의 눈에 생기가 돌았다. 지금까지와는 다르게 이 싸움이 흥미로워지기 시작한 모습이었다.

"파묵!"

적풍이 장내에서 유일하게 겁에 질려 있는 흑수족의 사내 파묵을 불렀다.

"예, 성주!"

파묵이 재빨리 달려왔다.

"저들 중 하사랍이 누구냐?"

적풍의 물음에 파묵이 손을 들어 흑상들의 무리 선두에 서 있는 다섯 중 가장 왼쪽에서 말을 타고 있는 자를 가리켰다.

"저자입니다."

"좋아, 넌 그만 숙영지로 돌아가라."

"저, 저도 싸우겠습니다."

파묵이 겁을 내면서도 검을 움켜쥐며 말했다.

"가서 루와 사몽을 지켜. 그 일도 중요하다."

적풍이 명령하듯 말하자 파묵이 고개를 숙이며 대답했다.

"명을 따르겠습니다."

대답을 한 파묵이 미끄러지듯 사구를 달려 내려갔다. 파묵이 떠나자 적풍이 십자성의 고수들을 보며 말했다.

"하사랍이란 자는 내가 맡는다."

"알겠습니다, 성주!"

십자성의 고수들이 일제히 대답했다.

그 순간 사구 아래서 비명 같은 고함이 터져 나왔다.

"가자!"

"호옷! 사냥이다!"

사구 아래 정렬했던 흑상들이 괴성을 지르며 말과 낙타를 몰기 시작했다.

두두두!

흑상들이 탄 말과 낙타가 평지에서 가속도를 얻자 이내 기울어진 사구를 오르기 시작했다.

푸르스름한 달빛 아래 근 백여 필의 말과 낙타가 모래사막을 치닫는 모습은 장관이었다.

적들이 자신들을 공격하기 위해 달리는 것이지만 십자성의 고수들은 감탄의 시선으로 흑상들의 질주를 바라보고 있었다.

그 와중에 적풍만은 차가운 시선을 유지하고 있었다.

"준비하라!"

적풍이 십자성의 고수들 주의를 환기시켰다. 그러자 십자성의 고수들이 제각기 무기를 들어 싸울 준비를 시작했다.

십자성 고수들 중 가장 먼저 적을 공격한 사람은 이위령과 조어장이었다. 그들은 도검을 꺼내는 대신 먼저 철궁을 들어 시위에 화살을 얹었다.

"이놈들!! 먼저 내 화살을 받아봐라. 이래봬도 강호 제일 궁

사인 궁백 형님께 배운 궁술이다!"

이위령이 호령 소리와 함께 시위를 놓았다. 순간 시위에 걸렸던 화살이 밤공기를 뚫고 무서운 속도로 날아갔다.

쐐애액!

이위령의 뒤를 이어 조어장도 화살을 날렸다. 두 대의 화살이 벼락처럼 사구를 달려 오르는 흑상들의 무리에 떨어졌다.

퍼퍽!

"악!"

"크악!"

가장 선두에서 사구를 오르던 흑상 둘이 화살에 맞아 말 위에서 굴러 떨어졌다.

그 뒤를 따르던 자들이 무너지는 두 사람을 피하느라 잠시 주춤거리다 금세 전열을 정비하고 다시 사구를 오르기 시작했다.

그때부터 이위령과 조어장도 쉬지 않고 화살을 날렸다. 그리고 그들의 화살은 어김없이 적을 쓰러뜨렸다.

그러나 흑상들은 십여 명이 넘는 동료들이 화살에 맞아 쓰러졌음에도 조금도 주저하지 않고 적풍 등을 향해 돌진했다.

그런데 그런 흑상들조차도 당황할 수밖에 없는 일이 그들을 기다리고 있었다.

갑자기 선두에서 사구를 달려 오르던 흑상 십여 명이 거짓말처럼 사라진 것이다.

우르릉!

뒤를 이어 산사태가 난 것 같은 소리까지 일어났다.

순간 날카로운 경고성이 흑상들 사이에서 터져 나왔다.

"조심해! 전방에 함정이 있다!"

"놈들이 함정을 파 놓았어!"

적풍과 십자성의 고수들이 사구 중턱에 미리 파 놓은 십여 장 길이의 함정이 드디어 효과를 내고 있었다.

말과 낙타들이 연이어 함정으로 빠져들며 곳곳에서 사람과 짐승의 비명이 터져 나왔다.

자연스레 흑상들이 진격도 멈췄다. 말과 사람이 뒤섞여 질러 대는 고함이 장내를 난장판으로 만들었다.

"모두 벤다. 가자!"

혼란에 빠진 적들을 바라보고 있던 적풍의 입에서 싸늘한 명령이 떨어졌다.

적풍의 명이 떨어지자 십자성의 고수들이 야차와 같은 모습으로 변해 검은 구름을 몰고 사구 아래로 돌진하기 시작했다.

제4장
사구(砂丘)? 사구(死丘)!

사람의 몸이 아니라 그 혼이 움직이는 것 같았다. 연무와 같은 검은 기운에 휩싸인 십자성 고수들이 그 연무 속에서 도검을 뻗어낼 때마다 흑상들이 죽어나갔다.

선두에 섰던 자들이 함정에 빠져 허우적거리는 통에 대형은 흩어졌고, 그 위로 적풍 등이 강력한 힘으로 밀어버린 모래들이 사태처럼 밀려들었다.

그러자 말과 사람이 함께 당황해 함정 안팎이 모두 난장터처럼 소란스러워졌다.

그때를 놓치지 않고 덮쳐온 십자성 고수들의 공격은 양 떼를 공격하는 호랑이처럼 사납고 매서웠다.

그래서 무림의 시간으로 단 이 각이 지나지 않아 흑상들의 숫자가 절반 이하로 줄어들었다.

흑상들로서는 놀랄 시간조차 없었던 참패와 두려움이었다.

이제 그들에게 이 싸움에서 승리한다는 생각은 단 한 줌도 없었다. 대신 어떻게 이 아비규환, 악귀들의 공격에서 벗어날 수 있을까, 그것만이 그들의 유일한 고민이었다.

이런 상황에선 결국 각자 자신의 목숨을 스스로 챙겨야 했다.

"이런 쌍! 대체 무슨 일이 벌어진 거야?"

흑사 하사랍이 전장에서 물러나와 고함을 내질렀다. 그 스스로도 지금의 상황이 이해가 되지 않았다.

이 싸움은 패할 수 없는 싸움이었다.

전력은 열 배 가까이 유리했고, 이곳까지 온 흑상들의 싸움 실력 역시 다른 흑상들에 비할 바가 아니었다.

더군다나 흑상들의 우두머리인 자들은 타고난 힘이 남다르고, 오랜 세월 흑상으로 살아오면서 다져진 도검을 다루는 기술과 싸우는 능력이 칠왕의 전사들 못지않다고 자부하는 자들이었다.

그런데 그런 전력이 겨우 함정 하나 나타난 걸 시작으로 모래성처럼 와르르 무너져 버렸다.

냉철한 하사랍조차도 이 상황을 돌이킬 수 없었다. 적의 손속은 잔인함을 넘어섰다.

그들의 외침처럼 단 한 사람도 살려두지 않겠다는 듯 전율적인 힘으로 흑상들을 베어 넘겼다.

"살아야지. 여기서 죽을 수는 없으니까. 아직… 내겐 힘이 남아 있어. 다시 한 번 카르의 도움을 받는다면……."

하사람이 고개를 들어 북동쪽 사막을 보며 중얼거렸다. 아마도 지금쯤 그가 야시에 참가하기 전, 쿰의 변경에 머물게 했던 그의 비밀스러운 죽음의 전사들, 적랑들이 오고 있을 것이다.

아니 어쩌면 거의 다 왔는지도 모른다. 그러니 그들이 오는 방향으로 도주한다면 충분히 살 길이 열려 있었다.

적랑들은 지금 죽어가고 있는 흑상들과는 다르다. 그들을 길러내는 데 하사람은 자신의 전 재산을 쏟아부었다. 은밀히 세상 저편에서 비밀스러운 스승을 초빙하기까지 했었다.

그런 자들이기에 적이 아무리 사납다고 해도 적랑들만 오면 이 위기를 극복할 자신이 있는 하사람이었다. 더불어 하사람은 때를 기다리기 위해서라면 비굴한 방도를 마다할 사람이 아니었다.

"두고 보자 이놈들!"

하사람이 동쪽 사막으로 몸을 날리며 중얼거렸다. 올 때는 말을 타고 왔지만 갈 때는 두 발로 뛰어야 하는 지금의 상황조차도 그로선 비참했다.

그 비참함을 십자성 고수들에 대한 원망으로 달래며 이십여 장을 도주했을 때, 갑자기 그의 다리가 모래에 푹 파묻히며 걸음을 멈췄다.

파앗!

그런 그의 눈앞에서 모래가 뿜어지듯 하늘로 솟구쳤다. 그리고 그의 몸을 관통할 듯 닥쳐왔다.

순간 하사랍이 본능적으로 몸을 우측으로 눕히며 검을 휘둘렀다.

따당!

검 면에 부딪히는 모래 알갱이들이 우박내리는 소리를 만들어냈다.

"훗!"

모래 줄기가 그의 검을 스치고 지나가는 동안 하사랍이 신음과 함께 몸을 날려 모래언덕을 굴러 내려갔다.

그렇게 한참을 굴러 내려간 후에야 움직임을 멈춘 하사랍이 급히 몸을 세우며 사방을 경계했다. 그러나 모래언덕 아래까지 그를 따라와 공격하는 자는 없었다.

하사랍의 시선이 자연스럽게 그가 굴러 내려온 모래언덕 위로 향했다. 그러자 그곳에 검을 든 채 물끄러미 자신을 내려다보고 있는 사내가 보였다.

"너냐?"

분명히 자신을 공격한 자가 맞겠지만 하사랍은 다시 한 번 확인하고 싶었다.

그러나 상대는 하사랍이 원하는 대답을 하지 않았다. 대신 가볍게 땅을 차더니 사냥감을 덮치는 매처럼 하사랍이 굴러 내려온 모래언덕을 날아 내려왔다.

그 질풍 같은 기세에 하사랍이 자신도 모르게 다시 대여섯 걸음 뒤로 물러났다.

그사이 하사랍 앞에 내려선 사내가 무심하게 하사랍을 응시
했다.

"대체 네놈은 누구냐?"

하사랍이 물었다. 사내가 나직하게 입을 열었다.

"적풍."

"적풍?"

하사랍이 순순히 이름을 말해주는 적풍의 대응에 당황했는
지 급히 되물었다. 그러자 적풍이 다시 말을 이었다.

"내 본래 이름을 아는 사람은 극히 드물지. 그럼에도 내가
네게 내 이름을 말해주는 이유를 알겠나?"

"……?"

"그건 반드시 널 죽이겠다는 뜻이야."

적풍의 말에 하사랍의 눈에서 분노의 불길이 타올랐다. 그러
나 그럼에도 불구하고 하사랍은 적풍에게 달려들지 않았다.

그는 노련한 흑상이고, 이 세계의 상권을 장악할 원대한 야
망을 가진 사내였다. 어떤 위기에서도 함부로 움직이는 자가 아
니었다.

"날… 죽일 수 있을 것 같으냐?"

하사랍이 되물었다.

"물론."

"내 생각에는 불가능할 것 같은데?"

"네게… 특별한 재능이 있다는 것을 알고 있다."

적풍의 말에 하사랍이 눈을 가늘게 뜨며 적풍을 노려봤다.

"무슨 뜻이냐?"

"내 공격을 피하는 것을 보고 확신했지. 너, 무공이란 것을 익혔지?"

"네, 네놈이 그걸 어떻게……?"

하사랍이 당황한 표정으로 적풍을 바라봤다.

"그래서 참 이상하고 생각하는 중이야. 수하들이 전멸을 당하는데도 왜 무공을 쓰지 않은 거지?"

적풍이 고개를 갸웃하며 물었다.

순간 하사랍의 눈에서 기이한 빛이 흘러나오기 시작했다. 그건 아주 짙은 녹색과 검은색 사이의 빛이었는데, 일단 그 빛이 흘러나오기 시작하자 하사랍이 좀 전과는 전혀 다른 사람으로 변했다.

"네놈이 죽을 자리를 찾아왔구나."

하사랍이 낮고 음울한 목소리로 중얼거렸다.

"독공을 수련했군."

적풍은 하사랍의 변한 모습에도 전혀 당황하거나 두려운 기색이 없었다.

"신공에 대해 잘 아는구나!"

"신공이라… 여기선 주로 그렇게 부른다고 했지?"

"여기선……? 넌 대체 어디서 온 놈이냐?"

하사랍의 온몸을 검녹색 기운이 휘감았다. 그 와중에도 그는 적풍에게 끊임없이 질문을 던지고 있었다. 태생이 음흉하고 교활한 자라서 어떤 경우에도 상대의 비밀을 캐내는 것을 멈추지 않는 습성을 가진 듯했다.

"네가 내 질문에 대답을 해주면 나도 네 질문에 대답을 해주지."

"아니. 그것보다 더 좋은 방법이 있지."

"그래? 그게 뭐지?"

"네놈을 제압한 후 내가 알고 싶은 모든 것을 듣겠다. 아주 확실한 방법이 아니냐?"

하사랍의 말에 적풍이 순순히 고개를 끄덕였다.

"듣고 보니 그렇군. 고맙다. 쉬운 방법을 가르쳐줘서. 그리고… 독공을 쓰는 자이니 나도 특별한 병기로 상대해 주지."

적풍이 손에 들고 있던 검을 거두고, 등 뒤에 매고 있던 불의 검의 빼들었다.

하사랍이 경계의 시선으로 적풍의 손에 들리는 불의 검을 바라봤다. 그러자 적풍이 하사랍을 힐긋 보며 물었다.

"불의 성을 아나?"

"설마 멸망한 불의 성의 후예냐?"

하사랍의 경계심이 한층 강해졌다. 그도 그걸 것이 비록 십수 년 전에 멸망하기는 했지만, 불의 성의 성주는 신화지왕으로 불리며 한때 칠왕의 한자리를 차지하고 있었다.

그의 후예라면 선천적으로 타고난 신력과 함께 신공 중의 신공을 수련한 인물들이다. 하사랍으로서는 경계하지 않을 수 없었다.

"그 불귀신들의 후예는 아니지만 인연이 조금 있지. 이 검은 그들에게서 얻은 검인데 아마 독공을 상대하기엔 제격일 거야."

"설마… 불의 검을?"

하사랍이 믿을 수 없다는 표정으로 되물었다.

"자! 더 이상 시간 낭비 말자고! 이기는 쪽이 필요한 대답을 듣게 될 거다!"

적풍이 검에 진기를 불어넣었다. 그러자 검이 불에 달궈지듯 붉게 변하기 시작했다.

치이익!

하사랍에게서 흘러나온 검녹색 독기가 불의 검에 닿아 연기를 내며 타들어갔다.

"녹여 없애주마!"

하사랍이 검을 던져 버리고 두 손을 들어올렸다. 그의 양손에 사이에 무거운 독 기운이 모이기 시작했다.

"역시 특별하군. 이런 독공은 강호에서도 보기 힘든 것인데."

적풍이 다시 한 번 하사랍의 특별한 능력에 감탄했다. 그러나 그렇다고 적풍이 적에 대한 공격을 멈출 사람은 아니었다.

"죽어라!"

다가오는 적풍을 향해 하사랍이 두 손을 펼쳤다. 그러자 그의 손 사이에 있던 독 기운의 덩어리가 하늘로 떠오르는 듯하더니 적풍의 머리 위에서 화염이 터지듯 사방으로 터져나갔다. 그 순간, 적풍의 불의 검을 들어 맹렬하게 회전시켰다.

치이익!

불의 검에 닿은 독 기운들이 매캐한 냄새를 내며 연기로 사라졌다. 그 때문에 하사랍의 독무는 단 한 줄기도 적풍의 몸에 닿지 않았다.

그러자 하사랍이 갑자기 거둬들였던 검을 뽑아들고 적풍의 심장을 찔러갔다.

"하앗!"

하사랍의 입에서 고함과 같은 기합소리가 터져 나왔다.

독무를 상대하느라 불의 검을 허공으로 치켜든 적풍의 몸이 그대로 하사랍의 검에 노출되었다.

어쩌면 하사랍은 애초부터 독이 아니라 검으로 적풍을 죽일 생각이었는지도 몰랐다. 독은 적풍의 허점을 드러내기 위한 방편인 듯 보이는 상황이었다.

그러나 그런 하사랍도 한 가지 사실을 간과하고 있었다. 너무도 당연해서 또 쉽게 깨닫지 못했을 사실, 적풍의 손은 두 개고, 그에게는 세 개의 검이 있다는 사실이었다.

적풍이 한 손으로는 계속 불의 검을 휘둘러 독기를 막아내고, 다른 한 손을 허리춤으로 돌려 벼락처럼 청룡검을 빼내 휘둘렀다.

우웅!

검집을 벗어난 청룡검이 영롱한 검기를 만들어내며 힘차게 울부짖었다. 그 검기가 그대로 하사랍의 검과 충돌했다.

콰앙!

"윽!"

강렬한 충돌 속에서 한 사람의 비명이 터져 나오고 두 사람
이 다른 방향으로 떠올랐다.

적풍은 두 개의 검을 손에 든 채 달빛 내리는 허공으로 치솟
았고, 하사랍은 입에서 피를 뿌리며 사선으로 날아가 모래 위
에 나뒹굴었다.

"쿨럭!"

겨우 손으로 모래를 짚으며 상체를 일으킨 하사랍이 기침
한 번에 꽤 많은 피를 뱉어냈다. 심각한 내상을 입은 것이 분명
했다.

그런데 그런 하사랍을 향해 적풍이 다시 날아들었다.

"이런 개자식이!"

하사랍이 숨 돌릴 틈 없이 몰아치는 적풍의 공격에 화를 내
며 다시 옆에 떨어진 검을 집어 본능적으로 휘둘렀다.

파아앗!

하사랍의 검이 움직이는 결을 따라 독무가 녹색 연무의 모양
으로 퍼져나갔다.

순간 적풍이 불의 검을 좌우로 휘둘러 십자 모양의 검기를
만들었다. 검기가 지나간 방향을 따라 하사랍의 독무들이 사
방으로 흩어지면서 길이 열렸다.

적풍이 망설이지 않고 흩어진 독무 속으로 뛰어들었다. 하사
랍이 재차 검을 휘둘러 닥쳐드는 적풍을 공격하려는 순간, 갑
자기 적풍의 다리가 길게 늘어난 것처럼 느껴지더니 그대로 하
사랍의 가슴을 걷어찼다.

퍽!

"악!"

하사랍의 가슴에서 갈비뼈 부러지는 소리가 터져 나오고, 고통을 이기지 못한 그가 검을 떨어뜨린 채 모래 위를 나뒹굴었다.

"좋아. 이제 누가 대답을 들어야 하는지 결정됐군."

턱!

적풍이 하사랍의 어깨 위에 불의 검을 얹으며 말했다.

"흡!"

불의 검에서 흘러나오는 강렬한 열기에 하사랍이 자신도 모르게 목을 움츠렸다.

"알고 있으리라 생각한다. 죽일 수도 있었다는 것을."

적풍이 하사랍을 보며 다시 말했다.

"주, 죽여라!"

하사랍이 두려움과 치욕이 동시에 묻어나는 표정으로 말했다.

"정말?"

적풍이 되물었다.

그 어떤 세상이든 인간은, 아니 살아 있는 모든 것은 결국 생존의 본능으로 살아간다. 그래서 지금 이 순간 하사랍의 외침은 공허한 오기일 뿐이었다.

"정말 죽겠다면 그렇게 해주마."

적풍이 다시 물었다. 그러자 하사랍의 표정이 묘하게 일그러

졌다. 더 이상 자신의 호기는 호기가 아니라 만용이라는 것을
스스로 깨달은 듯 보였다.

"살려줄 수도 있다는 거냐?"

하사람은 자존심이 강한 자이지만 모든 장사치가 그러하듯
그보다는 실속에 밝은 자였다.

그런 그가 살 기회를 마다할 리 없었다.

"어쩌면."

"…약속한다면 알고 싶은 것을 말해주겠다."

하사람이 목숨을 건 거래를 시도했다.

"답을 듣고 생각해 보지. 얼마나 가치 있는 대답인지 알아야
할 것 아니냐?"

"약속하기 전엔 들을 수 없을 것이다."

"후후, 나도 듣기 전에는 약속할 수 없다. 그럼 뭐 결론은 하
나군. 이 거래는 깨졌다!"

적풍이 망설이지 않고 불의 검을 쳐들었다. 단 한 치의 망설
임도 없는 적풍의 행동이다.

그 과감한 적풍의 행동이 하사람에게 다급함을 안겨줬다. 이
대로라면 정말 적풍이 자신의 목을 벨 것이 분명하다고 생각한
것이다.

"좋아. 네가 원하는 대로 해주마! 뭘 알고 싶으냐?"

하사람이 다급하게 소리쳤다.

순간 하사람의 머리를 향해 떨어져 내리던 불의 검이 허공에
서 정지했다.

"거짓은 용납 안 해."

"젠장, 묻기나 해!"

하사랍이 사납게 외쳤다.

적풍이 하사랍을 응시하며 불의 검을 거뒀다. 대신 청룡검을 그의 턱 아래 들이대며 말했다.

"너, 아이가 필요하다지?"

"젠장 어느 놈이 불은 모양이군."

하사랍이 입안에 고인 침을 모래에 뱉어내며 말했다.

"그 아이의 피를 팔려고 한다며?"

"생각보다 많이 알고 있군. 그럼 내가 대답해 줄 말이 별로 없는데……."

"아이의 피를 원하는 자가 누구냐?"

적풍이 하사랍을 내려다보며 물었다. 하사랍이 대답할 수 없다는 듯 고개를 젓다가 적풍과 눈이 마주친 순간 흠칫하며 자신도 모르게 입을 열었다.

"그건 왜……?"

"넌 묻는 말에만 대답하면 된다. 아이의 피를 원하는 자는?"

"음… 그건… 아마 말해줘도 모를 거다. 칠왕의 땅을 벗어나 숨어사는 잔데. 그 꼬마 녀석의 피가 그자를 강하게 해줄 수 있기에 그 아이의 피를 악!"

갑자기 하사랍이 비명을 지르며 왼손으로 오른팔을 움켜쥐었다. 그의 오른팔이 어깨 부근에서 잘려 나가 덜렁거리고 있었다.

"끄으윽! 이 개자식 이게 무슨……."

"차라리 그냥 죽지 그랬느냐? 날 속이려 하면 죽어도 곱게 죽지 못해. 그러니 진실을 말해야 한다. 아니면 사지가 잘려 나가는 고통 속에 죽게 될 테니까. 다시 묻지. 아이의 피를 원하는 자는?"

적풍은 이미 적사몽의 피를 원하는 자가 아바르의 영주 중한 명이라는 것을 알고 있었다. 그리고 단우하를 통해 아바르의 영주들에 대해 귀에 인이 박히게 들은 적풍이었다. 하사랍이 그가 알고 있는 아바르의 영주 한 명을 말하지 않는다면 그건 거짓인 것이다.

적풍의 경고에 하사랍이 적풍을 노려보면서도 끊임없이 눈동자를 움직이며 갈등했다.

그러다가 결국 씹어뱉듯 말했다.

"아바르의 이후(二侯) 십면불 도광이다! 됐냐?"

"그자가 아이의 피를 원하는 이유는?"

"그럴 몰라서 묻는 거냐? 당연히 자신의 수명을 늘리기 위함이지."

"수명을 늘린다라… 이해하기 어렵군. 그는 아직 죽을 나이가 아닌 것으로 아는데?"

"무슨 병이 든 모양이던데. 무슨 병인지는 정확히 모르겠고. 아니 어쩌면 본인의 본래 수명보다 더 오래 살려고 했을 수도 있지. 혹은 어린놈의 피를 이용해 더 강해지는 방법을 찾았든지. 어쨌든, 요즘 칠왕의 땅, 그중에서 아바르에서는 무황의 수

명에 대한 은밀한 소문들이 돌고 있거든. 도광 그자가 무황 사후 아바르를 지배하고 싶은 욕심이 생긴 것 같더군. 아무튼 도광은 꼬마 녀석이 어렸을 때부터 주시하고 있었는데, 그 꼬마 녀석의 부모가 도광의 내심을 눈치채고 칠왕의 땅 변경으로 도주했지. 이런 경우 꼬마를 찾는 일은 대체로 우리 같은 흑상들의 일이다."

하사랍이 다시 입에 든 피를 뱉어내며 말했다.

"넌 그와 어떤 거래를 했지?"

"나 같은 장사꾼이 무슨 거래를 했겠어? 놈을 데려가면 금자를 받는 거지."

그 말이 끝나는 순간 적풍의 다시 검을 쳐들었다.

"어어, 왜 그래? 이게 무슨 짓이냐?"

"넌 또다시 거짓말을 했다."

"젠장, 젠장! 알았다고 알았어. 그와 아바르의 상권에 대한 거래를 했다. 그가 아바르를 장악하면 상권을 내게 주기로!"

하사랍이 급히 소리쳤다.

그러자 적풍이 들었던 검을 내렸다.

"그자가 정말 아바르를 장악할 야심을 가지고 있군."

"하루 이틀 준비한 일이 아닌 것 같더군. 어쩌면……."

하사랍이 말을 하다 말고 아차 하는 표정을 지었다.

"뭐지?"

적풍이 하사랍의 표정을 읽고 날카롭게 추궁했다.

"젠장… 이건 순전히 짐작인데. 어쩌면 무황의 천수가 짧아진 것도 그가 개입했기 때문이란 느낌을 받았어. 그자… 생각보다 아주 무서운 자라고. 내가 이 일에 실패하는 순간 나도 그자의 손에 죽을 거야. 이봐. 우리 다시 한 번 거래하는 게 어때? 지금이라도 아이를 내 줘. 그럼 내가 금화 일천 툭, 아니 아예 나중에 우리 둘이 칠왕의 땅 상권을 장악하는 거야. 어때? 나도 당신 같은 실력자가 필요하고……."

하사랍이 은근한 어조로 말했다.

확실히 매력적인 제안이었다. 하지만 적어도 적풍에게는 아니었다.

"난 재물 따윈 관심 없다."

"그럼 뭐에 관심이 있지? 권력?"

"그것도 이미 가져봤지."

"무슨 소리지? 역시 불의 검을 가진 것을 보면 칠왕의 후예란 건가?"

"그건 좋을 대로 생각하고 하나 더 묻지. 대체 그 독공은 누구에게 배운 거지?"

적풍의 물음에 하사랍이 본능적으로 입을 다물었다. 적풍은 언 듯 그의 눈에서 공포심 같은 것을 느꼈다.

'이것 봐라? 이제 보니 무공의 진정한 주인이 아니었군.'

적풍은 하사랍의 공포에서 그를 움직이는 자가 있다는 것을 직감했다.

"누구지? 네게 그 독공을 가르쳐 준 사람이?'

"후우… 날 죽인다 해도 그것만은 말하기 어렵군."

"그래?"

"그분은 아주 무서운 분이라서 내가 자신의 이름을 언급했다는 것을 아는 순간 나와 관련된 모든 것을 태워버리실 거야. 그래서 날 어떻게 하더라도 그것만은 말할 수 없군."

"그래… 가끔 죽어서라도 지켜야 할 비밀이 있기는 하지. 아무튼 상관없어. 그런 존재가 있다는 것을 알게 된 것만으로도 충분하니까. 그런데 넌 칠왕의 땅의 상권을 노린다고 했지? 그렇다면 당신에게 무공을 가르쳐 준 자가 원하는 건 뭘까? 상권 따위는 당신에게 던져줄 수도 있다는 건데… 칠왕의 땅의 패권 같은 건가?"

"몰라몰라. 젠장, 이젠 그냥 죽여줘. 생각해 보니 비참하게 사는 것도 피곤할 것 같군."

하사람이 그 자리에 벌렁 드러누웠다. 그러고 보니 정말 고단해 보이는 얼굴이었다.

"데려가야겠군."

"무슨 소리야?"

"널 데려가야겠다고!"

"젠장 이건 약속이 틀리잖아?"

"내가 무슨 약속을 했는데?"

"묻는 말에 대답하지 않으면 죽이겠다고 했잖아? 그럼 죽여야지!"

"후후, 사는 게 죽는 것보다 더 어렵다면 살려서 데리고 다니는 것도 나쁜 것은 아니지. 아무튼 네 목숨은 조금 더 연장

됐다."

픽!

적풍의 청룡검이 가볍게 움직였다. 그러자 하사랍이 검 면에
머리를 맞고 그대로 정신을 잃었다.

"단우하, 그라면 이자의 내력을 밝힐 수 있을지도 모르겠군."

적풍이 정신을 잃은 하사랍을 바라보며 중얼거렸다.

적풍이 하사랍을 어깨에 걸머지고 사구로 돌아왔을 때 사구
에서의 싸움도 거의 끝나가고 있었다.

그 많던 흑상들은 사구를 무덤삼아 즐비하게 죽어 있었고,
십자성의 고수들을 도주하려는 몇몇 흑상들을 끝까지 추격해
격살하고 있었다.

그 참혹한 전장을 본 사람이라면 누구라도 십자성 고수들의
손속에 공포를 느꼈을 터였다.

단우하 역시 마찬가지였다.

싸움이 시작될 때 사구 뒤편으로 물러나 있던 그는 싸우는
소리가 잦아들자 사구 위로 올라왔는데, 그런 그의 눈에 비친
십자성 고수들의 강렬한 살의는 그와 그들의 동료들인 검은 사
자들조차도 가지고 있지 않은 것이었다.

하지만 그를 더 놀라게 만든 것은 십자성 무사들의 전의가
아니었다. 그의 관심을 끄는 것은 사람이 아니라 한 자루 검이
었다.

"뭘 보고 있는 거요?"

단우하가 갑자기 우측에서 들려오는 목소리에 정신을 차리고 고개를 돌렸다.

그의 눈에 하사람을 메고 있는 적풍이 보였다.

"결국 그를 잡으셨군요."

"어려운 일은 아니었소."

"물론… 그렇겠지요. 불의 검이라면."

단우하의 말에 적풍이 무뚝뚝하게 대답했다.

"알아봤소?"

굳이 알리지 않았던 불의 검이 존재가 단우하에게 드러났지만 적풍은 그리 당황하는 것 같지도 않았다. 꺼려되는 일은 있지만 어차피 알 일이기 때문이었다.

"의심은 하고 있었습니다."

"의심……?"

"죄송합니다. 말이 잘못 나왔군요. 추측이라고 해두지요. 검집에 들어 있어도 신검은 특별하니까요. 더군다나 무림에서 신화지왕의 후예인 우다문을 제압하셨다고 했으니 불의 검을 가지고 계실 수 있다고 생각하고 있었습니다."

"왜 묻지 않았소?"

"말씀하시지 않는데 굳이 물을 이유는 없지요."

단우하가 쓸쓸한 표정으로 대답했다.

적풍이 그런 단우하의 표정을 못 본 척하며 하사람을 가리켰다.

"이자, 죽이려고 했는데 아직 못 들은 말이 있는 것 같아 살려뒀소. 당신이라면 이자의 내력을 알아낼 수 있지 않을까 하고."

"제가요?"

"음, 이자가 독공을 쓰더구려. 그것도 무림에서조차 흔히 볼 수 없는 독공을 말이오. 특별하지 않소?"

"독공이요?"

"그렇소. 혹 짐작 가는 자가 있소?"

"글쎄요. 이 땅에서 독을 쓰는 자들이라면 칠왕의 시대 이후 변경 밖으로 밀려난 야수족 중 일부가 사용하기는 했는데……"

"무공으로서 독공을 쓰는 자들은 없다는 말이구려."

"제가 아는 한 그렇습니다."

"그렇다면… 차라리 죽이고 가는 게 낫겠소?"

적풍이 물었다.

"제게 맡기시는 겁니까?"

"그대에게 유용할 수 있을 것 같아서 말이오."

"왜 그렇게 생각하셨습니까?"

단우하가 의아한 표정으로 물었다.

"이자의 입에서 아바르의 이후 십면불 도광이란 자의 이름이 나왔소."

적풍이 남의 일처럼 덤덤하게 말했다.

하지만 그 말을 들은 단우하는 결코 담담할 수 없었다. 그의 얼굴이 묘하게 일그러졌다.

"설마 그가 매혈을?"

"그런 것 같소."

"확실히 사람의 속은 알 수가 없군요."

"그럴 사람이 아니라고 생각했었소?"

"그렇습니다. 본래 십면불 도광은 불도(佛道)에 심취한 자이지요. 그래서 영주 중에서 가장 욕심이 없는 사람이라고 여겨졌습니다."

"여기도 중이 있소?"

적풍의 뜻밖이라는 듯 물었다.

"칠왕의 땅에 사는 자들의 뿌리는 누가 뭐래도 명계의 무림입니다. 교벽을 통하든 아니면 먼 옛날 밀교의 문이 막히기 전그 문을 통해 이곳으로 넘어왔든, 거의 대부분은 그 뿌리에 명계의 인연이 한 가닥씩은 이어져 있지요. 그러니 자연히 그쪽의 신앙도 넘어올 수밖에요. 특히나 불도는 한동안 무척 유행했었다고 하더군요. 이 기이한 세계를 설명하기에 불교의 교리는 유용한 면이 있으니까요. 물론 지금이야 거의 사장된 종교기는 하지만… 그래도 월문도 있고……."

"그렇구려. 월문도 불교의 한 종파에서 시작되었으니까. 아무튼 그 십면불 도광이란 자가 사몽의 피를 원한다는 사실은 분명하오."

"그자가 정말 야심을 품었는가?"

단우하가 그늘진 표정으로 말했다.

"이자의 말에 따르면 그 양반의 수명이 짧아진 것을 알고 그 이후를 대비하려 했던 모양이오만……."

"주군의 상세를 알고 있었다고요?"

"그렇다고 하더구려."

"음… 이건 생각보다 심각한 문제입니다."

"비밀이었소?"

"당연하지요. 주군의 천수가 줄어든 것이 알려지면 큰 혼란이 일어날 테니까요. 그런데 그가 알고 있다면……."

단우하가 앞으로 일어날 일이 두려운지 차마 말을 잇지 못했다.

"그렇다면 그 양반이 살아 있는 동안 아바르 내에서 반란이 일어날 수도 있소?"

"누구든 혼자의 힘으로는 불가능하지요. 감히 주군께는……."

"힘을 모으면?"

적풍이 다시 묻자 단우하가 곰곰이 생각에 잠겼다고 고개를 저었다.

"역시 두세 명 모여서도 불가능합니다. 아무리 수명이 짧아지고, 모습이 쇠락하셨다 해도 주군의 능력은 감히 성주들이 감당할 수 없는 것입니다. 다만……."

"예외도 있다는 말이구려."

"그렇습니다. 다만… 외인, 칠왕의 후예들이거나 칠왕의 땅에서 쫓겨난 야수족이나 신비족에 속한 자들과 손을 잡는다면 위협이 될 겁니다."

"자신의 탐욕을 위해 아바르를 이족에게 내줄 수도 있단 말이오?"

"서로 이득을 맞출 수 있다면 은밀한 거래는 어느 시대든 일어날 수 있지요. 지금 상태라면 주군께서 천수를 다하신 후에도 세 분 황자, 황녀님이 주군의 뒤를 잇게 될 것이 확실하니까. 힘 있는 성주들이 야심을 가질 수는 있습니다."

"그렇게 충성심이 약했소?"

적풍이 실망한 표정으로 말했다.

"칠왕의 땅에서는 나라나 왕이라는 개념이 그리 강고하지 않습니다. 아니 아예 없다고 봐야겠지요. 대신 성(城)을 중심으로 권력이 형성되지요. 각 성주들이 칠왕의 직계나 주군처럼 힘 있는 성주 아래에 모여 연합을 이루는 겁니다. 그래서 충성심이라는 면에서 볼 때는……."

"십면불 도광도 검은 사자였다고 하지 않았소?"

"그렇습니다."

"그런데도 마찬가지요?"

적풍의 질문에 단우하가 괴로운 표정을 지으며 말했다.

"솔직히 말씀드리자면 그래서 저도 지금 당황스럽습니다. 매혈을 원하는 아바르의 성주가 있다는 소리를 들었을 때, 적어도 그는 아닐 거라 생각했었는데……."

단우하가 침울하게 말했다.

"어쨌거나 이자는 이제 당신 몫이오."

적풍이 하사랍을 단우하 발아래 던졌다. 그러자 정신을 잃은 하사람의 입에서 나직한 신음이 흘러나왔다.

"잠시 시간을 주시지요."

단우하가 싸늘한 표정으로 하사람을 보며 말했다.

"데려가진 않을 생각이오."

"이런 자를 데려가는 것은 큰 짐이지요."

"알겠소. 그건 마음대로 하시오. 뭐, 스스로도 죽기를 원했었으니까. 반 시진 주겠소."

"이곳에서는 일 차간이라고 하지요."

"……?"

"시간 말입니다. 반 시진이 일 차간입니다. 말씀드리지 않았던 것 같아서. 일 차간은 일백 랍으로 이뤄지지요."

갑자기 이 땅의 시간에 대해 설명하는 단우하를 적풍이 뜨악한 표정으로 바라보다 손을 저어 단우하의 말을 막았다.

"그런 한가한 이야기나 할 때는 아닌 것 같소. 아무튼 난 반 시진이오. 그때까지 돌아오시오."

"알겠습니다."

적풍의 말에 단우하가 고개 숙여 대답하고는 하사람을 들어메고 사구를 내려가기 시작했다.

싸움을 끝낸 십자성의 고수들이 하나둘 적풍 곁으로 모여들었다. 한바탕 싸움으로 지칠 법도 한데 십자성 고수들은 오히려 생기가 도는 모양이었다.

"도주한 자는?"

적풍이 모여든 십자성 고수들을 보며 물었다.

"한 놈 있기는 한데……."

이위령이 말꼬리를 흐렸다.

"놓친 자가 있다고?"

"예, 생각지 못하게 빨라서 그만 놓쳤습니다."

"위령, 그게가 놓칠 정도로 빨라?"

"사막이 아니었다면 잡을 수도 있을 것 같기는 한데… 수하들의 방해도 있고 해서. 모두 죽이고 보니까 사라졌더군요."

"특별한 자군."

"그런데 생각해 보니 놈이 아니라 계집이었습니다."

"여자?"

"그렇습니다. 싸울 때 보니 참 독하더군요."

"불씨를 남겼군."

"죄송합니다."

이위령이 고개를 숙여보였다.

"아니, 그대 잘못은 아니야. 최선을 다했으니까. 모두 수고들했어. 이젠 떠날 준비를 하라. 도주한 자도 있다고 하니… 잠시 쉬고 내일 새벽 떠난다.!"

"예. 성주!"

십자성의 고수들이 일제히 대답했다.

단우하는 그날 밤 늦게 돌아왔다.

하사랍은 데려오지 않았다. 물론 하사랍의 배후에 대해서도 알아내지 못했다고 했다. 적풍은 더 이상 하사랍에 대해선 묻지 않았다.

단우하가 그에 대해 어떤 것을 알아냈을 수도 있지만 말하지 않겠다면 굳이 묻고 싶지 않았기 때문이었다.

*   *   *

여인의 몸으로 칠왕의 땅 변경을 돌며 흑상의 우두머리로 성장한 귀모라에게 이젠 아무도 남지 않았다.

그녀는 허리춤에 차고 있던 물 한 통에 의지해 사막을 걷고 있었다. 덜렁거리는 수통은 이미 그 안의 물이 바닥났음을 말해주고 있었다. 이렇게 몇 차간만 지나면 그녀도 결국 쓰러지고 말 것이다.

싸움이 있었던 그 밤으로부터 벌써 사흘이 지나고 있었다. 그녀는 서서히 자신이 죽음을 향해 가고 있음을 직감했다.

쿰은 다른 사막과는 다르다. 노련한 안내자가 없다면 이 사막에선 살아남을 수가 없었다. 그녀도 노련한 흑상이지만 사막의 길잡이는 또 다른 문제였다.

더군다나 굶주림으로 인해 정신마저 혼미해져가고 있었다.

갈가리 찢진 옷 사이로 말라붙은 피와 그녀의 맨살이 보인다. 아무리 흑상이라도 여인은 여인, 살을 가리는 옷가지가 이렇게 찢겨져 있으면 손으로 여미기라도 해야 하지만 그녀는 이제 옷깃을 여밀 힘조차 없었다.

"그 마귀들……!"

고모라가 치를 떨었다. 지금 생각해도 한밤에 꾼 꿈처럼 아득히 기억되는 그 밤이었다.

겨우 열 명이었다. 그 열 명의 적이 백여 명에 이르는 사나운 흑상들을 도륙했다.

살아남은 자는 그녀가 알기로 오직 자신 한 명, 이 처절한 패배는 그녀가 평생 겪었던 그 어떤 일보다도 참혹했다.

적은 절대적 힘의 우위에도 불구하고 방심하거나 혹은 여유를 두지 않았다.

마치 싸우지 않으면 미쳐 버리는 존재들처럼 그렇게 흑상들이 뿌리 뽑힐 때까지 전력을 다해 싸웠다.

세상에 그렇게 미쳐 싸우는 자들이 또 있을까. 그것도 유리한 싸움에서…….

"투귀(鬪鬼)들이 분명해. 내가 귀신을 본 거야."

귀모라가 얼빠진 사람처럼 중얼거렸다.

그러다가 한순간 고개를 들어 사방을 둘러봤다. 뜨거운 태양이 그녀의 머리 위에서 내리 꽂히고 있었다.

"길까지 잃은 건가?"

귀모라가 허탈한 표정으로 중얼거렸다. 이렇게 혼미한 정신으론 도저히 방향을 가늠할 수 없었다. 귀모라가 삶을 포기한 것처럼 그 자리에 주저 앉았다.

"해가 지고… 별이 뜨면… 그때, 그때 길을 찾자… 깨어나지 못하면… 죽는 거겠지. 그것도 나쁘지 않아……."

귀모라가 혼잣말로 중얼거렸다. 그리고 그녀 자신도 모르게 잠이 들었다.

뜨거운 태양이 내리쬐는 사막 한가운데서 대낮에 잠이 든다는 것은 곧 죽을 자리를 찾았다는 뜻과 같다.

앉은 채 잠들었던 귀모라가 어느 순간 그대로 모래 위에 쓰러졌다. 그리고 조금씩 불어오는 사풍이 그녀의 몸을 모래로 덮어갔다.

"허억!"

사막에서의 죽음을 운명처럼 받아들이려 했던 귀모라가 갑자기 쏟아진 냉기에 화들짝 놀라 소리를 질렀다.

퍼억!

깨어난 그녀를 향해 다시 물벼락이 떨어졌다.

"푸웃!"

갈증을 피할 수 있는 감로수 같은 물벼락이었지만, 대신 코와 입을 막아 그녀를 숨 막히게 만들었다.

귀모라가 손으로 코와 입을 막으며 입안에 들어온 물과 모래를 내뱉었다.

그리고 재빨리 자리에서 일어나 검을 들고 사방을 노려봤다.

"살아났습니다."

누군가의 목소리가 그녀의 뒤에서 들렸다. 고개를 돌려보니 붉은 천으로 온몸을 가린 자가 뒤를 돌아보며 소리치고 있었다. 그의 손에 물주머니가 들려 있는 것을 봐선 귀모라에게 물벼락을 내린 자가 분명했다.

"웬 놈이냐?"

귀모라가 붉은 옷의 사내에게 물었다. 그러자 사내가 고개를 돌려 귀모라를 보며 물었다.

"혹상인가?"

"그렇다."

"이름은?"

"…귀모라!"

귀모라가 망설이다 말했다. 적어도 자신에게 물을 뿌린 것은 죽이겠다는 뜻이 아니라는 것을 깨달은 것이다.

"아, 당신이 귀모라요?"

붉은 옷의 사내가 놀란 표정으로 말했다.

"날 아느냐?"

귀모라가 사내에게 물었다.

"물론 알고 있소. 혹상의 상주 중 여인이 몇이나 된다고 모르겠소. 갑시다. 당신이 만나야 할 분이 계시오."

"대체 그댄 누구고 누가 날 만나려 한다는 것이냐?"

"만나 보면 아오. 카르께서 하사랍 상주에게 일어난 일을 궁금해하시오."

사내의 손길을 따라 귀모라가 시선을 돌렸다.

그러자 태양을 등지고 서 있는 일단의 무리와 그들 앞에 말을 타고 있는 역시 붉은 옷을 입은 노인이 보였다.

제5장
추격은 끊이지 않는다

"오시오."

백여 걸음을 이동한 귀모라를 사내가 붉은 옷을 입은 노인 앞으로 데려갔다.

노인은 말 위에서 물끄러미 귀모라를 바라보고 있었는데 노인과 시선이 마주치는 순간 귀모라는 자신의 영혼까지 스며드는 음습한 살기에 몸을 떨었다.

귀모라를 데려온 자가 노인 앞에서 가볍게 고개를 숙여보였다. 그러자 노인이 알 수 없는 말을 사내에게 했다.

순간 귀모라의 눈빛이 변했다. 칠왕의 시대가 수 백 년에 이르고 있는 이 땅에서 이제는 칠왕의 땅뿐 아니라 그 너머 오지에서까지 대부분의 종족들은 칠왕의 언어를 사용하고 있었다.

그런데 노인은 칠왕의 말을 사용하지 않았다. 그건 곧 노인이 좀 더 먼 땅에서 온 자일 수 있다는 것을 뜻한다.

이런 자가 어떻게 하사랍을 알고 있을까. 그것이 귀모라가 가진 첫 번째 의문이었다.

"이름을 물으시오."

사내가 노인의 말을 칠왕의 말로 대신 전했다.

"귀모라."

귀모라가 짧게 대답하자 노인이 다시 사내에게 이방인의 말로 다른 것을 물었다.

"하사랍과 함께 있었냐시오."

"그렇소."

귀모라가 다시 대답했다. 그러자 사내가 그들만이 말로 노인에게 귀모라의 말을 전했다.

사내의 말을 들은 노인이 즉시 사내에게 다시 무슨 말인가를 물었다.

"하사랍은 어찌 되었냐시오?"

"아마 죽었을 거요."

"시신이 없던데?"

사내가 이번에는 노인에게 말을 전하지 않고 스스로 되물었다.

"그곳엘 갔었어?"

귀모라가 놀란 표정으로 물었다.

"그렇소. 백여 구에 이르는 시신을 보았소. 그러나 그 속에 하사랍은 없었소."

사내가 참혹한 전장을 보고 온 자 같지 않은 침착한 표정으로 말했다.

"그럼 도주했을 수도… 아니면."

"잡혔을 수도 있겠구려?"

사내가 다시 물었다.

"어쩌면 그랬을 수도 있소. 그런데 대체 당신들은 누구요?"

귀모라가 이 특이한 자들의 정체를 물었다.

그러자 사내가 노인을 보며 무슨 말인가를 물었다. 그러자 노인이 가볍게 고개를 끄떡였다.

노인의 허락이 있자 사내가 귀모라에게 다시 물었다.

"혹, 상주 하사랍으로 부터 붉은 늑대에 대해 들었소?"

"그럼 당신들이……?"

귀모라가 조금 놀란 표정으로 되물었다.

"그렇소. 우리가 바로 그 적랑들이오."

"그런데 어째서 그를……?"

귀모라가 혼란스러운 표정으로 물었다. 사구에서 그 정체모를 극강한 적을 공격할 때 하사랍이 잠시 망설인 적이 있었다.

그는 자신의 사람들이 조금 더 오기로 되어 있다고 했었고, 그들은 하사랍이 길러낸 비밀스러운 전사들, 붉은 늑대라 불리는 자들이라 했었다.

그런데 막상 이자들은 하사랍을 전혀 자신들의 주군으로 생각지 않는 모습이었다.

"무슨 말이오?"

사내가 귀모라의 질문의 뜻을 알아듣지 못하고 되물었다.

"그는 분명 당신들을 자신이 길러낸 전사들이라고 했는데……."

"후후, 그렇게 말했소? 뭐, 그는 그렇게 생각할 수도 있었겠군. 그의 재물로 우리가 성장했으니까."

"그 말은 당신들의 주군은 따로 있다는 말이오?"

"여기 계시지 않소."

사내가 손을 들어 붉은 옷의 노인을 가리켰다. 그러자 노인이 다시 알아들을 수 없는 말로 사내에게 무슨 말인가를 전했다. 그러자 사내가 귀모라에게 물었다.

"누구에게 당했냐시오?"

"정확한 정체는 나도 모르오. 하지만… 지독하게 강한 자들이었소. 단 열 명이 우리 백여 명을 도륙했으니까."

귀모라의 말에 사내도 놀란 표정을 지었다. 그러고는 급히 노인에게 말을 전하려는데 노인이 손을 들어 사내를 막으며 말을 몰아 귀모라 앞으로 다가왔다.

"단지 열 명… 이었다고?"

억양은 특이했지만 분명 칠왕의 땅에서 쓰는 말이다. 그렇다면 그동안 노인은 귀모라가 하는 말을 모두 알아듣고 있었다는 뜻이 된다.

귀모라는 노인이 생각보다 무척 주도면밀한 자라는 것을 깨달았다. 아마도 노인은 자신이 거짓말을 하는 것인지를 살피고 있었을 것이다.

"그렇소."

노인의 물음에 귀모라가 침착하게 대답했다.

"단 열 명이 너희들을 몰살했단 말인가?"

노인은 처음부터 귀모라를 자신의 수하 대하듯 대했다. 그러나 귀모라는 그런 노인의 태도에 반발할 수 없었다.

이들이 아니라면 자신이 살아날 수 없기 때문이기도 했지만, 그보다는 노인이 만들어내는 이 기이하면서도 음산한 기세에 이미 그녀의 정신이 굴복하고 있었기 때문이었다.

"그렇소."

"놀라운 일이군."

노인이 중얼거렸다. 그러자 곁에 서 있던 귀모라를 구한 자가 노인에게 뭔가를 물었다. 그러자 노인이 잠시 생각에 잠겼다가 그들만의 말로 대답했다. 그러고는 사내에게 몇 마디 말을 더 한 후 뒤로 물러났다.

노인이 물러나자 사내가 귀모라에게 말했다.

"우리와 함께 가야겠소."

"왜… 날 데려가려는 것이오?"

"카르께서 그자들을 쫓기로 하셨소."

"카르……?"

귀모라가 눈썹을 모으며 되물었다.

"우리 주인이시오."

"성주나 영주가 아닌 카르… 그렇다면 칠왕의 땅 사람들이 아니란 뜻이구려."

카르란 말은 과거 칠왕의 시대 이전에 칠왕의 땅에 기거했던 야수족이나 신비족들이 자신들의 족장이나 왕을 지칭하던 말이다.

지금에 와서는 거의 사용하지 않는 고어(古語)인데, 그 단어를 쓴다는 것은 이들이 세상 멀리 밀려난 자들의 후손이란 뜻일 터였다.

"귀모라, 그대도 뿌리가 특별한 것으로 알고 있는데?"

귀모라의 물음에 사내가 물음으로 답했다. 순간 귀모라의 눈이 싸늘해 졌다.

"나에 대해서 어떻게 알고 있는 거요?"

"후후, 우린 생각보다 많은 것을 알고 있다오. 이 칠왕의 땅과 그곳에 사는 자들에 대해서 말이오. 아무튼… 당신에게 손해나는 제안은 아닐 거요. 카르를 모시다 보면 당신의 일족이 겪었던 일에 대한 복수를 할 수도 있을 테니까."

"설마… 칠왕과 싸우겠다는 것이오?"

귀모라의 눈이 커졌다.

"글쎄. 그것 역시 두고 보면 알게 될 거요. 아무튼 우리와 함께 가야 할 것 같소."

"거절하면?"

"뭐… 굳이 우리가 손을 쓸 필요도 없겠지."

사내가 두 손을 들어 끝없이 펼쳐진 광활한 사막을 가리켰다. 그대로 두고 가겠다는 뜻이다.

사내의 냉정한 대답에 귀모라가 어쩔 수 없다는 듯 고개를 끄덕였다.

"알았소. 함께 가겠소. 그런데 왜 날 데려가려는 것이오?"

귀모라가 묻자 사내가 대답했다.

"놈들의 얼굴을 아는 사람이 그대밖에 없으니까."

"왜 그자들을 잡으려는 거요? 그 소년 때문이오? 하지만 하 사람이 없는 이상 그 거래는……."

"매혈 따위에 카르께서 관여하시진 않소."

사내가 단호하게 말했다.

"그럼 왜……?"

"어차피 칠왕의 땅으로 가는 길이니까. 카르께서 호기심이 생기신 모양이오. 그자들에 대해."

"위험한 자들이오."

"위험할수록 이득이 많은 법 아니오. 카르께선 그자들이 쓸 모가 있을 거라 생각하시오."

"설마 그들을……?"

"맞소. 카르께서 그들을 원하시오. 충실한 종복으로! 하사람 을 대신할… 그러고 보니 당신도 하사람을 대신할 수 있겠군."

사내가 싸늘한 미소를 지으며 말했다.

＊   ＊   ＊

오 일 간의 여행 끝에 드디어 사막이 시야에서 사라졌다. 사막에서부터 이어진 강줄기를 따라 이동하는 여행이었기에 힘들지는 않았지만, 그래도 언제나 사막을 곁에 두고 있어서 여전히 사막에 대한 두려움이 남아 있었다.

그러다 오 일째 되던 날 강줄기가 숲으로 들어가고, 사막이 숲에 막혀 더 이상 자신의 영역을 확장하지 못하는 지점에 이르자 일행은 드디어 자유를 찾았다는 느낌을 받았다.

그러나 숲에 이르렀다는 기쁨이 그들을 걸음을 멈추게 하지는 않았다. 혹시라도 있을 또 다른 자들의 추격을 우려해, 그들은 오히려 숲에 들어서자 더 빠르게 걸음을 재촉했다.

숲에서도 일행은 여전히 강줄기를 따라 이동했다. 그들이 가려는 곳은 세 어머니의 호수라고 불리는 곳이었다.

세 개의 호수가 서쪽에서 동쪽으로 연이어 이어져 있어서 만들어진 말인데, 세 개의 호수는 각기 그 특징이 다르고, 호수치고는 물의 흐름이 괴이한 곳이라 여행하는 자들이 무척 두려워하는 곳이었다.

세 개의 호수를 이어보면 칠왕의 땅 남쪽을 거의 삼분지 일이나 횡단할 만큼 거대한 크기이기도 했다.

하지만 사실 여행자들이 정말로 두려워하는 것은 세 호수 자체가 아니라 그 호수를 지배하고 있는 한 세력이었다.

"오손 왕국의 시조는 칠왕 중 한 명이었던 하조앙이라는 사람입니다. 그의 출신에 대해서는 정확하게 알려지지 않았지만, 그 뿌리는 역시 명계의 무림일 것이라는 것이 중설이지요."

단우하가 강이 끝나는 곳, 그리고 새로운 여행을 시작해야 하는 호수가 바라보이는 곳에서 적풍에게 말했다.

일행은 오늘 온전히 하루의 휴식을 취하기로 결정했고, 호수가 가진 위험과는 상관없이 극한의 아름다움을 뽐내고 있는 강과 숲, 그리고 호수의 풍경에 매료되어 있었다.

노숙지를 정하고 요기를 마친 후, 저물어가는 풍경을 즐기던 일행의 이야기는 자연스레 세 어머니의 호수라 불리는 저 신비하고 위험한 호수의 지배자, 오손의 왕국에 모아졌다.

그리고 그 궁금함을 풀어줄 사람은 단우하가 유일했다.

이 땅의 원주족에 속하는 파묵조차도 칠왕의 유래에 대해선 잘 모르고 있었다. 그래서 파묵 역시 단우하의 이야기에 귀를 기울이고 있었다.

"지금의 주인은 누구요?"

"지금은 하조앙의 후손인 하막이란 사람이 오손의 성을 지배합니다. 오손 왕의 성씨는 하씨 혈맥을 잇는 것이 정통이지만 왕족은 하, 강, 해 세 가지 성씨를 이룹니다. 그 이유는 저도 정확히 모르겠습니다만……."

"그런데 왜 오손이라 부르죠?"

설루가 중간에 질문을 던졌다.

"별 의미는 없습니다. 단지 하조앙이 처음 자리를 잡았고, 지금도 여전히 그들의 중심이 되는 성(城)이 오손산이라는 위태로운 산에 지어졌기 때문입니다."

"호수를 지배하는 자들의 성이 왜 산에 있는 겁니까?"

소두괴가 의아한 표정으로 물었다.

호수를 지배하기 위해선 반드시 배를 움직여야 한다. 더군다나 바다처럼 넓다는 세 어머니의 호수는 더더욱 그러했다. 그러자면 배의 정박과 출항이 자유로운 호숫가에 성을 쌓는 것이 상식이었다.

"그건 자네가 오손산에 대해 잘 모르기 때문에 하는 소리네. 오손 성은 세 호수 중 두 번째 호수와 수로로 연결되어 있는데 산 아래까지 물이 들어온다네. 그 물은 다시 크고 웅장한 지하 석굴을 관통해 산 중심에 있는 분지에 위치한 오손 성내까지 이어지는데, 능히 크고 작은 배들이 통과할 만하다네. 물론 오손 왕이 자랑하는 대전선은 들어갈 수 없지만."

"이상한 산이군요. 물길이 산 중심까지 이어지다니."

"물길이 산 중심으로 들어간 것이 아니라 산 중심에서 물이 나온 것이라고 해야겠지. 오손성은 산 중턱에 있는데 그곳에서 수십 개의 폭포가 분지까지 이어진 물길로 떨어진다네. 아무튼 그래서 산 이름을 따서 그들을 오손, 오손의 왕국이라 부르게 된 것이지요."

마지막에는 설루를 보며 말하는 단우하다.

사람들에게 새로운 세상, 그들과 이어져 있으면서 또 떨어져 있는 이 신비로운 세계에 대한 이야기는 아이가 할머니 할아버지로부터 전해 듣는 먼 옛날의 전설과 신화처럼 사람들의 마음을 끌어들이는 힘이 있었다.

그래서 십자성의 고수들은 어린애들처럼 단우하의 이야기에 귀를 기울이고 있었다.

"오손의 왕이라는 그자는 어떤 검을 가지고 있소?"

적풍이 물었다.

그러자 단우하가 기다렸다는 듯이 대답했다.

"그렇지 않아도 말씀드리려던 참이었습니다. 물론 그를 만날 가능성은 거의 없지만 만약의 경우라도 오손의 왕 하막을 만나시게 된다면, 그래서 그와 싸워하는 일이 생긴다면 절대 불의 검을 사용치 마십시오."

"이유는?"

"명계에 오행이라고 있지요? 그중 물은 불을 이긴다는 수극화의 원리를 아실 겁니다."

"칠왕의 검 사이에 그런 관계가 있소?"

"칠왕의 검을 만들어 이 땅에 그들의 시대를 열게 했던 사람은 말씀드렸듯이 신의 사자(使者)라 불리는 차요담이라는 사람입니다. 그가 만든 일곱 개의 검은 묘하게 서로 연결되어 있지요. 이 땅의 현자들은 그걸 오행과 태극으로 설명하는데 저로서야 그 인과관계는 잘 모르지만, 어쨌든 불의 검은 오손의 왕이 가지고 있는 물의 정 검을 만나면 위험하다고 알려져 있습니다."

"서로가 서로를 견제하길 원했던 모양이군요."

설루가 두 사람 대화에 끼어들었다.

"맞습니다. 차요담이 일곱 개의 신검을 만든 이유가 야만과 폭력이 가득한 칠왕의 땅에서 혼란을 종식시키기 위함이었지요. 일곱 명의 절대강자들이 균형을 이뤄 평화가 찾아오길 바란 것이지요."

"어느 정도는 성공했다고 할 수 있겠군요."

"그렇지요. 하지만 사람의 약속이란 세월이 흐르면서 그 색이 옅어지게 마련이지요. 칠왕 중 멸망한 곳도 나오고… 벽루의 맹약은 또한 극히 위험한 지경에 처할 때가 많았지요."

"그게 뭐죠?"

"……?"

단우하가 뭘 묻는 건지 몰라 설루를 바라봤다.

"벽루의 맹약이란 거요."

"모르셨습니까?"

"처음 듣는 말이에요."

설루가 고개를 저으며 말했다.

"하아, 우서한 그자가 가장 중요한 것을 말해주지 않았군요. 아니 너무 당연해서 말하지 않은 걸 수도 있겠군요. 제가 명계에 다시 갔을 때 만났던 월문의 문도도 십자성 무사들을 신경 쓰지 않고 입에 담았던 말이니… 뭐 큰 비밀도 아니니까."

단우하가 혼잣말처럼 중얼거렸다.

"그게 뭐요?"

적풍이 단우하의 대답을 재촉했다.

"신의 사자 차요담이 일곱 개의 신검을 만들어 칠왕에게 전할 때 그는 칠왕 모두에게 두 가지 맹약을 하라고 요구했지요. 그게 바로 저 유명한 벽루의 맹약입니다. 그 하나는 칠왕의 힘으로 이 땅의 혼란과 야만을 종식시킬 것, 둘째는 현월문이 지키는 밀교의 문에 대해 어떤 도발도 하지 말 것! 만약 누군가 현월문에 대한 도발을 한다면 나머지 왕들이 힘을 모아 그를 멸망시키라는 조건이 붙은 맹약이지요."

단우하의 말에 적풍이 되물었다.

"그 차요담이라는 자 월문과 관련이 있소?"

"그랬을 거라고 생각들 하지요. 물론 월문에선 부인하지만… 그에게 또 다른 호칭이 있습니다. 무색의 술사라는 것인데 그건 그가 이 두 가지 조건이 지켜지는 한, 칠왕의 행보에 절대 관여치 않겠다고 스스로 약속한 것 때문에 붙여진 별호입니다. 이건 마치 월문이 밀교의 문을 침범하지 않는 이상 강호의 일에 관여치 않는다는 전통과 비슷한 것이지요. 그래서……."

"확실히 연관이 있겠군."

적풍이 중얼거렸다.

"심중은 그렇지만 확인할 수 있는 일은 아니지요. 월문에서도 계속 부인하고……."

"현월문의 역사는 얼마나 되었소?"

"월문의 내력이야 세상에 제대로 알려진 것이 없지요. 하지만 이 땅에서 현월문이 범접할 수 없는 권위를 갖게 된 것은 그즈음이었습니다."

"차요담이라는 자의 은혜라 할 수 있겠군."

"굳이 따지자면 그렇지요."

단우하가 대답했다.

"정말 복잡한 일이에요. 난 누가 설명을 해줘도 이해할 수 없을 것 같아요. 두 개의 월문과 두 개의 세상에 대해서는……."

몽금이 거구의 체구를 수그려 머리를 무릎 사이에 넣으며 말했다. 누가 봐도 천상 여인의 모습이다. 그녀에게 산을 뽑을 힘이 있다는 걸 말투로 봐선 전혀 짐작할 수 없었다.

밀교의 문으로 이어진 이 두 세계에 대한 혼란은 몽금만이 느끼는 것이 아니었다. 십자성의 다른 고수들도 이 비밀스럽고 기괴한 일들이 혼란스럽고 조금은 두렵게까지 느껴져서인지 모두 말을 하지 않고 침묵으로 그들의 앞에 펼쳐진 아름다운 세계를 바라봤다.

그런데 그 침묵을 갑자기 적풍이 깼다.

"파묵!"

적풍의 부름에 멀리 떨어져 있던 파묵이 화들짝 놀란 표정으로 적풍을 바라봤다.

"예, 성주!"

"내일 다시 길을 떠나야 한다. 어떻게 갈 것이냐?"

적풍이 파묵에게 물었다.

검은 사자들의 성을 향해 직진하자는 단우하의 의견을 거부하고, 세 어머니의 호수 쪽으로 길을 잡은 것은 오직 파묵을 믿어서였다. 그러니 이제부턴 파묵이 길을 열어야 한다.

"배를 구해 첫 번째 호수를 건너야 합니다. 보셨겠지만 첫 번째 호수 주변은 온통 바위산과 암벽으로 이뤄져 있어 육로를 택하기에는 너무 험로입니다."

"수중의 암초와 격류를 피할 수 있겠느냐?"

단우하가 따지듯 물었다.

그러자 파묵이 머뭇거리다가 입을 열었다.

"저기 마을 보이시지요?"

파묵이 손을 들어 거대한 바위 봉우리들 사이로 희미하게 보이는 집들을 가리켰다.

"저 마을이 어쨌다는 것이냐?"

단우하가 다시 물었다.

"저 마을에서 한 사람을 찾으면 됩니다."

"그게 무슨 소리냐?"

"그 사람을 찾으면 배를 구해 호수를 건널 수 있을 겁니다. 그는 이 세 어머니의 호수를 무척 잘 알고 있지요."

"대체 그가 누구죠?"

파묵이 단우하의 추궁에 주눅이 든 것 같은 모습이자 설루가 부드럽게 물었다.

그러자 파묵이 생기를 찾은 얼굴로 대답했다.

"타르두라는 노인입니다."

"타르두?"

"예. 아마 세상에서 세 어머니의 호수에 대해 가장 잘 알고 있는 사람 중 하나일 겁니다. 또한 배를 만들고 모는 기술도 탁월하죠."

"어떻게 아는 사람이죠?"

설루가 다시 물었다.

"사실… 우리 흑수족 출신입니다. 과거 칠왕의 땅에 대한 야수족의 공격 때 이쪽 길을 열었던 사람의 후손이지요. 당시 이 곳을 떠나지 않고 남은 사람들이 조금 있는데 그 후예 중 하납니다. 저처럼 말이죠!"

순간 단우하의 표정이 사나워졌다.

"이제 보니 여전히 칠왕의 땅을 침범할 준비를 하고 있었군! 이 땅에 남았다면!"

"아, 아닙니다. 그래서 남은 게 아닙니다. 사실… 그 당시 우리 흑수족은 갈 곳이 없었지요. 당시 야수족 우두머리들은 패배의 원인을 우리에게서 찾으려 했으니까요. 길 안내가 틀려서 패했다고… 돌아가 봐야 죽음뿐이었을 겁니다."

파묵이 재빨리 말했다.

그러자 단우하가 다시 뭔가를 추궁하려는데 적풍이 손을 들어 단우하를 제지했다. 그리고 파묵에게 물었다.

"아무튼 그를 만나면 호수를 건널 수 있단 말이지?"

"예. 첫 번째 호수는 가능합니다. 두 번째부터는 다른 길을 찾겠습니다."

"왜지?"

"두 번째 호수는 누가 뭐래도 오손의 전사들의 안방입니다. 아무리 뛰어난 길잡이라 해도 그들의 눈을 피해 건널 수 없지요."

"허면 육로로 움직이나?"

"그렇습니다."

"길은 있나?"

"그 역시 그 양반의 도움을 받으면 가능할 겁니다."

파묵이 대답했다.

"젠장 그럼 넌 할 수 있는 게 아무것도 없다는 것이냐?"

단우하가 파묵이 모든 일을 타루두라는 얼굴도 모르는 노인에게 미루는 것을 보고 화가 나 소리쳤다.

"쿰을 건넜고, 타루두 노인을 만나게 해드리는 것은 결코 작은 일이 아닙니다."

이번만큼은 파묵이 두려움을 견디며 단우하의 말을 반박했다.

갑작스러운 파묵의 반발에 단우하가 얼떨떨한 표정을 지은 채 말문이 막혔다.

"서운해 마세요. 파묵 대협의 노고를 우린 잘 알고 있어요."

불편해진 공기를 부드럽게 하려는 듯 설루가 급히 끼어들었다.

"노고라니요. 당치 않습니다. 성주님을 위해 무슨 일이든 못하겠습니까. 다만 이 세 어머니의 호수에서 만큼은 그의 도움을 받아야 한다는 거지요."

파묵이 황송한 표정으로 설루를 보며 대답했다.

그러자 적풍이 파묵에게 물었다.

"저 마을의 사정은 어떤가?"

"아마 칠왕의 땅 변방에 위치한 다른 마을들과 크게 다르지 않을 겁니다. 저는 타르두 노인이 있는 곳을 알기에 이리로 길을 찾아 온 것이지만 사실 세상에 드러나지 않은 마을 중 하나지요."

"마을 사람들은 모두 자네와 같은 흑수족인가?"

"웬걸요. 온갖 잡다한 족속들이 모두 몰려 있지요. 하지만 보시다시피 사람 수가 그리 많은 것은 아니니 문제는 없습니다."

"그가 순순히 부탁을 들어 줄까?"

적풍이 묻자 이번만큼은 파묵도 표정이 어두워졌다.

"사실, 그게 걱정입니다."

"설마 그를 설득할 자신이 없단 말이냐?"

단우하가 다시 파묵을 다그쳤다.

"그는… 흑수족이 누군가를 돕는 일을 반대하는 사람 중 하나입니다. 흑수족이 그 재능을 이용해 누군가를 도울 때마다 결국 우린 족속은 배신을 당했지요. 칠왕에게도 그러하고, 또 야수족과 신비족에게도 여러 번 그러한 일이 있습니다. 그래서……"

"그를 설득 못하면 이리로 온 것이 모두 허사가 아닌가?"

침묵하던 감문조차도 의아한 표정으로 물었다. 그러자 파묵이 망설이다가 입을 열었다.

"만약 성주께서 한 가지 일을 약속하시면 그를 움직이실 수 있을 겁니다."

"뭘 약속해야 하는가? 흑수족의 안전 같은 것?"

"그런 거창한 일은 아닙니다. 하지만 간단한 문제도 아니지요."

"뭘 해줘야 한다는 건가?"

적풍이 물었다. 그러자 파묵이 망설이며 입을 열었다.

"한 사람을 구해오는 일입니다."

"…누구 말이지?"

"그의 딸입니다."

"그의 딸? 설마 누군가에게 잡혀 있는 건가?"

"그렇습니다."

"그게 누군가?"

"아바르의 세 황자, 황녀 중 한 명이자 하미성의 성주인 삼황녀 적화우입니다. 오 년 정도 된 일이지요. 그때… 제가 그녀를 지키지 못했습니다. 사실 전 그 양반 볼 염치가 없는 사람입니다. 당시 타린… 그녀 이름이 타린입니다. 그녀를 데리고 칠왕의 땅으로 여행을 떠난 것은 저였으니까요. 그 양반은 끝까지 반대했었지요."

파묵의 말에 일행이 잠시 말을 잃었다.

파묵은 아직 적풍이 왜 칠왕의 땅, 그것도 검은 사자들의 성으로 가고 있는지 정확히 모른다.

그러나 그만 모를 뿐 다른 사람들은 아바르의 삼황녀 적화우가 결국 적풍의 배다른 누이라는 것을 모르지 않았다. 그런 누이에게서 사람을 데려올 수 있을까.

"그게 강제로 일어난 일인가?"

적풍이 물었다.

"그렇습니다. 당시 우리는 하미성을 구경 중이었습니다. 그런데 순간의 실수로 우리가 흑수족임이 드러났지요. 저는 도주했지만 타린은 하미성의 전사들에게 잡혔습니다. 그리고 결국 삼황녀의 노예가 된 것입니다."

"아바르는 노예를 두지 않는다."

단우하가 노한 표정으로 말했다.

그러자 파묵이 반발했다.

"설마 정말 그렇다고 생각하십니까?"

파묵의 반발에 단우하가 대답을 망설였다. 그러자 파묵이 다시 말했다.

"물론 칠왕의 땅, 그중에서도 아바르는 명목상 노예가 없지요. 그러나 실질적으로는 수많은 노예가 존재합니다. 처음 무황 적황께서 불의 성을 멸하고, 다른 칠왕의 세력을 몰아낸 후, 아바르를 장악하셨을 때만해도 아바르는 모든 노예들의 해방처 같은 곳이었지요. 그러나 지금은 결코 그렇지 않습니다. 각 성의 영주들은 은밀히 자신들의 노예를 가지고 있지요. 그 대부분이 나와 같은 변방 이족 출신들이고 말입니다. 어르신께서는 아바르의 정세에 해박하신 것 같으시니 제 말을 부인하지 못하실 겁니다."

"음……."

파묵의 날카로운 지적에 단우하가 신음을 내며 대답하지 못했다.

"권력이란 게 본래 그런 거지. 고이면 썩게 마련이고, 가진 자는 스스로를 못 가진 자와 구분하려하지. 그게 세상 이치 아니겠습니까?"

소두괴가 못마땅한 표정으로 말했다.

"아무튼 그녀를 데려온다는 약속을 하면 그가 움직일 거란 말이죠?"

설루가 물었다.

설루 역시 파묵이 말한 이야기의 심각성을 누구보다 잘 알고 있었다. 그러나 그렇다고 지금 와서 이 행로를 포기할 수도 없었다.

"그럴 겁니다. 반드시."

파묵이 확신했다.

"그럼 어쩔 수 없네."

설루가 적풍을 보며 말했다.

그러자 단우하가 다급하게 입을 열었다.

"설마 삼황녀님을 적으로 돌리시겠다는 겁니까?"

워낙 다급한 했던 터라 단우하의 입에서 삼황녀에 대한 존칭이 흘러나왔다.

순간 파묵의 눈빛이 번쩍였다.

"삼황녀님이라니… 설마, 아바르… 무황의 사람이었습니까?"

파묵이 훌쩍 일어나 뒤로 물러나며 소리쳤다.

물론 적풍 일행이 아바르를 향해 가고 있으니 그들이 아바르와 어느 정도 인연이 있을 거란 생각은 하고 있었다. 그러나 설마 이들이 무황 적황의 사람들이고는 생각지 못했던 파묵이었다.

그러자 설루가 급히 파묵을 안정시켰다.

"걱정 말아요. 아바르와 인연이 없는 것은 아니지만, 그렇다고 당신을 해치지는 않아요. 우린… 인연도 있지만 거리도 있는 사람들이에요. 아바르와는."

설루는 이상한 힘을 가지고 있었다.

적풍의 그 강렬한 기운으로도 굴복시킬 수 없는 사람을 설루는 말과 표정으로 굴복시킬 수 있었다. 그녀의 타고난 품성은 그래서 십자성을 이끌 때도 적풍에게 큰 도움이 되었었다.

"아바르와 어떤 인연이 있으십니까?"

파묵이 물었다.

설루의 제지로 도주까지는 하지 않았지만 여전히 적풍 일행에 대한 경계심은 버리지 않은 모습니다.

그런 파묵을 보고 적풍이 말했다.

"모두가 알고 있으나 아직은 너에게 말해줄 수 없다. 이 비밀을 듣는 순간 넌 내게 목숨을 빚져야 하기 때문이다. 우리와 동행하다 보면 자연스레 내가 누군지 알게 될 것이다. 그러나 그때가 되면 날 떠나지 못한다. 떠나려면 지금 떠나야 한다. 네가 필요하지만 떠나겠다면 막지 않으마."

"소공자! 어찌 그런… 그를 떠나게 해서는 안 됩니다. 지금 이곳에서 길을 찾을 수 있는 사람은 오직 저자뿐입니다."

단우하가 단호하게 말했다.

그러자 적풍이 고개를 저었다.

"됐소. 날 믿지 못하는 사람을 억지로 데려가는 것이 더 위험하오. 파묵! 지금 선택하라. 떠날지 남을지. 한 가지 약속은 하지. 어떤 선택을 해도 널 해치지 않는다. 또한 나와 같이 아바르로 간다면 그 여인을 구해주겠다."

"소공자!"

단우하가 놀란 표정으로 적풍을 바라봤다.

파묵이 말한 여인 타린을 구한다는 것은 아바르의 삼황녀이자 적풍의 자신의 누이인 적화우와 적이 된다는 것을 의미한다.

"먼저 부탁을 해보겠소. 들어주면 나에 대해 적의가 없는 것이니 좋은 것이고, 거절하면 적의가 있는 것이니 내 방식대로 상대해 주면 되오. 날 데려가면서 그 정도 각오는 했을 것 아니오?"

적풍이 다시 거칠게 말했다.

"주군께선 분열을 원치 않으실 겁니다."

단우하가 고개를 저으며 말했다.

"그거 다행한 일이군. 그럼 그 양반이 삼황녀를 설득하면 되지 않겠소?"

적풍의 말에 단우하가 말문이 막히는 지 고개를 저으며 입을 닫았다. 그러자 적풍이 다시 파묵에게 말했다.

"파묵, 결정해라. 내일 아침 떠나려면 오늘 밤 그를 만나야 할 것 아니냐?"

적풍의 다그침에 파묵이 갈등했다. 그는 마치 소변을 참는 아이처럼 안절부절하며 어쩔 줄 몰라 했다.

그런 그에게 다시 설루의 부드러운 목소리가 들렸다.

"이 사람의 말은 믿어도 돼요. 거칠어 보이지만 자신이 한 말은 반드시 지키는 사람이에요."

설루의 말을 듣고 나서야 파묵의 표정이 조금씩 풀려갔다. 그러나 그러고도 한참 고민을 하던 파묵이 급기야 결심을 한 듯 적풍에게 말했다.

"그를 직접 만나보시겠습니까?"

"그러지."

"알겠습니다. 그럼 지금 가시죠."

파묵 역시 적풍 만큼이나 성정이 과단했다.

"좋아."

파묵은 적풍 곁에 남기로 결정했지만 적풍은 고맙다거나 혹은 특별한 약속 따위는 하지 않았다. 마치 처음부터 아무 일도 없었다는 듯 자리에서 일어났다.

"저도 함께 가겠습니다."

적풍이 자리에서 일어나자 단우하도 따라 나서려 했다. 그러자 적풍이 손을 들어 단우하를 제지했다.

"그대는 여기 있으시오."

"하지만……."

"내 생각에 말이오. 단 노사, 그대는 오히려 이 거래를 위험하게 만들 것 같소. 그러니 여기 남으시오. 이위령, 소두괴!"

적풍이 단우하를 앉히고 이위령과 소두괴를 불렀다.

"예, 성주!"

두 사람이 몸을 일으키며 대답했다.

"함께 가자."

"즐거운 일이지요!"

이위령이 만면에 미소를 지으며 대답했다.

"다른 사람들은 이곳에서 기다리도록! 경계를 허술히 하지 말고!"

"알겠습니다. 성주!"

감문이 십자성의 고수들을 대신해서 대답했다.

"파묵, 앞장서라!"

"예, 성주!"

파묵이 다시 예전의 활기를 되찾은 듯한 목소리로 대답했다.

기이한 풍경이었다.

멀리서 볼 때와 달리 호수의 초입은 음산한 기운마저 느껴졌다. 보통 사람이라면 이런 곳에 발을 들일 생각조차 하지 않을 만큼 어둡고 습한 기운이 가득했다.

어쩌면 이런 환경이 이곳에 비밀스러운 마을이 생겨나게 했는지도 모른다.

그러나 그 음습한 속으로 한 걸음 들어서면 또 다른 감춰진 모습이 보물처럼 나타났다.

어둡고 무거운 석봉과 바위들이 즐비하게 늘어선 마을, 석봉들의 높이는 산처럼 높은 것부터 사람 키 정도 되는 작은 것까지 다양했다.

사람들은 그 석봉과 바위 사이사이에 돌을 쌓거나 혹은 석봉을 이루는 암벽에 굴을 뚫어 집들을 만들었다.

그리고 그 집들로부터 마치 새의 알 속에서 빛나는 것 같은 희미하지만 옅은 불빛들이 흘러나오고 있었다.

기이한 것은 그 불빛들이 열린 문이 아니라 석벽을 통해 은은히 비쳐진다는 것이었다.

그래서 이 불빛들은 멀리서는 보이지 않고 오직 마을에 들어와야 볼 수 있었다.

"정말 이상한 일이군요."

석벽을 뚫고 나오는 은은한 불빛들을 보며 이위령이 중얼거렸다. 무림에서 변경 오지까지 다녀보지 않은 곳이 없는 이위령이었지만 이런 풍경은 본 적이 없었다.

"이곳의 돌들이 좀 특별합니다."

적풍 등이 이상하게 생각하는 것을 눈치챈 파묵이 말했다.

"대체 무슨 돌인가? 불빛이 스며나오다니."

"도람석이라는 돌과 바위입니다. 빛이 은은히 투과되어서 칠왕의 땅 각 성의 성주들이 이 바위들을 가져다 성 안쪽 대전이나 방을 꾸미길 좋아하지요. 그리 흔치 않은 석재라서 오손 왕국에 큰 재원이 됩니다. 이 석재들이 발견되는 곳이 대체로 세 어머니의 호수 근처라서요. 오손 왕국에서 철저히 관리하지요."

"사암하고 비슷한 것 같기도 하군요."

소두괴가 적풍을 보며 말했다.

"돌 따위야 무슨 상관인가?"

다른 사람과 달리 적풍은 이 기이한 돌과 바위들에 별관심이 없는 듯 보였다.

"하긴 그렇지요. 그래 그의 집은 어딘가?"

적풍의 무심함에 뻘쭘해 진 소두괴가 파묵을 보며 물었다. 그러자 파묵이 손을 들어 마을 남동쪽 조금 높은 곳에 위치한 집을 가리켰다.

"저곳입니다."

"외진 곳에 사는군."

"본래 우리 흑수족은 사람들을 피하는 습성이 있어서……."

파묵이 말꼬리를 흐리며 자신이 가리킨 집을 향해 서둘러 걸음을 옮겼다.

적풍 일행이 도착한 집은 다른 집들과는 또 달랐다. 다른 집들은 석벽을 통해 은은한 빛이 흘러나왔지만, 파묵이 적풍을 데려간 집에선 어떤 빛도 흘러나오지 않았다.

"사람이 없는 것 같은데?"

이위령이 파묵에게 물었다. 그러자 파묵이 고개를 저었다.

"그렇지가 않습니다. 안에 계십니다."

"그런데 왜 불을 밝히지 않지?"

"그 일 이후로는 밤에도 불을 밝히지 않으시거든요."

"아, 딸 생각에 그렇게 하는 거군."

"……."

파묵이 대답 없이 이위령의 말에 수긍했다.

그러자 적풍이 파묵을 보며 물었다.

"먼저 들어가 보겠나?"

"아무래도 그게 좋을 것 같습니다."

"기다리지."

"저……."

"말하게."

"제게 무슨 일이 일어나도 관여치 말아주십시오. 설혹… 제가 죽더라도 말입니다. 거래는 제가 죽어도 하실 수 있을 겁니다. 타린을 구하는 조건이라면……."

파묵의 말에 적풍이 잠시 그를 바라보다 고개를 끄떡였다.

"알겠네. 그렇게 하지."

"감사합니다."

파묵이 고개를 숙이고는 크게 한 숨을 몰아 쉰 후 천천히 토굴과 닮은 집으로 들어갔다.

제6장
노인 타르두

몇 차례 고함이 들리더니 이내 집안이 잠잠해졌다. 그러나 파묵은 쉽게 밖으로 나오지 않았다.

　　"설마 죽은 건 아니겠지요?"

　　이위령이 걱정스러운 표정으로 적풍에게 물었다.

　　"아끼는 사람에 대한 분노가 더 큰 편이지. 그렇다고 아끼는 사람을 죽이지는 않아."

　　"타르두라는 자가 파묵을 아낀다는 말이군요?"

　　"딸의 남자다. 어찌 아끼지 않을까."

　　"그래도 그 딸을 잃고 혼자 돌아왔는데요?"

　　"아바르의 황녀라면 감히 상대할 수 없는 일이지. 더군다나 파묵 홀로……."

"그렇긴 하지만……."

적풍의 말에도 이위령은 계속 걱정이 되는 모양이었다. 그런데 그때 문이 열리면서 파묵의 붉게 상기된 얼굴이 나타났다.

"성주님! 들어오시지요."

파묵이 적풍을 불렀다. 적풍이 가볍게 고개를 끄떡이고는 파묵이 연 문 쪽으로 다가가 안으로 들어갔다.

"맞았냐?"

이위령이 적풍을 따라 집 안으로 들어가려다 말고 파묵의 얼굴을 보며 물었다.

멀리서 보았을 때는 상기된 것처럼 보였던 파묵의 얼굴에는 적지 않은 상처가 나 있었다. 그렇다고 피를 흘릴 정도의 상처는 아니지만 여러 곳 멍이 들 듯했다.

"맞아도 싸죠. 사실은 죽지 않은 게 다행입니다."

파묵이 덤덤하게 대답했다.

"그래? 그렇게 받아들이면 다행이고."

맞은 이유를 수긍하는 사람에게 더 이상 위로할 말은 없다. 이위령과 소두괴가 파묵을 지나쳐 낮고 어두운 집 안으로 들어갔다.

적풍은 노인 타르두가 사는 집이 작고 낮은 것이 조금도 이상할 것이 없다는 것을 그를 본 후에 알 수 있었다.

그의 눈앞에 있는 타르두의 가장 큰 특징은 그의 키였다. 그의 키는 파묵의 가슴에 겨우 닿을까 말까했다. 파묵 역시 호리

호리한 체격에 그리 큰 키는 아니었지만 노인 타르두에 비하면 훌쩍 크게 보이는 편이었다.

하지만 키는 작아도 노인 타르두는 나이답지 않게 단단한 근육을 가지고 있었다.

그의 근육에 비하면 얼굴은 무척 늙어보였다. 잔주름이 강줄기처럼 얼굴을 채우고 있었고, 흰머리가 검은 머리의 두 배쯤 되었으며, 턱에 난 수염 역시 흰색이었다.

타르두는 엉성하게 만든 나무 탁자를 앞에 두고, 역시 허름한 의자에 앉아 집 안으로 들어서는 적풍을 노려보고 있었다.

'꺾을까, 설득할까.'

적풍이 타르두를 보며 처음 한 생각이었다.

적풍의 눈에 비친 타르두의 눈은 분노로 가득 차 있었다.

그 분노의 원천적인 상대는 물론 딸을 데려간 아바르의 삼황녀 적화우젰지만, 그로부터 시작된 분노는 그의 눈에 보이는 모든 사람에게 이어지는 모습이었다.

이런 사람을 다루는 것은 생각보다 단순했다.

그 분노를 억누를 수 있은 강력한 힘을 보여주는 것, 그럼 분노는 마음 속 깊은 속으로 숨겨지고 힘을 보여준 존재를 따르게 된다. 그러나 그런 복종은 결국 문제를 만든다. 배신할 기회가 생기면 마음속에 감춰진 분노가 배신을 망설이지 않게 만들기 때문이다.

그래서 사람들은 어려운 길이지만, 설득을 택하기도 한다. 물론 성공 확률이 무척 떨어진다는 것이 문제긴 하지만.

"아저씨, 이분입니다. 제가 모시는 성주님이⋯⋯."

잠시 만들어진 어색한 공기를 깨기 위해 파묵이 나섰다.

"네놈은 닥치고 있어."

노인 타르두가 입을 연 파묵을 쳐다보지도 않고 소리쳤다. 그러나 파묵이 즉시 입을 닫았다.

그러자 타르두가 손을 들어 적풍에게 앉기를 권했다.

"앉으시오."

파묵보다 훨씬 어색한 억양이다. 그건 타르두가 칠왕의 말을 알기는 하나 즐겨 쓰지는 않는다는 것을 의미하다. 말은 몰라도 억양은 평소에 사용하는 언어에 익숙하기 때문이었다.

적풍이 말없이 타르두가 권하는 대로 의자에 앉았다. 그러자 다시 침묵이 이어졌다.

타르두는 마치 보는 것만으로도 적풍의 모든 것을 알아낼 수 있다는 듯 뚫어지게 적풍을 응시했다.

적풍 역시 당신은 나에 대해 아무것도 알 수 없다는 듯 무심한 표정으로 타르두의 시선을 받아냈다.

그러자 결국 타르두가 먼저 침묵을 포기했다.

"어느 성의 성주시오?"

타르두가 물었다. 파묵이 적풍을 성주라고 부르는 것을 들었기 때문에 나온 질문일 것이다.

"십자성!"

적풍이 대답했다.

"십자성이라⋯⋯."

타르두가 혼잣말을 중얼거리며 잠시 생각에 잠겼다. 그러다가 결국 눈살을 찌푸리며 다시 물었다.

"내가 아는 한 칠왕의 땅에도 또 변경 야수족이나 신비족의 영역에도 그런 이름을 가진 성은 없는 것 같소만……."

"세상엔 알려지지 않은 성이나 존재가 많은 법이오."

적풍이 무심하게 대답했다.

현월문이나 밀교의 문, 혹은 교벽에 대해 말하고 싶지는 않았다. 물론 노인 타르두는 한눈에 봐도 깊고 넓은 지식을 가지고 있으니 그 비밀스러운 세계에 대해 알고 있을지도 몰랐다.

그러나 굳이 지금 그런 복잡한 문제를 끄집어내고 싶지는 않은 적풍이었다.

"이 땅 위에 내가 모르는 존재는 사실 그리 많지 않소만……."

타르두가 말했다.

그의 말에서 대단한 자부심이 느껴졌다. 이 땅의 모든 것에 대해 알고 있다는 듯한 자부심이다.

"그게 중요하오?"

적풍이 물었다.

"물론 중요하오. 정체를 모르는 사람과 거래를 할 순 없으니까."

"나도 처음 만나는 사람에게 내 내력을 말할 순 없소."

"그럼 이 거래는 성사될 수 없소."

타르두가 단호하게 말했다.

"그렇다면 어쩔 수 없지. 하루 저녁 허비한 셈 치는 수밖에. 그러나 한 가지 사실은 말해주고 싶구려."

"뭐요?"

"당신은 딸을 구할 수 있는 가장 좋은 기회를 스스로 거부했다는 것이지. 뭐, 당신이 자부하듯 그렇게 대단한 사람이라면 딸을 구할 다른 방법이 있을 수도 있겠지만. 아무튼! 시간 내줘서 고마웠소."

적풍이 미련 없이 자리를 털고 일어났다.

그 모습에 당황한 것은 파묵이었다.

"서, 성주……!"

"됐다. 넌 할 만큼 했다. 네 잘못은 없어. 그러니 널 탓하지는 않겠다. 다만… 앞으로 네가 할 일이 많아지겠구나. 결국 이젠 네가 나의 길을 안내해야 하니까. 난 돌아가겠다. 파묵, 넌 좀 더 있다 오겠느냐? 오랜만에 만난 것 같은데."

"성주……."

파묵이 미안한 마음에 말을 잇지 못했다.

"됐다. 네 잘못이 아니라니까? 먼저 돌아가겠다. 내일 새벽까지는 돌아와야 한다. 알겠지."

"알겠습니다."

파묵이 얼른 고개를 끄떡였다.

그러자 적풍이 시선을 돌려 타르두를 보며 말했다.

"그럼 부디 행운을 빌겠소. 물론, 지금처럼 이곳에 틀어박혀 살아서야 딸을 다시 만날 수 있을지는 모르겠지만. 돌아간다!"

적풍이 타르두의 대답을 듣지도 않고 문밖으로 나갔다. 그러자 이위령과 소두괴가 당황한 표정을 지으며 급히 적풍을 따라 나갔다.

타르두는 앉은 자리에서 꼼짝하지 않고 떠나는 적풍을 노려보고 있었다.

"성주님, 대체 왜 그렇게 쉽게 포기하신 겁니까? 협박을 하든지, 설득을 하든지 좀 더 이야기해 볼 여지가 있었는데요?"

이위령이 타르두의 집을 벗어나자마자 이해할 없다는 듯 물었다.

그러자 적풍 대신 소두괴가 대답했다.

"형님은 정말 몰라서 묻는 거요?"

"그게 무슨 소린가? 내가 모르는 뭔가가 있다는 건가?"

"참나, 형님은 평소엔 무척 눈치가 빠르신데 어떤 때 보면 이해가 무척 둔감하실 때가 있으셔."

"그러니까 대체 내가 뭘 모르고 있다는 건데?"

이위령이 답답하다는 듯 되물었다.

"성주께선 그에게 하실 말씀 다 하신 거죠. 홍정은 성주님의 설득이 아니라 그 사람 마음속에서 이뤄지고 있을 겁니다. 성주께선 그에게 시간을 주시 거예요. 그래서 파묵을 남겨 놓은 거고요. 궁금한 것이 있으면 파묵에게 묻겠죠. 그리고 성주께서 그에게 해줄 수 있는 말은 딱 파묵이 아는 정도인 거죠."

"아하, 그러니까 이 거래를 완전히 포기한 것은 아니란 거야?"

"그럼요. 파묵이 남아 있는데요. 그는 아마 오늘 밤 잠을 자지 못할 겁니다. 이 거래를 응할지 말지 고민하느라고요. 더군다나 긴 대화를 나눈 것은 아니지만, 눈이 빠른 자니 이미 성주님이 보통 사람이 아니라는 것을 알아챘을 거구요."

"아하, 그렇군. 그렇게 된 거군. 설득이야 파묵이 하는 거고. 성주께선 내세울 조건, 보여줄 힘 모두 보여주셨으니 이곳에 있을 필요가 없으신 거군."

이위령이 그제야 이해가 간다는 듯 크게 고개를 끄떡였다.

"남아 있으면 외려 방해가 될 수도 있지요. 보아하니 그도 호락호락한 자는 아닌 것 같고, 계속 압박하면 오히려 반발했을 수도 있습니다. 그런 사람은 혼자 고민하게 두는 게 좋아요."

"그런데 그럼 그가 이 거래를 받아들일까?"

"그야 내일 아침이 되면 알겠죠. 파묵과 함께 오는지 안 오는지……."

소두괴가 대답했다.

그러는 사이 세 사람은 어느새 마을을 벗어나고 있었다.

그쯤에서 적풍이 걸음을 멈추고 어둠에 쌓인 마을과 온통 절벽과 암석, 그리고 거대한 석산에 둘러싸인 호수를 응시했다.

그러자 이위령과 소두괴도 대화를 멈추고 적풍이 바라보는 곳으로 시선을 돌렸다.

"참 이상한 땅이죠?"

소두괴가 그의 눈앞에 펼쳐진 광경이 신기한지 나직하게 입을 열었다.

"예전에 사천을 지나 서장에 간 적이 있는데, 그 고원 위에 호수가 있더라고. 이곳과 조금 다르긴 하지만 또 어떤 면에선 비슷한 점도 있는 것 같아."

이위령이 말했다.

"단 어르신이 칠왕의 땅은 그래도 나름 다른 지역보다 비옥하다고 했는데, 이 호수에선 전혀 그런 느낌을 받을 수 없어요."

소두괴가 우울한 표정으로 말했다.

"첫 번째 호수는 그렇다고 했잖아. 그래도 좀 들어가면 풍경이 볼 만하다니 기다려 봐야지."

이위령이 위로하듯 말했다.

그러자 적풍이 시선을 거두고 다시 걸음을 옮기며 말했다.

"그가 오면 존중해 줘."

"그가 올 거라 생각하시는군요?"

소두괴가 물었다.

"올 거야. 그의 눈빛을 봤어. 경계심은 있었지만 딸을 구할 약간의 가능성에도 목숨을 걸 기세였지. 그러니 올 거야."

"음… 하긴 부모의 마음이란 것이 자식을 위해선 어떤 위험도 감수하게 하지요."

소두괴가 대답했다. 그러자 이위령이 소두괴를 보며 히쭉거렸다.

"아니 아이도 낳지 않은 사람이 그럴 어떻게 아누?"

"젠장, 우리 부모님이 나에게 그리 하셨으니 알죠? 설마 형님은 부모님의 마음을 모르셨어요? 그럼 안 되는데… 그런 사람을 세상 사람들이 호로자… 흐흐!"

소두괴가 말을 하다 말고 팔을 들어 올렸다. 이위령의 주먹이 그의 머리를 향해 날아오고 있었다.

파묵이 아침 안개를 온몸으로 맞으며 분주하게 걸음을 옮겼다. 지난밤, 석등처럼 빛을 흘려내던 호수 주변의 집들은 아직 불빛도 없는 침묵 속에 잠들어 있었다.

새벽녘이니 이때까지 잠들지 않고 불을 밝히고 있을 사람은 없었다.

아니 불을 밝힌 집이 있다면 그건 해가 뜨기도 전에 잠에서 깨어난 아주 부지런한 사람의 집일 것이다. 그러나 이 기이한 호수 마을엔 그렇게 부지런한 사람도 없었다.

그래서 집과 집 사이로 난 계곡 같은 길을 걷는 파묵의 눈에 마을은 마치 은폐된 묘지처럼 보였다. 새벽빛이 없는 것은 아니지만 그조차 자욱하게 일어나는 호수 안개가 막아버려 여전히 마을은 어두웠다.

파묵은 빠르게 움직였다. 타르두의 집을 벗어난 지 얼마 되지 않아 숲으로 들어섰고, 숲으로 들어서자 뛰듯이 달려 적풍 일행이 숙영하는 곳에 도착했다.

그러고는 서둘러 적풍의 천막이 있는 곳으로 달려갔다.

"왔나?"

적풍의 천막에 이르러 잠든 적풍을 깨워야 하나 고민하던 파묵의 귀에 적풍의 목소리가 들렸다.

"예, 성주! 혹 소란스러워 깨신 것은 아닌지……?"

파묵이 조심스레 물었다.

"아니다. 기다리고 있었다."

"저를 말입니까?"

파묵이 되묻자 천막의 입구가 열리며 적풍과 설루가 함께 걸어 나왔다.

"어려운 일을 맡겨 놓고 왔는데 늦잠을 잘 순 없지. 함께 올 사람도 마중해야 하고. 그런데……"

적풍의 이마에 살짝 주름이 갔다. 그가 기대했던 대로 일이 풀리지 않은 듯 보였다. 그의 예상과 달리 타르두가 파묵과 동행하지 않은 것이다.

"거절인가?"

적풍이 고개를 갸웃하며 물었다. 그의 목소리에 실망의 기색이 엿보인다.

"아닙니다. 아저씨께서 함께 가시겠답니다."

"그래? 그런데 왜 혼자 왔지?"

"아저씨는 새벽이 오기 전에 배를 준비하러 가셨습니다. 아저씨가 사람들의 눈을 피해 준비하던 배랍니다. 아직 완성된 것은 아니지만 호수를 건너기에는 충분하답니다. 약속한 장소가 있으니 지금 떠나시는 게 좋겠습니다. 날이 밝으면 아무래도 사람들의 이목이……"

"알겠다. 모두 들었는가?"

적풍이 주변에 둘러서 있는 천막들을 보며 물었다. 그러자 잠들어 있는 줄 알았던 천막 속 십자성 고수들이 일제히 대답했다.

"예, 성주님!"

"즉시 떠날 준비를 하라."

"알겠습니다."

천막 안에서 들려오던 목소리가 미처 끝나기도 전에 이미 십자성의 고수들은 밖으로 나오고 있었다.

십자성 고수들의 손놀림은 무척 빨랐다. 이 땅에 오기 전부터 노숙에 익숙한 사람들이라 떠날 준비를 하는 것은 채 일각이 걸리지 않았다.

"말과 낙타를 데려갈 수 있나?"

적풍이 파묵에게 물었다.

"배에 태울 수는 없습니다."

"그렇군. 그럼 배가 있는 곳까지 짐을 싣고 갈 말들만 남기고 나머지는 이곳에서 풀어준다."

적풍의 명에 십자성의 고수들이 말과 낙타에 실린 안장과 재갈들을 풀어냈다.

그러고는 짐을 세 마리 말만 남기고 나머지 말과 낙타들을 숲으로 떠나보냈다.

파묵은 일행을 데리고 마을로 들어가지 않았다. 대신 그는 호숫가를 따라 이어진 험한 바위들 사이를 지나 호수의 물이 파도처럼 일렁이는 마을 건너편으로 나왔다.

철썩철썩!

거친 물살이 계속해서 호숫가 바위들을 때렸다. 누가 봐도 배가 있을 만한 곳이 아니었다.

그런데도 파묵은 그곳에서 걸음을 멈췄다.

"배가 어딨는데?"

감문이 의아한 표정으로 파묵에게 물었다.

"오실 겁니다."

파묵이 대답을 한 후 안개 가득한 호수의 북쪽을 바라봤다. 사람들의 시선 역시 자연스럽게 파묵을 따라 호수 북쪽을 바라봤다.

그러자 어느 순간 안개 속에서 희미하게 파도와는 다른 물결 소리가 들렸다.

쏴아악 쏴아악!

바위에 부딪히는 물결과는 다른 이질적인 소리가 점점 더 일행에게 가까워졌다. 마치 뱀이나 거대한 물고기가 수면을 헤엄치는 소리처럼 들렸다.

그리고 잠시 안개를 뚫고 커다란 뗏목이 모습을 드러냈다. 순간 사람들의 눈에 일제히 실망의 빛이 떠올랐다.

"설마 저걸 타고 가자고?"

이위령이 파묵을 돌아보며 어이없는 표정으로 물었다. 그러자 파묵이 대답했다.

"일단 배가 있는 곳까지는 저 뗏목으로 가야 할 것 같군요. 배는 사람들의 시선이 닿지 않는 곳에 있다고 했으니까요. 더군다나 지금처럼 바람이 없으면 타르두 아저씨 혼자 움직일 수도 없지요."

파묵이 침착하게 대답했다.

그러는 사이 뗏목이 일행과 일정한 거리를 두고 멈췄다. 뗏목 위에는 단단한 몸에 늙은 얼굴을 한 타르두가 굳은 얼굴로 적풍 일행을 바라보고 있었다.

"아저씨 여깁니다."

파묵이 손을 들었다.

"내 눈이 먼 줄 아느냐?"

뻔히 보고 있는 사람에게 손을 들어 위치를 말하는 파묵을 보며 타르두가 핀잔을 줬다. 그러자 파묵이 멋쩍은 표정으로 손을 내렸다.

"함께 가기로 했소. 약속은 지키리라 생각하오."

타르두가 뗏목 위에서 적풍을 보며 다짐을 받으려는 듯 말했다.

"내가 살아 있는 한 약속은 지켜질 것이오."

"장담은 하지 않으니 그게 더 믿을 만하구려. 타시오. 배가 있는 곳까진 이 뗏목으로 가야 하오."

타르두의 말에 적풍이 고개를 끄떡이고는 설루 옆에 서 있는 적사몽을 불렀다.

"이리 오너라."

적풍의 부름에 적사몽이 겁을 먹은 표정으로 망설였다. 그러자 설루가 부드러운 목소리로 말했다.

"걱정 말거라. 널 위해 부르는 거란다."

설루의 말에 적사몽이 적풍 앞으로 주억거리며 다가섰다. 그러자 적풍이 거침없이 한 손을 적사몽의 겨드랑이 사이에 넣더니 그대로 두 발로 땅을 박찼다.

팟!

적풍의 몸이 적사몽과 함께 허공을 떠올랐다.

"앗!"

적사몽의 입에서 놀란 음성이 터져 나왔다. 그사이 적풍과 적사몽은 어느새 물 위를 날아 넘어 타르두가 타고 있는 뗏목에 내려서고 있었다.

탁!

적사몽을 안고 내려섰음에도 뗏목은 전혀 흔들리지 않았다.

적풍의 놀라운 움직임에 타르두의 눈빛이 번쩍였다. 이 한 번의 움직임으로 적풍은 타르두에게 자신이 가진 힘을 분명하게 보여준 것이다.

"어서 오시오. 내가 제대로 거래를 한 것 같구려."

타르두가 적풍을 보며 말했다.

그러자 적풍이 타르두 말에 대꾸하는 대신 뗏목을 둘러보며 말했다.

"모두가 타기엔 부족한 것 같은데… 여러 번 왕래해야겠구려?"

"그럴 리가요."

타르두가 씨익 웃더니 뗏목 뒤쪽에 매달린 채 물에 잠겨 있던 굵은 밧줄을 들어올렸다.

그러고는 힘주어 밧줄을 당기자 안개 속에서 두 개의 뗏목이 다시 모습을 드러냈다.

"이 정도면 충분할 것이오."

"미리 준비를 해 두었구려. 자, 모두 서둘러 뗏목에 오른다."

적풍이 호숫가에 서 있는 십자성 고수들 쪽으로 뗏목을 밀어주며 말했다. 그러자 십자성 고수들이 분주히 뗏목에 오르기 시작했다.

세 개의 뗏목이 줄지어 호숫가를 따라 이동했다. 자욱한 안개가 혹시 있을지도 모를 사람들의 시선으로 부터 뗏목들을 숨겨 주었다.

밧줄로 연결된 세 개의 뗏목에서 십자성의 고수들이 삿대를 이용해 힘차게 뗏목을 밀어냈다.

세 개의 뗏목 중 적풍이 탄 뗏목을 미는 사람은 당연히 노인 타르두였다. 배가 있는 곳을 아는 유일한 사람이 그이기에 일행은 온전히 그에게 길을 맡길 수밖에 없었다.

후두둑!

끼루룩!

아직 잠이 덜 깬 물새들이 뗏목의 이동에 놀라 이상한 울음소리를 내며 수면을 따라 날아갔다.

뗏목 이동은 지루할 정도로 오래 이뤄졌다. 아니 사실은 그리 긴 시간이 아니었을지도 모른다. 다만 뗏목이 지나가는 길이 안개에 덮여 있어 시야가 가려졌기에 느껴지는 답답함일 수도 있었다.

그러나 이유야 어쨌든 이 이동이 지루한 것은 분명했다.

"멀었나요?"

적사몽이 지루함을 이기지 못하고 결국 입을 열었다. 그러자 타르두가 슬쩍 적사몽을 보더니 대답했다.

"거의 다 왔네. 꼬마 친구."

"전… 적사몽이라고 해요."

적사몽이 반발은 아니지만 그래도 꼬마라기보다는 이름을 불러주길 바라는 표정으로 말했다.

"이름을 불러도 되겠나?"

"그럼요. 당연하죠. 말씀 편하게 하세요, 할아버지."

적사몽이 얼른 고개를 끄떡였다.

요즘 들어 적사몽은 처음과 달리 마음의 안정을 찾은 듯 보였다. 자신이 속한 십자성 고수들의 강력함을 눈으로 확인했고, 어머니처럼 따뜻한 설루의 정성 때문에 적사몽은 자신이 겪었던 그 험악한 일들의 충격에서 어느 정도 벗어나고 있었던 것이다.

"할아버지? 하하, 좋아. 하긴 나도 별일 없었으면 사몽 너와 같은 손주가 있었겠지."

타르두가 빙그레 미소를 지으며 대답했다.

아이를 앞에 둔 타르두의 태도는 적풍 일행을 상대할 때와는 또 달랐다. 그 모습을 보며 적풍은 본래 이 타르두라는 노인이 무척 다정다감한 성격임을 깨달았다.

아마도 그가 이렇게 음울하고 비관적인 성격을 가지게 된 것은 딸이 아바르의 삼황녀 적화우에게 잡혀간 이후일지도 모른다. 그전에는 비록 흑수족의 삶이 고단해도 유쾌한 성정을 잃지 않았을 것 같았다.

"할아버지 옆으로 가도 되요?"

적사몽이 설루에게 물었다. 아마도 뗏목이 움직이는 모습과 다가오는 풍경을 앞에서 보고 싶은 모양이었다.

"그렇게 하려무나."

설루가 어머니처럼 승낙했다.

설루의 승낙이 있자 적사몽이 재빨리 타르두 옆으로 다가갔다. 그러고는 뗏목 앞쪽에 구멍을 내고 그 안으로 삿대를 집어넣어 뗏목을 밀어내는 모습과 희미한 안개 사이로 스쳐가는 호수변의 풍경, 그리고 조금 거칠게 느껴지는 물의 흐름 등을 호기심 어린 표정으로 살폈다.

"호수를 처음 보느냐?"

"작은 호수는 봤지만 이렇게 큰 호수는 처음이에요. 더군다나… 이 호수는 무척 이상해요."

적사몽이 대답했다.

"처음 보는 사람에겐 그렇지. 하지만 익숙해지면 정말 재미있는 곳이란다. 저걸 봐."

타르두가 한 손에 삿대를 쥔 채 안개 깔린 수면의 한 곳을 가리켰다. 그러자 적사몽이 화들짝 놀랐다.

"헉! 저게 뭐죠?"

타르두가 가리킨 곳에는 거대한 물체가 수면에 잠시 등을 보인 채 꿈틀거리면서 물 위로 떠올랐다가 미끄러지듯 수면 아래로 들어가고 있었다.

"수룡이다."

"수룡이요? 정말 용이 살아요? 이 호수에?"

적사몽이 놀란 표정으로 되물었다,

"하하, 사람들이 생각하는 그런 용은 아니고, 이 호수에만 산다는 거대한 메기의 일종이란다. 보다시피 보통 크기가 아니라서 그냥 근처 사람들이 용 취급해주는 거지."

"아, 그렇군요. 메기가 저렇게 크다니… 굶을 걱정은 없겠어요."

적사몽이 입맛을 다시며 말했다.

"하지만 생각보다 잡기 쉽지 않지. 이른 아침이면 모를까 하루의 대부분은 깊은 물속에서 보내니까. 낚시에도 잘 낚이지 않고, 또 무척 사납단다. 어린애들을 물고 들어갔다는 말도 심심찮게 들리지."

"겁주지 마세요. 전 물고기 따위에겐 겁먹지 않아요."

"겁주려고 한 말이 아니란다. 조심하라고 한 말이지. 이 호수에 사는 험한 놈들 중 저놈은 그래도 착한 축에 속한단다. 동쪽으로 가면서 수온이 따뜻해지는데, 그 근처에는 악어나 큰 뱀들도 살아. 그때는 정말 조심해야 해."

"이곳과는 다른가요?"

"아주 다르지. 전혀 다른 세상 같을 거다. 아무튼, 이제 다 왔다."

"아, 저거군요?"

적사몽이 자리에서 일어나며 손을 들어 보였다.

그의 손끝에 안개 사이로 거무스름한 배 한 척이 걸렸다. 크기가 그리 크지는 않았지만 돌처럼 단단해 보이는 배였다. 날렵한 모양을 하고 있어 속도를 내는 것도 쉬울 것 같았다.

"모두 조심하시오. 지난번 산사태로 무너져 내린 고목들이 많소."

타르두가 뒤따라오는 뗏목들을 보며 소리쳤다.

정말 그의 말대로 수면 곳곳에 거대한 나무들이 쓰러져 있었다. 그 쓰러진 나무들을 따라 시선을 돌려보니 북쪽 절벽 사이로 무성한 숲이 보였다.

그러나 자세히 보면 숲은 무성하지만 나무들은 대부분 쓰러져 있었다. 단지 나무들의 쓰러진 후 얼마 되지 않아서 아직 푸른 잎이 남아 있을 뿐이었다. 그것이 멀리서 볼 때는 숲처럼 보이는 것이었다.

"사태가 날 것 같지 않은 곳인데… 흙도 보이지 않고."

적풍과 한 뗏목에 타고 있던 몽금이 중얼거렸다.

"저 나무들은 저 산에서 쓸려 내려온 거요."

타르두가 손을 들어 숲 더미 위쪽의 밋밋해 보이는 바위산을 가리켰다.

"저런 바위산에서 나무가 자랐단 말인가요?"

몽금이 믿을 수 없다는 듯 되물었다.

"호수 서북쪽은 산에 흙이 별로 없소. 대신 습기가 많아서 이끼가 잘 자라는 편이오. 그 이끼들이 수백 년 쌓이면 그 위에서 나무가 자라오. 앞으로 호수를 여행하다 보면 처음 며칠간 헐벗은 산에 듬성듬성 모여 있는 숲을 보게 될 것이오. 그런 숲들은 다 이끼 위에 자란 것이오. 그래서 뿌리가 깊지 못하고, 비바람이 강하게 불면 저렇게 사태가 나서 무너져 내리는 것이라오."

"신기한 일이군요."

몽금이 고개를 끄떡이면서 뗏목 옆으로 흘러가는 쓰러진 나무의 뿌리 부분을 살폈다. 정말 나무들의 뿌리 부분이 이끼에 쌓여 있었다.

"저 배는 할아버지가 만든 건가요?"

적사몽이 이제는 눈앞에 가까이 다가온 흑선을 보며 물었다.

"내가 만들었다기보다는 내가 수리한 것이라고 해야겠지. 오래전 호수에 숨어 사는 수적들의 배였던 모양인데, 오손 전사들의 공격을 받아 전멸한 듯하더구나. 배가 이곳까지 밀려 왔을 때 배 안에 산 사람은 없었고, 물 위에 겨우 떠 있는 통나무 더미 같았으니까."

"그걸 할아버지께서 고치신 거예요?"

"그래. 본바탕이 좋은 배라서 고치고 나니까 쓸 만하더구나."

타르두가 자신이 생각해도 자기가 한 일이 대견스러운지 미소를 지으며 대답했다.

"대단해요. 혼자 하셨어요?"

"숨기고 해야 할 일이었다. 이곳에서 배를 만들면 빼앗기기 십상이거든."

"누구에게요?"

"뭐, 수적 같은 놈들이지. 간혹 이곳에도 수적이 출몰한단다. 호수 동쪽은 오손의 영향력이 강해 수적들의 활동이 뜸하지만 이곳은 그렇지 않으니까."

타르두가 새삼스럽게 주변을 경계하며 말했다.

"여기에서 배를 수리한 것은 역시 나무 때문이겠군요."

이번에는 설루가 물었다.

"맞소이다. 비단 이번에 쓰러진 나무뿐 아니라 오래전 쓰러져서 목재로 쓰기에 적당하게 마른 나무도 많은 곳이라서……."

"좋은 장소군요."

설루가 고개를 끄떡였다.

"이제 오릅시다."

타르두가 적풍을 보며 말하고는 뗏목을 배 옆에 댔다. 배에서는 이미 밧줄로 만든 줄사다리가 드리워져 있었다.

타르두가 먼저 배로 오르고 뒤를 이어 적풍과 설루 그리고 적사몽이 차례로 배에 올랐다.

"이걸… 타고 가야 합니까?"

가장 나중에 배에 오른 이위령이 당황한 표정으로 물었다.

그도 그럴 것이 뗏목 위에서 볼 때는 멀쩡해 보이던 배가 그 위에 오르자 난파선처럼 어지러웠기 때문이었다.

"배는 튼튼하오. 아직 선실 쪽을 제대로 손보지 않아 그렇지. 목재들을 싣고 가면서 선실을 손보면 되오. 그냥 지내도 되고."

타르두가 무뚝뚝하게 대답했다.

"호수만 건너면 된다."

적풍이 십자성 무사들의 불만을 잠재우는 한마디를 했다.

"그렇긴 하지요. 뭐… 에이, 각자 자신이 잘 자리는 자기가 만듭시다."

이위령이 호탕하게 말을 하고는 짐을 들고 허술한 선실 쪽으로 이동했다.

"지금 바로 출발할 수 있겠소?"

적풍이 타르두에게 물었다.

"할 수 있소. 그리고 사실 지금 떠나야 하기도 하오. 곧 안개가 걷히면서 바람이 불거요. 그 바람을 타면 금세 호수 중심에 도달하게 될 것이오. 이크, 벌써 바람이 부네."

"좋소. 그럼 갑시다."

적풍이 대답하자 타르두가 파묵을 보며 소리쳤다.

"넌 날 좀 도와라!"

타르두의 말에 파묵이 재빨리 타르두 옆으로 다가섰다.

"돛을 올려라."

타르두의 말에 파묵이 돛대 아래 둘둘 말려 있는 돛을 풀고 돛대 위 도르래에 걸친 밧줄을 잡아당겼다. 그러자 돛이 펼쳐지기 시작했다.

젊은 십자성의 고수들인 와한과 파간이 급히 다가와 파묵을 도왔다.

두 사람이 가세하자 돛이 금세 완벽한 모양을 갖췄다. 그리고 마침 그때 산 쪽에서 강한 바람이 불어와 안개를 흩었다.

후웅!

불어온 바람을 안은 돛이 팽팽하게 부풀어 올랐다.

"출발하겠소!"

타르두가 십자성의 고수들을 보고 소리치고는 호수 아래 담가 두었던 닻을 끌어올렸다.

퉁!

닻이 갑판에 올라오자마자 배가 빠르게 움직이기 시작했다. 타르두가 재빨리 키를 잡고 배의 방향을 조절하기 시작했다.

*　　　　*　　　　*

흑상 귀모라는 시간이 지날수록 자신의 선택이 잘못된 것이 아닌가 하는 회의가 들었다.

사막을 탈출한 것은 좋았다. 아마 사막에 그대로 남겨졌다면 그녀는 필시 며칠 견디지 못하고 죽었을 것이다.

그것보다야 살아서 사막을 벗어난 것은 행운이랄 수 있었다. 그러나 그 행운을 가져다 준 사람, 스스로 모독이라 부르는 노인과의 인연은 행운처럼 느껴지지 않았다.

싸늘하다 못해 냉기가 흐르는 기운, 눈앞의 사람을 단번에 제압하는 날카로운 기도, 그리고 간간히 드러나는 끈적거리는 녹색 기운들은 칠왕의 땅 사람들이 부르는 야수족이라는 명칭에 너무 잘 어울리는 것들이었다.

그러나 그 모든 것들은 변경에서 흑상을 살아가면서 이미 충분히 경험한 것들이었다. 그것보다 귀모라를 더 힘들게 하는 것이 앞으로 모독이란 자의 손아귀에서 절대 벗어나지 못할 것 같다는 불길한 예감이었다.

모독은 시간이 흐를수록 점점 더 귀모라를 자신의 손아귀에 넣고 있었다.

이 끈적하고 촘촘한 모독의 그물을 과연 벗어날 수 있을까. 그런 생각이 들 때마다 귀모라가 자신도 모르게 고개를 저었다.

그 불길함 속에 갑자기 모독의 목소리가 들렸다.

"귀모라!"

날카로운 모독의 목소리에 귀모라가 흠칫 놀라며 모독을 바라봤다.

그러자 모독이 손을 들어 호수 어귀의 마을을 가리키며 물었다.

"저곳을 아나?"

"처음 오는 곳이오."

귀모라가 대답했다.

두 사람은 기이한 관계를 이어가고 있었다. 모독은 귀모라를 종복 부리듯 대했고, 귀모라는 모독을 그저 자신을 구해준, 목숨의 빚을 진 사람으로 대했다.

그러나 그 어느 쪽도 먼저 나서서 이 이상한 관계를 정리하려하지 않았다.

모독에게는 변경과 칠왕의 땅의 사정에 능통한 사람이 필요했고, 귀모라도 감히 모독에게 반발할 수 없기 때문이었다.

그래서 서로의 어투는 마치 다른 사람에게 하듯 어울리지 않았다.

"사람 한 명 데리고 가서 그들이 왔었는지 알아봐."

모독이 명을 내리듯 말했다.

그러자 귀모라가 멈칫하다가 주위를 돌아보며 말했다.

"누가 가겠소?"

"내가 가리다."

귀모라를 따라나서겠다고 한 자는 처음 사막에서 귀모라를 발견하고 모독과 그 사이에서 말을 전달한 사내였다.

사내의 이름은 돌룩, 모독과 같은 야숙족 출신의 사내였다. 음흉하고 잔혹한 심성을 지닌 것이 딱 모독의 수하로 어울리는 자였다.

사내 돌룩이 나서자 귀모라가 기다리지 않고 호숫가 마을을 향해 걸어갔다.

귀모라와 돌룩이 호숫가의 비밀스러운 마을에 숨어사는 사람 하나를 추궁해 적풍 일행의 행방을 알아내는 것은 그리 어렵지 않았다.

　아무리 새벽안개 속에서 은밀히 떠났다 해도 큰 배가 움직이는 것이 사람들 눈에 들어오지 않았을 리 없고, 가장 중요한 것은 마을 사람 중에서 노인 하나가 같이 없어졌다는 사실이었다.

　물론 마을 사람들로서는 그 배에 탄 사람들의 정체를 알 수 없었다. 그러나 이곳까지 그들을 추격해 온 귀모라와 돌룩에게는 어렵지 않은 추측이었다.

　그들이 아니라면 갑자기 이 변경의 마을에서 숨어살 듯 지내던 노인을 끌고 가서 배를 띄울 리 없었던 것이다.

　그런데 적풍 일행이 배를 타고 호수로 나갔다는 사실을 확인한 두 사람이 급히 모독이 있는 곳으로 돌아가는 길에 갑자기 돌룩이 귀모라에게 농담 같은 말을 던졌다.

　"이보슈?"

　"왜 그러시오?"

　갑자기 자신을 부르는 돌룩을 돌아보며 귀모라가 차갑게 대꾸했다.

　"내 걱정이 돼서 그러는데 경거망동하지 마시오."

　"그게 무슨 소리요?"

　"감히 카르를 떠날 생각 같은 건 하지 말라는 거요."

　"떠날 수 없단 뜻이오?"

　귀모라가 물었다. 그러자 돌룩이 정색을 하며 말했다.

"오직 죽어서만 떠날 수 있을 거요. 지금껏 카르를 모셔왔지만 단 한 명도 카르께서 허락지 않고 자유를 얻은 자는 없었소. 그리고 카르께선 당신이 생각하는 것보다 훨씬 무서운 분이오. 말하자면, 우리 모두가 덤벼도 단 일랍이 지나지 않아 모두 몰살당할 만큼 말이오."

돌룩의 말에 귀모라는 자신도 모르게 소름이 돋았다. 그리고 모독에 대한 두려움이 새삼스럽게 일어났다.

그러자 갑자기 지금 이 자리에서 돌룩이란 자를 죽이고 사라질까 하는 욕망이 생겨났다.

그러나 그도 잠시 그녀가 한숨을 쉬며 애써 일어나는 살의를 억눌렀다. 떠난들 모독이 이끄는 적랑들의 추격을 받는다면 단 하루도 버티지 못할 것이란 걸 알고 있기 때문이었다.

그러자 갑자기 의아한 생각이 들었다.

"그런데 내게 왜 그런 충고를 해주는 거요? 내가 죽든 말든……."

귀모라가 돌룩에게 물었다. 그러자 돌룩이 귀모라를 지나쳐 앞으로 나가면서 말했다.

"나 역시 떠나고 싶은 욕망에 매일 고민하기 때문이오."

제7장
돌 밀매업자와 물 위의 도적
그리고 오손의 전사들

왜 세 어머니의 호수 중 첫 번째 호수가 혼돈의 호수라고 불리는지 일행은 여행 삼 일 만에 이해가 되었다.

호수에서 기이한 물고기가 잡히고, 거친 물살이 소용돌이를 이루며 배의 전진을 막기 때문이 아니었다.

이 호수에 그런 이름이 붙은 이유는 따로 있었다.

"아니 어떻게 이럴 수 있지?"

이위령이 도저히 이해할 수 없다는 듯 고개를 저으며 손을 들어 땀을 닦아냈다.

"그러게 말입니다. 갑자기 계절이 초봄에서 여름으로 변한 것 같아요. 어떻게 이렇게 기후가 급변할 수 있는 걸까요?"

십자성의 젊은 고수 파간이 되물었다.

"그래서 세 어머니의 호수 중 첫 번째 호수인 이곳을 '혼돈'이라고 부른다잖아."

다른 십자성의 젊은 고수 와한이 대답했다.

"몽골도 이렇지?"

파간이 묻자 와한이 고개를 저었다.

"하루의 낮과 밤, 그리고 일 년 중 겨울과 여름의 기온이 급변하기는 하지만 이렇게 같은 시간대에 다른 기후를 갖는 것은 아니지. 여긴 말 그대로 혼돈스러운 기후야."

와한이 더위를 참기 힘든지 손부채로 바람을 일으키며 말했다.

"그래도 다행이지 뭐야. 바다가 아니라서. 언제라도 물을 쓸 수 있으니까."

파간이 물살을 가르는 배 위에서 큼직한 물통을 줄에 달아 호수로 던졌다. 파간은 물통이 호수에 닿자마자 그대로 다시 물통을 끌어 올렸다. 배 위로 끌려 올라온 물통에는 맑은 물이 그득했다.

"물은 맑아서 좋아."

파간이 두 손으로 물을 떠올려 얼굴을 씻으며 말했다. 그러자 이위령과 와한도 물통에 손을 넣어 물을 떠올렸다.

"후우!"

얼굴을 씻어낸 이위령이 크게 숨을 내쉬며 시선을 먼 곳으로 돌렸다. 높은 산과 초록이 너무 짙어 외려 검게 보이는 숲이 호수 주변으로 장대하게 펼쳐져 있었다.

석산이 사라진 지 얼마 되지도 않아 나타난 숲들이었다. 숲을 이룬 나무들의 높이가 작게 잡아도 십여 장은 넘는 것 같았다.

"풍경도 좋고."

이위령이 중얼거렸다.

"명계 같지요?"

와한이 되물었다. 그러자 이위령이 피식 실소를 흘렸다.

"명계? 네 녀석은 아주 이곳 사람이 다 된 것 같구나. 언제부터 우리 고향을 명계라고 불렀냐?"

"무슨 말씀을, 아직도 매일 아침 눈을 뜨면 신곡에 있는 느낌인걸요. 단지 딱히 그곳을 부를 마땅한 말이 없어서 그렇지요."

"설마 향수병이냐?"

파간이 와한을 놀렸다.

"그럽기는 하지."

와한이 파간의 농을 진지하게 받아들였다.

"뭐야? 갑자기 뭐가 그렇게 심각해?"

파간이 와한의 어깨에 손을 올리며 물었다.

"모르겠어. 왠지… 우울한 느낌이 들어."

와한이 검푸른 수면을 응시하며 말했다.

"그럴 때가 됐다. 사실 나도 요즘 들어 피곤한 느낌이 드는구나."

이위령이 말했다.

"그러세요?"

와한이 위로가 된다는 듯 되물었다.

"음… 처음에는 이곳이 우리가 사는 곳, 명계와 같은 기후고, 같은 환경이라고 생각했었다. 사막이든 호수든 혹은 저 이상하게 생긴 놈들조차도 중원에서도 찾으려면 찾을 수 있을 테니까."

이위령이 수면 위에 등을 내놓고 있는 악어인 듯한 짐승을 가리키며 말했다.

"그렇긴 하죠. 남만에 가면 볼 수 있으니까요."

파간이 고개를 끄덕였다.

"하지만 달라. 조금씩… 뭔가 달라. 그런데 알 수가 없네. 뭐가 다른지. 젠장!"

이위령이 눈을 가늘게 뜨며 말했다.

"그렇죠? 다르죠?"

와한이 동의를 구하듯 다시 물었다. 그런데 그때 언제 나타났는지 단우하가 세 사람이 있는 곳으로 다가서며 말했다.

"다른 것은 공기라네."

"공기요?"

파간이 되물었다. 어느덧 이 노련한 아바르의 사자 단우하는 어느덧 십자성의 고수들과 스스럼없이 지내는 사이가 되어 있었다. 그래서 파간의 물음도 망설임이 없었다.

"음, 미리 말해줬어야 하는데 너무 당연한 일이라 미처 말해주지 못했네. 내 실수네."

"대체 공기가 어떻게 다르다는 겁니까?"

"사막은 워낙 건조한 기후라 별 차이를 못 느끼지만 사실 칠왕의 땅은 습도가 높은 편이라네. 특히 이 세 어머니의 호수 같은 경우는 호수 때문에 더 습한 편이지. 그 때문인지 공기도 무겁네. 그러니 호흡을 가능한 길게 하게. 처음 온 사람은 답답함을 느낄 정도지. 하지만 곧 익숙해질 걸세."

"그게 우리가 느끼는 이 기분하고 상관이 있다는 겁니까?"

와한이 물었다.

"당연하네. 자신도 모르는 사이에 호흡이 불편해져서 불쾌감이 생긴 거네. 그 불쾌감을 우울한 것으로 착각하는 거지. 아니 미세한 호흡의 불편함으로 정말 우울해질 수도 있지. 우울해지니 자연히 고향 생각나는 거고."

단우하의 설명에 파간과 와한이 이내 고개를 끄덕였다. 생각해 보니 약간씩 호흡에 불편함을 느꼈던 것도 같았다.

"익숙해지는 데 얼마나 걸릴까요?"

이위령이 물었다.

"말한 대로 호흡을 조절해 가면 곧 익숙해질 걸세."

"다행이군요."

이위령은 이 우울함이 해결될 수 있는 문제라는 데 안도하는 모습이었다.

"그나저나 이제부터는 조심해야 하네. 오손의 배들이 이곳 정도부터는 나타날 걸세."

"상인이란 말이 통할까요?"

와한이 걱정스러운 표정으로 물었다.

"다행인 것은 타르두라는 자, 보통이 아니라는 거지. 아주 노련한 인물일세."

"그러게 말입니다. 시간이 지날수록 본래의 능력이 드러나는 것 같더군요."

이위령도 동의했다,.

"그라면 능히 오손의 전사들을 속일 수 있을 걸세. 더군다나 주도면밀하게도 이미 오래전부터 배 안에 얼마간의 모피와 가죽들을 준비해 놓았더군. 의심받지 않을 걸세."

단우하의 말 속에는 타르두에 대한 감탄과 경계의 느낌이 함께 들어 있었다.

타르두의 철저한 준비에 감탄하는 동시에 그가 자신이 원하는 것을 얻기 위해 다른 마음을 품는다면 일행에게 곤란한 일이 벌어질 수도 있기 때문이었다.

더군다나 그의 딸을 잡고 있는 사람은 아바르의 삼황녀 적화우다. 그가 적풍과 단우하의 정체를 알게 된다면 이 일행에 대해 적의를 가질 수도 있었다.

그런데 그때였다. 갑자기 그들의 귀에 강력한 파열음이 들렸다.

콰앙!

멀리서 들려오는 파열음은 천둥처럼 호수의 수면 위로 퍼져 나갔다. 그 충격에 일행이 타고 있는 배가 흔들릴 정도였다.

"뭐야?"

"누가 공격했어?"

선실에 있던 십자성의 고수들이 일제히 뛰어나왔다.

그러고는 소리가 들린 방향 쪽 갑판에 몰려섰다. 그때 타르두의 침착한 목소리가 들렸다.

"이건 석포 소립니다."

"석포?"

감문이 되물었다.

"그렇소. 이건 석포가 물에 떨어지는 소리요."

"젠장 그럼 누가 싸운다는 소리요?"

"아마도 그런 것 같소. 그러니… 모두 조심하시오."

타르두가 경고했다. 그러면서도 타르두는 무척 침착했다. 그건 아마도 이런 일이 이 호수에선 그리 특별한 일이 아니기 때문일 터였다.

"그럼 오손 왕국의 배들이오?"

감문이 다시 물었다.

"그렇지는 않소. 물론 그들의 배에도 석포는 있소만 감히 그들에게 석포를 쏘게 만들 자들이 이 호수에는 없소. 또 오손의 배를 향해 석포를 쏠 자들도 없고 말이오. 이건 분명 수적들이 누군가 상선을 공격하는 소리일 거요."

"수적이라. 제길, 어딜 가나 도적놈들은 있다니까."

이위령이 투덜거렸다.

"피할 수 있다면 피해 보시게."

단우하가 타르두에게 말했다.

"물론 그렇게 해보겠지만 쉽지는 않을 것 같소이다."

"피할 수 없단 말인가?"

단우하가 눈살을 찌푸리며 물었다.

"이곳의 수적들은 떼로 몰려다닌다오. 모선(母船) 하나에 서너 척의 소선이 따라 붙어 주변을 경계하오. 혹시라도 오손의 배가 나타날 것을 걱정해서 말이오. 분명 그 자들에게 우리 배도 발견될 것이오. 다만 수적들이 우리까지 공격할지는 모르겠소. 다른 사냥감을 사냥하고 있는 와중이니까."

타르두의 말로 사람들은 지금 자신들이 처한 상황을 명확하게 이해했다.

"어찌 됐던 속도를 높입시다."

적풍이 타르두에게 말했다.

"알겠소, 파묵!"

타르두가 언제나처럼 파묵을 불렀다.

"예!"

파묵이 얼른 타르두 앞으로 다가왔다.

"보조 돛을 올려라."

타르두의 말에 파묵이 급히 돛대 옆으로 다가가 작은 돛을 하나 더 올렸다.

그러자 배가 좀 더 속도를 내기 시작했다.

"저놈들이군."

조어장이 배 난간에 팔을 올려 턱을 괸 채 멀리 호숫가에 바

싹 붙어 한창 서로를 향해 화살을 날리고 있는 배들을 바라보
며 말했다.

"그런데 한쪽이 일방적으로 당하는 것 같지는 않은데?"

그의 옆에서 감문이 말했다.

"그렇지요? 반대편도 만만치는 않은데요?"

조어장이 대답했다.

그런데 그때 일행이 탄 배 앞으로 한 척의 수적선이 빠르게
다가왔다.

타르두가 재빨리 키를 틀어 선로를 바꿨다.

"어이쿠!"

급하게 배의 방향을 바꾸는 바람에 배에 타고 있던 사람들
이 한쪽으로 쏠렸다.

"돛을 내려!"

타르두가 급하게 소리쳤다. 이미 배는 본래 가려던 방향에서
벗어나 한창 싸움이 벌어지고 있는 쪽으로 향하고 있었다. 이
대로 돌진한다면 단번에 전장의 한가운데로 들어가야 한다.

타르두의 말에 파묵이 움직이려는데, 그보다 먼저 감문과 이
위령이 검을 들어 돛 줄을 끊었다.

쿵!

보조 돛의 줄 끊기면서 둘 중 작은 돛이 그대로 갑판 위로
떨어졌다. 그 덕에 갑판 위가 아수라장이 되었다.

"이것들을!"

조어장이 앞을 막아 배의 방향을 틀게 만든 수적선을 노려

보며 노기를 드러냈다.

"기다려!"

당장 검을 빼들고 수적선으로 날아들려는 조어장을 적풍이 제어했다. 적풍의 한마디에 십자성의 고수들이 화를 가라앉히며 적풍의 다음 명을 기다렸다.

상선으로 보이는 세 척의 배를 수적들이 공격하고 있었다. 수적들 배에서 연신 석포를 쏘아대는데 이상하게도 그리 멀지 않은 거리에도 불구하고 석포는 제대로 상선을 맞추지 못했다.

그런데 자세히 보면 석포를 쏘아대는 자들이 상선을 맞추지 못하는 것이 아니라, 일부러 상선을 맞추지 않은 것 같았다.

대신 석포를 상선의 진행 방향으로 쏘아 그 움직임을 제어할 뿐이었다.

상선에서의 반격도 만만치 않았다. 상선에 탄자들은 검은 가죽은 덮어 놓은 짐 뒤에 숨어 맹렬하게 화살을 날리며 습격자들에게 반격을 가하고 있었다.

그런데 그 싸움을 자세히 살피던 적풍의 얼굴에 문득 의혹의 빛이 생겼다.

"노인장!"

적풍이 타르두를 불렀다.

"왜 그러시오?"

타르두가 대답했다.

"보통 상인들이 아닌 것 같소만……."

"잘 보셨소. 정상적인 상인들은 아니오."

"흑상이오?"

"뭐 지금 하는 짓은 비슷한데, 근본적으로 흑상들하고는 차원이 다른 자들이오."

"차원이 다르다?"

"그렇소, 흑상들은 소금이나 노예 그리고 몇몇 칠왕의 땅에서 거래가 금지된 것들을 은밀히 거래하지만, 저자들이 거래하는 것은 바로 도람석이오. 즉 저들은 도람석을 밀매하는 자들이오. 아마 호수와 닿아 있는 숲 어딘가에 비밀리에 운영하는 채석장이 있을 거요."

"도람석? 빛이 투과되는 그 신비한 돌 말이오?"

"그렇소. 본래 도람석은 오직 오손 왕국에 의해서만 거래되는 물건이오. 오손 왕국의 재력은 세 어머니의 호수 주변에서 채석되는 도람석에 의해 유지된다고 해도 과언이 아니오. 황금은 아니지만 오손 왕에 의해 거래가 금지되니 밀매 시장에선 무척 값이 센 편이오. 오손 왕이 도람석의 한 해 채석량을 일정량으로 제한해서 일어난 일이긴 하지만……."

"세상에 돌덩어리를 밀매하는 놈들이 있을 줄은 몰랐군."

타르두의 말을 듣고 있던 이위령이 혀를 차며 말했다.

"도람석은 칠왕의 땅 영주들이 성을 지을 때 가장 선호하는 재료요. 도람석이 들어가지 않은 성(城)은 성 취급을 받지 못할 정도로 말이오. 그래서 항상 공급이 부족한 상태인 거요."

타르두가 재차 도람석에 대해 설명했다. 그러자 적풍이 타르두에게 물었다.

"그럼 밀매 상대가 칠왕의 땅의 권력자들이겠군."

"그렇소. 은밀히 거래되는 시장의 규모가 어마어마하오."

"그럼 저자들도 보통 상인들은 아니겠고."

적풍이 배 위에서 결사적으로 대항하고 있는 도람석 밀매업자들을 보며 말했다.

"그렇소. 보통 인물들이 아니오. 사실 내가 저들을 흑상이라고 부르지 못하는 이유가 있소. 저들이 이곳에서 도람석을 가지고 나갈 때는 밀매업자지만, 일단 이 오손의 땅을 벗어나기만 하면 엄연히 칠왕의 땅에서 정상적으로 장사를 하는 상인들이 되기 때문이오."

"그 말은 정상적인 상인들이 사람을 모아 도람석 밀매에 개입한다는 뜻이오?"

"그렇소. 그래서 보통 수적들은 감히 저들을 공격하지 못하는데……."

타르두가 오늘의 싸움을 이해하기 어렵다는 듯이 고개를 갸웃했다.

그사이 적풍 일행 앞을 가로막았던 수적선이 다시 배 가까이 다가와 있었다.

"선주가 누구냐?"

수적선 위에서 헝클어진 머리에 상처로 가득한 얼굴을 가진 수적이 소리쳤다. 그러자 타르두가 적풍을 바라봤다.

적풍이 고개를 끄떡이자 타르두가 앞쪽으로 나서며 말했다.

"내가 이 배의 선장이오."

그러자 수적이 잠시 타르두를 훑어보다가 다시 소리쳤다.

"선장을 찾는 게 아니다. 선주를 찾는 거지. 보아하니 상선인 듯한데 누가 상단을 이끄느냐?"

그러자 타르두가 고개를 돌려 다시 적풍을 바라봤다. 그러자 적풍이 잠시 생각에 잠겼다가 앞으로 나섰다.

"내가 이 상단의 주인이다. 저쪽 사정도 급한 것 같은데 또 다른 약탈을 하려는가? 아니면 저들과 한 무리가 아니었나?"

적풍이 도람석 밀매업자들과 치열하게 싸우고 있는 수적들을 가리키며 물었다.

"물론 우리 한식구들이지. 그리고 다른 일처럼 보이지만, 사실 지금 우리가 하는 일도 같은 일이라고 할 수 있다. 우린 배가 필요해. 아무래도 놈들을 제압하려면 배 한 척 정도는 수장시켜야 할 것 같거든. 하지만 배에 실은 도람석까지 물에 빠뜨릴 순 없는 일, 도람석을 옮겨 실을 배가 필요하단 거지. 그러니까 너희들은 배를 호숫가에 두고 떠나라. 목숨은 살려주마. 이건 정말 아주 특별한 배려야."

"좋은 제안이군. 목숨을 살려주겠다니."

적풍이 중얼거렸다.

그러자 수적이 호탕하게 웃으며 소리쳤다.

"하하하! 역시 상인이라 그런지 셈이 빠르군. 맞는 말이야. 세상에서 가장 귀한 것이 목숨, 배를 버리는 일에 비할 수 없지. 자, 얼른 배를 호숫가로 몰고 가!"

수적이 고압적은 태도로 소리쳤다.

그러자 적풍이 고개를 저으며 말했다.

"그대가 말했듯이 난 상인이다. 상인은 어떤 경우에도 거래를 하지. 나도 당신들과 거래를 하고 싶은데……."

"거래? 후후, 잔꾀를 쓰려는 것이면 그만 둬, 우린 그렇게 만만한 사람들이 아니야."

"들어나 보겠나? 아주 큰 이득이 걸린 거래인데……."

적풍의 말에 수적이 갈등하는 듯 보이더니 슬쩍 관심을 보였다.

"말해봐라. 좋은 거래면 이 성주께 말해보마."

"이 성주?"

"저기 계신 우리 두목님 말씀이다."

적풍은 내심 조소가 흘러나왔다. 수적 두목 주제에 성주라고 불리는 것은 가소로운 일이었다.

"그렇게 부르는 모양이군."

"우린 다른 수적들과는 차원이 달라. 우리만의 성을 가지고 있단 말이지. 그러니 당연히 성주시지."

수적이 자부심이 가득한 표정으로 말했다.

"좋아. 내 거래 조건을 말해주지. 길을 열어라. 그러면 너희들 일에 관여치 않고 떠나겠다. 그러나 만약 계속 뱃길을 막는다면… 너희 모두를 수장시켜 주마! 이게 내 거래 조건이다. 네가 말했듯이 목숨은 세상에서 가장 귀한 것 아니냐? 어때 거래에 응하겠느냐?"

하지만 적풍도 내심은 이 수적들이 결코 뱃길을 열지 않을 거라고 생각했다.

수적들의 두목을 성주라 부르는 이 도도한 자들이 상인의 협박에 굴복할 리 없었다.

그래서 적풍이 말을 하는 도중에 가볍게 오른손을 들었다. 그러자 십자성 고수들이 일제히 앞으로 나서며 배의 난간에 도열했다.

난간에 도열한 십자성의 고수들은 하나같이 싸움을 원하는 모습이었지만, 수적은 적풍의 말에 화가 나서 그런 십자성 고수들 모습이 눈에 들어오지 않았다.

"크흐흐, 이런 세상물정 모르는 놈을 봤나. 보아하니 부유한 상인 집안에서 고생 한 번 없이 자란 놈이구나. 아마 언제나 편한 상행을 다녔겠지. 다른 사람들이 널 떠받들어 주는 걸 즐기면서 말이야. 그러니 세상 무서운 줄 모르지. 그런데 너 혹시 갈훈이라고 들어보았느냐?"

수적이 눈을 지그시 뜨고 도도한 표정으로 물었다. 하지만 적풍이 한낱 수적무리의 이름을 알 리 없다.

적풍이 심드렁한 표정으로 대꾸하려는데 타르두의 놀란 목소리가 들렸다.

"갈훈!"

타르두의 탄성에 적풍이 고개를 돌려 타르두에게 물었다.

"아는 자들인가?"

"갈훈이 왜 여기에……? 당신들은 세 번째 호수 끝자락에 있어야 하는데……?"

"오호! 길잡이는 잘 두었군. 우리에 대해 제법 알다니. 그렇다면 선장, 당신이 이 멍청한 놈에게 우리에 대해 자세히 좀 알려주지?"

"특별한가?"

적풍이 타르두에게 물었다.

"세 어머니의 호수에서 활동하는 수적들 중 최고요. 요즘 들어서는 성을 크게 쌓아 수적에서 탈피 칠왕의 권력 그늘로 들어가려는 시도를 한다는 소문도 돌고 있소."

"그런 자들이 오손의 영역에서 노략질을 한다?"

칠왕의 권력에 편입하려는 자들이 계속 수적질을 하는 것이 이해가 되지 않은지 적풍이 되물었다.

"상대가 밀매업자들이지 않소?"

타르두가 턱으로 수적들을 상대하고 있는 밀매업자들을 가리키며 말했다.

"그런가? 외려 오손에 도움이 되는 건가?"

"그래서 자신들의 영역을 떠나 이곳까지 올 수 있었던 것 같소."

타르두가 말했다.

그때 적풍에게 잠시 시간을 주었던 수적이 다시 소리쳤다.

"이봐. 이제 우리가 누군지 알았나? 그럼 네가 뭘 해야 하는지도 알겠지? 어서 배를 호숫가에 대고 사라져. 우리가 두 번 기회를 주는 것은 아주 특별한 호의야!"

수적이 대범한 척 턱을 치켜들며 소리쳤다. 그러자 적풍이 무심하게 대답했다.

"그러니까. 길을 열어줄 생각은 없다는 건가?"

"이 빌어먹을 놈이 귀가 먹었나? 정말 물귀신이 되고 싶어?"

수적이 검을 들어 올리며 소리쳤다.

하지만 적풍의 결정은 수적의 예상을 벗어났다.

"미안하군. 넌 두 번 기회를 줄지 모르지만 난 그렇지 않아. 한 번 기회를 주는 것으로 끝이지. 길을 열어!"

적풍의 입에서 단호한 명이 떨어졌다. 그러자 젊은 십자성의 고수 와한과 파간이 동시에 배에서 뛰어오르며 소리쳤다.

"기다리던 바입니다. 성주!"

"처음부터 죽을 놈들이었습니다. 하하!"

두 젊은 고수가 독수리처럼 수적들을 덮쳤다.

콰앙!

와한이 먼저 적선의 돛대를 베어버렸다.

쿠우웅!

베어진 돛대가 무너지면서 수적선이 크게 기울어졌다.

"이놈들이 감히!"

수적선의 우두머리가 분노를 터뜨리며 와한을 향해 달려들었다.

"어서 와! 기다리고 있었다!"

와한이 자신을 향해 달려드는 수적선의 우두머리를 보며 빙 긋 미소를 지었다.

그 싸늘한 웃음에 수적이 흠칫했다. 순간 와한의 검이 수적의 머리로 떨어져 내렸다.

"헉!"

수적은 자신을 향해 떨어져 내리는 검을 보고서야 오늘 특별한 자들을 건드렸다는 것을 깨달았다.

검에 실린 강력한 힘이 몸에 닿지 않아도 느껴졌다. 거기다가 뿌연 기운이 서리는 것은 칠왕의 전사들만이 사용한다는 그 무서운 진기의 증거인 듯싶었다.

"젠장!"

수적이 욕설을 내뱉으며 거칠게 검을 휘둘렀다.

콰앙!

"욱!"

와한의 검을 막은 수적이 묵직한 신음을 흘리며 주르륵 뒤로 물러났다. 틱!

배의 난간이 수적이 물로 떨어지는 것을 겨우 막았다. 그러나 어쩌면 수적은 그대로 물로 떨어지는 것이 나았을지도 모른다는 생각을 했다. 어느새 한 자루 검이 그의 눈앞에 닥쳐들고 있었던 것이다.

수적이 본능적으로 몸을 틀었다. 순간 그를 향하던 검이 그대로 수적의 어깨를 베고 지나갔다.

"욱!"

수적이 다시 신음을 흘렸다.

연이어 수적은 자신의 몸이 떠오르는 것을 느꼈다. 수적은 어느새 와한의 손에 들려 허공에서 버둥거리고 있었다.

"한 팔로 헤엄치는 게 쉽지는 않을 거야. 재주껏 살아봐라!

와한이 허공에 치켜든 수적을 호수에 던져 버렸다.

풍덩!

수적의 거대한 덩치가 물에 빠지면서 큰 물기둥이 솟구쳤다.

"모두 배에서 내려라. 안 그러면 전부 죽는다!"

수적선의 두목을 호수에 던져 버린 와한이 사나운 목소리로 소리치며 몸을 돌렸다.

순간 그의 눈에 당혹감이 떠올랐다. 눈에 들어와야 할 도검을 든 수적들이 보이지 않았던 것이다. 대신 수적들 중 삼분지 일은 배 위에 너부러져 있었고, 나머지 수적들은 무기를 버리고 갑판에 무릎을 꿇고 있었던 것이다.

"뭐야, 이건?"

와한이 어리둥절한 표정으로 시선을 파간에게 돌렸다.

"뭘 그렇게 요란하게 싸우냐?"

파간이 와한에게 핀잔을 줬다.

"네가 이렇게 한 거냐?"

와한이 파간에게 물었다.

"그럼 누가 해."

"젠장, 난 한 놈 갖고 드잡이질를 하고 있었는데……."

"너무 낙담 마라. 그래도 놈이 제일 강했으니까. 더군다나 이 자들은 무공을 몰라. 그냥 사나울 뿐이지."

"아무리 그래도… 파간 네놈 실력을 숨기고 있었던 거냐?"

"숨기긴. 네놈이 혼자 기고만장했던 거지."

"그런가?"

와한이 고개를 갸웃했다.

그때 건너편 배 위에서 감문의 목소리가 들렸다.

"끝났으면 올라와라. 그만 떠나자!"

"예, 아저씨!"

파간이 얼른 대답하고는 훌쩍 몸을 날려 자신들의 배로 올라갔다. 그러자 와한 역시 몸을 날리며 중얼거렸다.

"저놈, 이제 보니 신법도 나보다 나은 것 같잖아?"

돛이 다시 올려졌다.

바람을 탄 배가 방향을 틀어 전장을 벗어나려했다. 그런데 그때 갑자기 두 척의 배가 좌우에서 일행의 배를 향해 돌진했다.

촤아악!

"이대로면 위험하오!"

타르두가 적풍을 보며 소리쳤다.

그러자 적풍이 감문에게 말했다.

"그대가 왼쪽, 내가 오른쪽을 맡지."

"알겠습니다."

"두 사람은 감문을 돕는다."

적풍이 이위령과 조어장을 보며 말했다.

"예, 성주!"

두 사람이 기다렸다는 듯이 대답했다. 그러자 적풍이 타르두를 보며 말했다.

"잠시 배를 멈추시오!

"알겠소."

타르두가 기다렸다는 듯이 배를 멈췄다. 그 사이 수적선 두 척이 십여 장 안쪽으로 다가들었다.

순간 적풍의 몸이 배 위로 떠올랐다. 동시에 감문등도 기다렸다는 듯이 적풍의 반대쪽으로 몸을 날렸다.

고오오!

허공을 가르는 검에서 기이한 파공음이 일어났다. 소리가 만들어내는 압력이 사람들의 고막을 먹먹하게 만들었다.

적풍이 지닌 세 자루 검 중 오늘 그의 선택은 불의 검이었다. 수적 하나하나를 붙들고 드잡이 할 생각은 없었다. 설혹 싸움에 대해 흥미를 느낀다 해도 그럴 시간이 없었다. 지금은 빨리 이 전장에서 벗어나는 것이 중요했다.

괜히 발목을 잡혀 쓸데없는 일로 시간을 지체할 수 없었다. 그래서 불의 검의 뽑아든 적풍의 선택은 적절한 것이었다.

화르르!

정말로 불이 붙은 듯 불의 검에서 붉은 기운이 솟구쳤다. 그 모습을 보고 있던 수적들이 공포에 질렸다. 개중 일부는 이미 물로 뛰어들고 있었다.

콰앙!

불의 검이 그대로 수적선 앞머리를 가르며 떨어졌다.

쿠우웅!

수적선의 선수가 단번에 잘려 나가며 배에서 분리돼 수면에 떨어졌다. 잘려 나간 뱃머리에 가볍게 내려선 적풍이 천천히 몸을 돌려남아 있는 수적들을 응시했다.

"사, 살려주시오!"

누군가에 입에서 자비를 원하는 소리가 튀어나왔다. 그러자 나머지 수적들도 그대로 그 자리에 엎드려 살려주기를 간청했다.

동료의 배가 공격당한 것을 알고 복수를 위해 몰려 올 때의 기세는 이미 사라진 지 오래였다. 대신 목숨을 구하려는 인간이 본능만이 수적들에게 남아 있었다.

"쫓는 자는 죽는다."

경고와 함께 불의 검이 다시 움직였다.

그러자 굵직한 돛대가 단번에 잘려 나갔다. 고목처럼 쓰러지는 돛대를 피해 수적들이 물속으로 뛰어 들었다.

숨 한 번 돌릴 사이에 수적들의 배를 엉망진창으로 만들어 놓은 적풍이 유유히 자신의 배로 돌아왔다.

그사이 다른 쪽 수적선도 호수 속으로 침몰하고 있었다. 감문 등의 손속은 적풍보다 훨씬 독해서 수적들을 베는 것 말고도 아예 배를 수장시키고 나서야 돌아왔다.

장내가 순식간에 정리됐다. 하지만 타르두는 다시 배를 출발시킬 생각을 하지 않고 멍하니 적풍과 십자성의 고수들을 바라보고 있었다.

처음 파묵이 찾아와 이들이 자신의 딸을 구해줄 수 있을 거란 말을 했을 때, 그리고 파묵의 하룻밤 동안의 설득으로 결국 이들의 길잡이로 나섰을 때조차 타르두는 적풍 일행을 온전히 신뢰하지 못했다.

지푸라기라도 잡는 심정으로 이들과 거래를 하기는 했지만 겨우 열 명, 그 숫자로 칠왕의 땅의 가장 강력한 세력인 아바르의 삼황녀로부터 자신의 딸을 구하기는 불가능에 가깝다는 것이 그의 생각이었다.

그런데 오늘 수적선 세척을 눈 깜짝할 사이에 궤멸시키는 것을 보자 타르두의 마음이 두근거리기 시작했다.

"어쩌면 가능할지도……."

타르두가 중얼거렸다.

"선장님, 갑시다!"

넋을 놓고 있는 타르두를 향해 이위령이 소리쳤다. 그제야 타르두가 정신을 차렸다.

"아, 알겠소. 파묵! 얼른 돛을!"

"예, 아저씨!"

파묵이 얼른 타르두의 말에 따라 돛을 정비했다. 그러자 다시 배가 바람을 힘을 받아 움직이기 시작했다.

그런데 오늘 일은 그리 쉽게 끝날 상황이 아니었다.

"서라, 이놈들!"

"잠시 기다려 주시오!"

거의 동시에 목소리가 들리더니, 도람석을 두고 치열한 싸움을 벌이고 있던 수적과 밀매상들이 거의 동시에 적풍이 탄 배를 향해 움직이기 시작했다.

"저것들이 정말 모두 죽고 싶어 환장한 건가?"

빠르게 다가오는 두 척의 배를 보며 소두괴가 화가 난 얼굴로 중얼거렸다. 평소 여러보이던 그가 화를 내자 그 누구도 무시할 수 없는 살기가 흘러나오기 시작했다.

"어쩔까요?"

적풍의 무공에 놀란 타르두가 자기도 모르게 존댓말을 썼다. 그러나 그의 말투가 변한 것에 신경 쓰는 사람은 아마도 없었다. 왜냐하면 이곳에 있는 모두가 적풍을 그렇게 대해왔기 때문이었다.

"따돌릴 수 있소?"

"잡히지는 않겠지만 추격이 계속된다면 곤란해질 수도 있지요. 더군다나 오손의 배가 나타나기라도 하면……."

"그렇다고 저들을 모두 죽이고 갈 수도 없지 않소이까?"

감문이 물었다.

"그렇긴 한데… 어찌 됐든 일이 이렇게 된 이상 이 자리에서 결론을 내야 한다는 말이오."

타르두가 분명하게 자신의 의견을 말했다. 그러는 사이 수적들과 밀매업자들의 배가 사이좋게 일행 앞에 도달했다.

"좋아. 싸우자면 싸우고 좋게 끝내자면 떠난다. 모두 준비해."

적풍의 명에 십자성의 고수들이 다시 무기를 고쳐들고 다가

오는 두 무리의 배를 경계하기 시작했다.

"누가 우두머리냐?"

치열하게 싸우던 양쪽 중 먼저 앞으로 나선 것은 수적들이었다. 각진 얼굴에 불꽃같은 눈빛, 외모로 보자면 수적으로 살기 아까운 인물인 우두머리가 소리쳤다.

"우리 주인께서는 수적 따위와 말상대를 하지 않으신다. 할 말 있으면 내게 해 보아라!"

이런 경우 앞으로 나서는 것은 대체로 지혜로운 소두괴다.

"요런 애송이 놈! 감히 내가 누군 줄 알고 너 따위가 앞으로 나선단 말이냐?"

동안 체구가 호리호리한 소두괴의 외모를 보고 그를 깔본 수적 두목이 호통을 쳤다.

"그래? 그럼 내가 너와 대화할 수 있는 자격이 있다는 걸 보여주마!"

말을 마친 소두괴가 번개처럼 칼을 뽑아 수적선을 향해 던졌다.

웅!

소두괴의 손을 떠난 검이 맹렬하게 공기를 가르며 수적 두목에게로 날아갔다.

"흡!"

수적 두목이 갑작스러운 소뒤괴의 공격에 놀라 급히 몸을 틀었다.

팟!

소두괴가 날린 검이 수적 두목의 머리카락 몇 올을 자르고 지나가 갑판 가운데에 우뚝 서 있는 돛대에 꽂혔다.

쿵!

검이 돛에 꽂힌 것인데 마치 망치로 돛대를 내려친 듯한 소리가 터져 나왔다. 검에 실린 힘의 크기를 증명하는 소리였다.

"이놈이!"

기습을 당한 수적 두목이 당장에라도 배를 넘어 소두괴를 공격할 것처럼 눈을 부라렸다.

"어때? 이 정도면 당신의 말상대가 될 만하지? 묻겠다. 싸우겠느냐? 아니면 이쯤에서 물러나겠느냐? 우린 어느 쪽이라도 좋아. 원하는 대로 해주마!"

소두괴가 두 손을 허리에 올리며 말했다.

소두괴의 도도한 말투에 수적 두목은 얼굴로는 화를 내고 있으면서도 눈빛은 영활하게 빛났다.

"대체 네놈들 정체가 뭐냐?"

수적 두목이 화를 가라앉히며 물었다.

"보다시피 장사꾼이지."

"후후후, 설마 그 말을 믿으라고 하는 소리는 아니겠지? 장사치가 네놈들처럼 검을 잘 쓰기는 힘들지."

"우리가 강하다는 것을 인정하는 거냐?"

소두괴가 되물었다.

"인정하지. 하지만 그래도 우리 칼훈의 상대는 못 돼."

"그거야 싸워봐야 아는 것이고."

소두괴가 어깨를 으쓱하며 말했다. 전혀 싸움을 두려워하는 모습이 아니다.

그러자 수적 두목이 잠시 소두괴를 노려보다 다시 물었다.

"대체 무슨 목적으로 우리와 싸우려는 것이냐?"

"정말 몰라서 묻는 거야? 우리가 싸우고 싶어서 싸운 것이 아니지 않느냐? 네놈들이 우리 배를 강탈하려고 하니까 싸우게 된 거지!"

소두괴의 반문에 수적 두목의 말문이 막혔다. 반박할 말이 없기 때문이었다.

애초에 이 싸움은 수적들에 의해 시작된 것이었다. 그들이 배를 빼앗으려 하지 않았다면 싸움이 일어나지도 않았을 것이다.

그런데 그때 그 침묵 틈새를 뚫고 새로운 사람이 끼어들었다.

"영웅들께선 더 이상 저 비열한 도적놈들과 말을 섞지 마시오. 그럴 가치가 없는 놈들이오. 우리 힘을 합쳐 오늘 수적 놈들을 몰살시킵시다."

갑작스러운 삼자의 개입에 수적들과 십자성 고수들의 시선이 일제히 입을 연 자에게로 향했다.

제8장
운이 좋은 건가

"크흐흐!"

수적 두목이 살기가 잔뜩 묻어나는 웃음을 흘렸다. 그리고 고개를 돌려 자신과 소두괴의 대화에 끼어든 도람석 밀매업자를 노려봤다.

"도람석만 빼앗고 보내주려 했더니 귀한 목숨까지 내놓겠다는 거냐?"

"글쎄. 이제 목숨을 걱정해야 할 건 네놈들 같은데?"

밀매업자도 물러나지 않고 대꾸했다.

그러자 수적 두목이 나직한 목소리로 협박했다.

"운이 좋아 오늘 네가 살아난다 해도, 혹은 도람석을 지켜낸다 해도 과연 칼훈의 전사들을 죽인 죄를 용서받을 수 있을 것 같으냐? 나의 형님이신 일 성주께서 성을 나오신다면 너희들의 주인인 아름다운 송령의 얼굴도 더 이상 아름답지 않을 것이다."

"타림의 성주께선 도적 따위에게 얼굴을 드러낼 분은 아니신데. 그래도 만약 성주께서 모습을 드러내신다면 그 순간 칼훈은 이 세상에서 사라질 것이다. 이 말을 듣지 못했느냐? 아름다운 송령의 손에 두 가지 꽃이 들려 있다. 생화와 사화, 생화를 얻는 자는 세상의 부귀를 가질 것이고, 사화를 받는 자는 죽음의 화원에서 소멸하리라."

"젠장, 그런 말장난 따위 우리 칼훈의 칼 앞에선 아무 소용없어! 더군다나 난 칼훈의 이 성주 귀우차다. 타림의 성주 정도는 나의 여러 부인 중 한 명으로 삼을 수 있지. 하하하!"

수적의 우두머리가 광포한 웃음을 터뜨리며 소리쳤다.

"그렇게 대단한 자들이 왜 아직 도람석을 차지하지 못했느냐? 또 지나가는 영웅들을 공격해 세 척의 배를 잃었고, 이제 너 자신조차도 죽음의 위기에 처하지 않았느냐? 그런 너희들이 감히 우리 성주를 상대할 수 있을 것 같으냐?"

도람석 밀매업자도 결코 만만치는 않아보였다. 상대의 도발에도 전혀 흥분하는 기색이 없었다.

그는 밀매업자답지 않은 옷차림을 한 중년 사내였는데, 타르두의 말처럼 일단 오손의 영역을 벗어나면 칠왕의 땅에서 정상적인 상인으로 신분이 변할 사람인 것 같았다.

두 사람의 말싸움은 제법 흥미를 끌었다. 그러나 적풍 일행으로서는 이들의 말싸움을 계속 구경하고 있을 수는 없었다.

"잠깐!"

소두괴가 말씨름에 열중인 두 사람의 대화를 끊었다.

두 사람이 동시에 소두괴에게 시선을 돌렸다. 그러자 소두괴
가 두 사람을 번갈아 보며 말했다.

"상황이 매우 복잡한 것처럼 보이지만 사실은 매우 간단한
것 같소. 모두 본래 자신이 하던 일을 하면 그뿐인 거요. 당신
은 수적의 본분에 맞게 약탈을 하고, 당신은 밀매업자의 본분
에 맞게 도람석을 지켜 칠왕의 땅으로 가져가고, 우린 원래대로
가던 길을 가면 그뿐 아니겠소? 그러니 우린 이 싸움에서 빠지
겠소. 괜찮소?"

소두괴가 수적 두목과 밀매업자 두 사람에게 물었다.

"우리 일을 방해하고 그냥 가겠다고?"

"영웅들께서 우릴 도와주신다면 은혜를 크게 갚겠소."

수적과 밀매업자가 동시에 입을 열었다.

수적은 이대로 적풍 일행을 보낼 수 없다는 것이고, 도람석
을 지켜 내야 하는 밀매업자들은 적풍 일행의 도움을 원하고
있었다.

소두괴가 적풍을 돌아봤다.

그러자 적풍이 타르두에게 물었다.

"세 어머니의 호수를 통과하는 데 저들이 도움이 될 수 있
소?"

적풍이 가리킨 자들은 밀매업자들이었다.

"도움을 얻을 수만 있다면 아주 수월한 길이 될 수도 있습니다."

타르두가 말했다.

"소공자, 전 반댑니다."

뒤에 있던 단우하가 나직하게 말했다. 그는 언제나처럼 두건으로 머리와 얼굴을 가리고 있었다.

"이유는?"

적풍이 단우하에게 물었다.

"길은 수월할 수 있지만 소문은 막을 수 없을 겁니다."

"소문 걱정은 이미 끝난 이야기요."

"…무슨 말씀이십니까?"

"저들을 모두 죽일 수 있소?"

적풍이 물었다. 그러자 단우하가 망설이는 기색을 보이다 한 순간 고개를 들며 말했다.

"필요하다면 그럴 수도 있겠지요."

단우하의 말에 배 위에 있던 모든 사람들이 놀랐다. 그리고 그제야 사람들은 단우하가 과거 무림천하를 두려움에 떨게 했던 검은 사자의 일원이라는 것을 실감했다.

평소 검은 사자치고는 너무 고고해 보이는 그에게서 느끼지 못했던 공포감이 안개처럼 일어났다.

적풍이 살기를 드러내는 단우하를 한참 응시하다가 손을 들어 호숫가 병풍처럼 우뚝 서 있는 절벽 위를 가리켰다.

"그런 의지가 있다니 좋소. 그럼 저들도 벨 수 있겠소?"

적풍의 말에 단우하의 시선이 적풍의 손끝을 따라 절벽 위로 향했다. 그리고 그 순간 단우하의 눈에 당황한 빛이 떠올랐다.

"저자들은……?"

절벽 위에서 작은 점처럼 보이는 사람들이 호수에서 벌어지는 싸움을 바라보고 있었다.

그들의 정체가 누군지는 알 수 없었다. 그러나 적풍 일행이 밀매업자와 수적들 모두를 전멸시킨다고 해도, 절벽 위 구경꾼들까지 쫓아가 죽일 수는 없었다.

그러니 이 싸움은 언젠가 결국 세상에 알려질 것이다. 수적들과 밀매업자들을 전멸시킨다 해도 얻는 소득이 없다는 뜻이었다. 그렇다면 이젠 거래를 해야 한다. 조용히 떠날 수 없다면.

적풍이 앞으로 나섰다. 그리고 수적들의 두목을 보며 말했다.

"마지막 기회를 주겠다. 지금 조용히 이곳을 떠나겠다면 더 이상의 싸움은 없다."

적풍의 말에 수적 두목의 눈썹이 꿈틀거렸다. 수적 두목은 생각보다 노련해서 적풍이 이 무리의 진정한 우두머리며 지금까지 말씨름을 했던 소두괴와는 전혀 다른 차원의 사람이라는 것을 단번에 알아챘다.

그리고 적풍 한 사람에 의해 배 한 척이 힘 한 번 못 쓰고 무너지는 것을 보지 않았던가.

"대체 당신은 누구요?"

일이야 어찌 되든 수적 두목은 적풍의 정체만큼은 반드시 알고 싶었다.

"말하고 싶지도 않고, 알려주지도 않겠다. 그댄 조용히 이곳을 떠나면 돼. 그게 싫으면 싸우다 죽는 것도 수적다운 선택이겠지."

적풍이 청룡검을 들어 배의 갑판을 찍으며 말했다.

쿵!

청룡검이 만들어내는 충격이 배 전체를 울렸다. 그 소리가 마치 석포 소리처럼 은은하게 호수 위를 퍼져나갔다.

"혹… 칠왕의 후예요?"

수적 두목이 조심스럽게 물었다. 그 질문에는 도람석 밀매업자도 관심을 보였다.

만약 적풍 일행이 칠왕의 세력이라면 지금까지의 이야기들은 근본적으로 달라질 수밖에 없었다.

수적이든 밀매업자든 적풍이 칠왕의 세력 중 한 곳 사람이라고 대답한다면 그들이 예상하는 가장 안 좋은 대답이라고 할 수 있었다.

하지만 다행이도 적풍은 그들이 걱정하는 대답을 내놓지 않았다.

"아니, 칠왕과는 별 인연이 없다."

적풍이 대답에 수적 두목과 밀매업자의 얼굴에 안도의 기색이 보였다.

그리고 그 안도감이 수적에게 다시금 투지를 불러일으키게 했다.

"그렇다면… 감히 칼훈의 전사들을 모욕할 수 없는 일이지."

"싸우자는 뜻이지? 사실 나도 이 대화가 몹시 지루했어. 하지만 급해도 좀 기다려줘야겠어. 당신!"

적풍이 시선을 밀매업자에게 돌렸다.

"말하시오."

밀매업자가 기다렸다는 듯이 대답했다.

"도와주면 뭐든 대가를 치르겠나?"

"뭘 원하시오?"

"그건 나중에 말하지. 하지만 무리한 조건은 아니야."

"그렇다면 받아들이겠소."

밀매업자가 고개를 끄떡였다.

"좋아. 거래는 성사됐다. 모두 들었지."

적풍이 십자성의 고수들을 보며 물었다.

"예, 성주!"

십자성의 고수들이 일제히 대답했다.

"부숴버려!"

적풍의 명이 떨어지자 십자성의 고수들이 배에서 날아올라 일제히 수적 두목이 타고 있는 배를 향해 날아갔다.

쿠쿠쿵!

돛대가 부러져 나가고, 배의 일부분이 잘려 나갔다.

적풍이 싸움에 관여할 일은 없었다. 수적들은 도저히 십자성 고수들의 상대가 아니었다.

그나마 그들 중 가장 뛰어난 능력을 지닌 수적들의 두목조차 감문의 공격에 밀려 계속해서 죽음의 위기에 몰리고 있었다.

"이상한 일이군."

싸움이 유리하게 진행되고 있었지만 적풍은 눈살을 찌푸렸다.

"문제가 있어?"

그동안 모습을 보이지 않던 설루가 어느새 선실에서 나왔는지 적풍 곁으로 다가서며 조심스럽게 물었다.

"음, 문제라고 할 수는 없지만……."

"왜?"

"너무 약해."

"누가?"

"수적들 말이야. 우리가 쿰의 사막에서 상대했던 흑상들에 비하면 너무 약해. 저런 자들이 세 어머니의 호수에서 활동하는 수적이라는 게 믿을 수 없을 정도군."

"그래 그렇다면 정말 이상하네."

설루도 고개를 갸웃했다. 그러자 싸우는 내내 이 싸움을 못마땅해 했던 단우하가 입을 열었다.

"당연한 일입니다."

"왜죠?"

설루가 되물었다.

"물론 칼훈은 칠왕의 땅에서도 이름난 수적들입니다. 그러나 그들이 힘을 쓰는 것은 오직 물 위에서지요. 그들의 배를 모는 기술은 무척 탁월해서 오손의 전사들과도 싸울 수 있을 만큼 수전에 능합니다. 하지만 단지 그뿐이지요. 그들은 수전이 아니면 힘을 쓰지 못하는 자들입니다. 몇몇을 제외하고는. 사실 그래서 우위를 점하면서도 도람석을 차지하지 못했을 겁니다."

단우하의 말에 적풍이 고개를 끄떡였다.

"그렇군. 그럼 멍청한 자들이 아닌가? 거리를 두고 수전을 벌이지 왜 우리에게 접근해 온 거지?"

"방심한 거지요. 비록 몇 척의 작은 배가 전복되기는 했지만 칼훈이라는 자신들의 명성과 대선(大船)에 탄 자들 스스로 힘을 과신한 거지요. 정확하게는 우리 쪽 전력을 제대로 파악하지 못한 것이라고 할 수 있습니다만……."

단우하가 자신의 생각을 말하는 사이 싸움은 거의 끝나 있었다.

수적 두목을 몰아치는 감문은 도검도 들지 않고 적을 상대하고 있었다.

그럼에도 불구하고 거대한 칼을 휘둘러대는 수적 두목이 오히려 새파랗게 질린 채 연신 뒤로 물러났다.

감문은 본래 체구가 그리 큰 사람은 아니지만 태생적으로 날렵한 발과 귀신 같이 빠른 손을 지니고 태어난 사람이었다.

그래서 그 무공도 빠름을 이용한 박투술, 그림자처럼 자신을 따라 붙는 감문의 공격에 이미 수적의 두목은 몸 여러 군데에 감문의 주먹과 발을 허용해 얼굴엔 멍이 들고 눈가에선 피가 흐르고 있었다.

펙!

한순간 감문이 몸을 낮추며 오른 다리를 휘둘러 수적 두목의 정강이를 후려 찼다.

"악!"

수적 두목이 무릎이 꺾이는 고통을 참지 못하고 소리를 내질렀다.

그러자 감문이 흐트러진 수적 두목의 손에서 재빨리 검을 뺏어 들었다. 그러고는 망설이지 않고 수적 두목을 베어 버렸다.

"커억!"

수적 두목의 입에서 비명이 터져 나왔다. 감문이 쓰러지는 수적 두목의 목덜미를 잡아 그대로 호수로 던져 버렸다.

풍덩!

거대한 체구의 수적 두목이 큰 물기둥을 만들어내며 수면 아래로 사라졌다.

그것으로 싸움은 끝났다.

두목을 잃은 수적들은 더 이상 싸울 용기가 없었다. 그나마도 이제 겨우 십여 명도 남아 있지 않은 수적들이었다.

"성주, 이들은 어떻게 할까요?"

도검을 버리고 무릎을 꿇은 수적들을 보며 감문이 적풍에게 물었다. 그러자 적풍이 도람석 밀매업자들을 가리키며 말했다.

"알아서 하시오."

"고맙소. 마침 일손이 필요했는데."

도람석 밀매업자가 대답했다.

"떠나려면 얼마의 시간이 필요하겠소?"

적풍이 물었다.

"오늘 하루는 정비를 해야 할 것 같소. 워낙 피해가 커서……."

도람석 밀매업자가 이곳저곳 성한 곳이 없는 자신들의 배를 보며 한숨을 쉬었다.

"알겠소, 그런데 저들은 누구요?"

적풍이 손을 들어 절벽 위에서 호수의 싸움을 지켜보고 있는 검은 인영들을 가리켰다.

"석산에서 일하는 자들이오."

"노예?"

"노예는 아니오. 스스로 원해서 석산으로 온 자들이오."

"걱정하지 않아도 되오?"

"물론이오. 오히려 자신들의 존재가 드러날까 걱정할 것이오."

"알겠소. 그럼 일단 뭍으로 갑시다."

사내의 이름은 야르간이라고 했다.

오손의 땅에서는 도람석의 밀매업자지만 오손의 영역을 벗어나면 칠왕의 땅에서 다섯 손가락 안에 꼽히는 대상(大商)인 타림성의 세 상주 중 한 사람이라는 말에 단우하도 놀란 눈치였다.

적풍에겐 생각지도 못한 행운이었다.

이들이 밀매를 위해 만들어 놓은 물길을 따라 움직인다면 파묵과 타르두가 알고 있는 길로 가는 것보다 훨씬 수월할 것 같았다.

그런데 밀매업자들을 따라 가는 것을 파묵과 타르두는 조심스러워했다. 이미 도람석을 두고 싸움이 벌어진 이상 어떤 식으로든 이곳 소식이 오손의 성에 전해질 것이기 때문이었다.

오손 성에서 용맹한 전사들과 타의 추종을 불허하는 전선들을 보낸다면 밀매업자들은 전멸을 면치 못할 것이라는 게 사람의 의견이었다.

그러나 단우하의 생각은 또 달랐다.

파묵과 타르두가 알고 있는 길은 험로에 험로를 거쳐 움직여야 하므로 아바르에 도착하는 시간이 너무 길었다.

반면 타림 상인들의 도움을 받는다면 훨씬 빨리 세 어머니의 호수를 벗어나 아바르에 도착할 것이란 게 그의 판단이었다.

그래서 이 두 가지 방안을 놓고 치열하게 논쟁하던 차에 그들의 논쟁을 끝낼 말이 야르간의 입에서 흘러나왔다.

"오손의 추격이라면 걱정할 것 없소이다."

야르간의 말에 파묵과 타르두가 의아한 표정으로 물었다.

"어째서 말이오? 설마 그들이 당신들이 이렇게 막대한 량의 도람석을 밀매하는 걸 용납할 거라 생각하시오?"

"물론 그들은 용납하지 않을 것이오. 하지만 그렇다고 우리의 뱃길을 쉽게 막을 수도 없을 것이오."

"흐흐, 설마 오손의 그 도도하고 강력한 전사들이 당신들을 두려워할 것이란 말이오?"

타르두가 말도 안 된다는 듯 되물었다.

그러자 다시 야르간이 고개를 저었다.

"우릴 두려워해서가 아니오. 그들이 두려워하는 것은 우리가 아니라 아바르의 무황이오!"

야르간의 말에 단우하가 눈빛이 번쩍였다. 그는 여전히 눈까지 가리는 두건을 머리에 쓰고 있었지만 그 안에서 번쩍이는 안광을 숨길 수 없었다.

"아바르의 무황이라니. 당신들이 그들과 관련 있다는 것이오?"

단우하가 자신도 모르게 싸늘한 목소리로 물었다. 그러자 밀매업자 야르간이 이상한 시선으로 단우하를 보며 말했다.

"특별한 관계가 있는 것은 아니오. 물론 종종 거래는 하지만 말이오."

"그런데 왜 아바르의 무황 때문에 오손에서 당신들을 공격하지 않는단 말이오?"

"이제 보니 장사를 하신다는 분들이 세상 소식에 둔감하시구려. 하긴… 그저 장사나 하는 분들이 아니라는 것은 짐작하고 있었소만……."

야르간이 영활한 눈으로 십자성의 고수들을 살펴보며 말했다.

"우리에 대해 알려고 하지 마시오. 대신 아바르와 그대들의 일에 대해 말해보시오."

"음, 알겠소. 얼마 전 아바르의 제왕인 무황이 특별한 명을 내렸소. 바로 아바르 각 성의 정예들은 신혈제일성에 집결하라는 명이었소."

"아바르의 전사들을 집결시켰다?"

단우하가 탄식과 같은 목소리로 중얼거렸다.

"그렇소. 그래서 지금 아바르의 각 영주들은 그들을 따르는 정예 전사들을 이끌고 아바르 강 중류에 있는 신혈제일성으로 모이고 있소. 무황이 아바르의 전사들을 결집하는 이유는 정확히 알 수 없으나 칠왕의 땅내에 흉흉한 소문이 돌고 있소."

"흉흉한 소문이라니 무슨 소문 말이오?"

감문의 되물었다.

"그러니까 무황이 칠왕의 땅 전체를 장악하려 한다는 소문이오."

"음……!"

단우하의 입에서 나직한 신음이 흘러나왔다.

무황 적황의 움직임을 예상하지 못했던 것은 아니었다. 애초에 자신이 소공자 적풍을 제 시간에 데려 가지 못하면 무황은 죽기 전에 칠왕의 땅 전역을 평정하기 위한 대원정에 나설 계획이었다.

그리고 어느덧 시간이 흘러서 그는 적황과 약속한 시간을 지키기 못했던 것이다. 교벽의 문이 엉뚱한 곳에 열림으로서 일어난 일이었다.

단우하가 낙담하고 있는 사이 야르간이 계속 말을 이었다.

"그래서 지금 칠왕, 아니지 아바르와, 멸망한 불의 성을 제외하면 다섯이군. 그 다섯 왕국의 왕들 역시 자신들의 힘을 집결시키고 있소. 이런 상황에서 오손의 왕이 전사와 전선을 동원해 우릴 막겠소? 절대 그런 일은 없을 것이오. 아주 가까이 가지만 않는다면……."

야르간이 확신에 찬 목소리로 말했다.

"그런데 후환이 두렵지는 않소?"

소두괴가 물었다.

지금이야 아바르의 공격에 대비해 도람석을 채굴해 가는 밀매업자들을 그대로 둔다 해도 나중에라도 상황이 안정되면 분명 보복을 할 수 있기 때문이었다.

그런데 소두괴의 질문에 야르간은 묘한 미소를 지으며 대꾸했다.

"시간은 항상 모든 것을 변하게 만드는 법이오. 정말 전쟁이 벌어지면 그땐 친구와 적의 구분이 모호해지오. 그때가 되면 아마 오손의 왕은 오히려 우리에게 손을 내밀 거요. 도람석의 밀매 같은 것은 아무런 흠도 되지 않을 거요. 전쟁에선 항상 상인들이 거래의 우위에 서는 법이니까."

자신만만 야르간의 말에 소두괴는 반박할 생각도 하지 못했다.

상인들의 이 교활한 처세술은 무림이나 칠왕의 땅이나 다를 바가 없다는 것을 깨달았을 뿐이다.

"전쟁이 일어나지 않으면 어쩔 거요?"

소두괴가 반박하지 않는 대신 이위령이 물었다. 그러자 야르간이 대답했다.

"전쟁은 일어날 거요. 반드시… 우린 그 상황을 가정하고 이번에 이렇게 대량으로 도람석을 밀매할 계획을 세운 거요. 물론 만에 하나 전쟁이 일어나지 않을 수도 있소. 하지만 세상일이란 것은 언제나 한쪽에 패를 걸어야 하는 도박 같은 거니까. 우리 패가 틀렸다면 그땐 또 그 나름대로 대책이 세울 거요. 우리 성주께선 보통 분이 아니니까."

그 또한 확신에 차 있어서 십자성의 고수들이 반박하기 어려웠다.

그러자 단우하가 다시 나섰다.

"이 일을 직접 계획한 사람이 타림성의 성주요?"

단우하가 나서자 밀매상 야르간이 두건에 반쯤 가려진 단우하의 얼굴을 뚫어지게 바라봤다. 마치 단우하의 정체를 당장에라도 밝힐 것 같은 눈초리다.

"타림의 성주님을 아시오?"

"필요한 만큼은. 다시 묻겠소. 이번 일을 계획한 것은 타림 성주요?"

"물론 그렇소. 성주님이 아니라면 어떻게 이런 대범한 계획을 세우겠소. 도람석의 채굴은 벌써 여러 차례 이어진 일이지만 이번처럼 대규모로 반출하는 것은 이번이 처음이오. 덕분에 칼훈이 그 여우같은 눈에 걸려들었지만……."

야르간이 대답했다.

"타림의 성주가 세운 계획이라면 정세 판단은 정확하겠군."

단우하가 혼잣말로 중얼거렸다.

"혹, 성주님과 안면이 있으시오?"

야르간이 단우하가 마치 타림의 성주를 알고 있는 것처럼 말하자 심각한 표정으로 되물었다.

"만난 적은 없소. 하지만 그녀는 사람들이 모르기에는 너무 유명하지. 칠왕의 땅 오대 상인 중 한 명을 왜 모르겠소. 더군다나 타림성의 성주는 그 유명한 아름다운 송령인데……."

단우하가 대답하자 야르간이 좀 더 냉철하게 단우하를 보며 물었다.

"대체 당신은 누구요?"

특별한 질문이었다.

적풍 일행 전체의 정체를 묻는 것이 아니라 단우하 한 명의 정체를 묻는 야르간이다. 그건 곧 단우하가 다른 십자성의 고수들과는 그 신분이 다르다는 것을 이미 파악했다는 뜻일 수도 있었다.

이 질문을 던진 것만으로 야르간이 무척 노련한 상인이라는 것을 알 수 있었다.

야르간의 질문에 단우하가 한 줄기 미소를 지으며 손으로 두건을 가리켰다. 정체를 밝힐 생각이었다면 두건을 쓰겠냐는 뜻이다.

그러자 야르간이 입을 열었다.

"신분을 감추겠다면 더 묻지 않겠소. 그러나 타림 성주님을 아름다운 송령으로 부르려면 그만한 자격이 필요하단 걸 아시오?"

"물론."

"그럼 노인께선 그런 정도의 신분은 되신다는 뜻이구려?"

"그렇소."

단우하가 자신 있게 말했다. 그러자 야르간이 조금 불안해진 눈으로 단우하와 적풍 그리고 십자성의 고수들을 돌아봤다.

새삼스레 그의 눈에 비친 이 대단한 능력의 손님들이 부담스럽게 느껴졌다. 자신이 이들과 거래를 한 것이 잘한 일인지 잘못한 일인지 알 수가 없었다.

그런데 그런 그의 불안을 아는지 모르는지 파묵이 불쑥 물었다.

"길을 좀 더 자세히 듣고 싶소."

파묵의 물음에 야르간이 망설였다. 아마도 자신들의 비밀스러운 길을 다른 사람들에게 알려줘도 되는가 싶은 모양이었다.

그러나 이미 동행하기로 결정한 이상 숨길 수 있는 일은 아니었다.

"일단 배를 타고 첫 번째 호수 끝에 이르러 늪지로 들어가 두 번째 호수에 진입할 거요. 늪지는 배가 다닐 수 없는 곳이라 두 번째 호수에 진입할 때까지는 안전할 거요. 하지만 두 번째 호수에 진입하면 즉시 오손에 소식이 전해질 거요. 만약 예상과 달리 오손에서 전선을 보낸다면, 그리고 그들이 아주 빨리 움직인다면 오손은 삼사 일 후에 우리를 따라잡게 될 거요. 그러나 그때 우린 이미 두 번째 호수 중가에서 시작되는 비밀스러운 수로를 통해 호수를 벗어나고 있을 것이오."

"두 번째 호수와 연결된 비밀스러운 수로가 또 있다는 말이구려."

"그렇소."

"하지만 이 정도 크기의 배가 이동할 있는 수로라면 감추기 어려운데……."

파묵이 도람석을 가득 실은 배들을 바라보며 말했다.

"그건 가보면 알게 되오. 여러 영웅들께서 수로에 들어서기 전까지 저희들을 도와주시면 이후엔 크게 하실 일이 없을 것이오. 물론 칼훈이 아닌 이상 수로까지 가는 길을 방해할 자들은 없을 것 같지만……."

야르간이 자신 있는 말투로 말했다.

그의 이야기를 듣고 있던 적풍이 파묵과 노인 타르두에게 시선을 주었다. 그러자 타르두가 가볍게 고개를 끄떡였다.

야르간의 말을 믿을 만하다는 뜻이었다.

"좋아. 일단 믿어보지."

적풍이 시원하게 결정하고 자리에서 일어나 멀찍이 떨어져 있는 설루과 적사몽이 있는 곳으로 걸어갔다.

그러자 야르간이 조심스럽게 물었다.

"대체 저분은 어떤 사람이오?"

그의 목소리에 숨길 수 없는 두려움이 깃들어 있다.

"보면 모르오? 우리의 주군이시지."

이위령이 퉁명스레 대답했다.

"그걸 묻고 있는 게 아니지 않소?"

야르간이 재차 물었다. 그러자 이위령이 능글맞은 표정을 지으며 대답했다.

"그 대답을 듣는 방법은 오직 두 가지뿐이오."

"……?"

"하나는 당신이 지금 당장 우리 주군께 충성을 다하겠다는 맹세를 하고 수하가 되는 것, 다른 하나는… 짐작했겠지만 대답을 듣고 나서 죽는 거요. 둘 중 하나를 선택할 자신이 있소?"

이위령의 비릿한 살기까지 느껴지는 물음에 야르간이 얼른 손을 저으며 대답했다.

"아니오. 아니오! 난 듣지 않겠소. 그럼 쉬시오."

야르간이 당장에라도 이 무시무시한 자들이 자신의 목을 벨 것처럼 느껴지는지 얼른 자리에서 일어나 동료들이 있는 쪽으로 이동했다.

배를 수리하는 일은 그리 오래 걸리지 않았다. 야르간이 이끄는 타림 성의 상인들은 놀랍도록 정교하고 빠르게 배를 수리해서 아침이 되었을 때, 적풍과 십자성의 고수들은 그들의 능력과 부지런함에 탄복하지 않을 수 없었다.

칼훈의 수적들을 이끌던 자가 걱정했던 일은 기우였다. 그는 야르간이 이끄는 도람석 밀매업자로부터 도람석을 약탈하며 생긴 배의 손상을 걱정했었다.

그것 때문에 적풍 일행이 탄 배를 빼앗으려 공격하다가 전멸을 당한 것이었는데, 야르간과 그 수하들은 수적들과 싸우면서 생긴 배의 손상을 단 하룻밤 새 말끔하게 수리했다.

그러니 수적들은 괜한 일을 벌이다가 명을 재촉한 꼴이었다.

아침이 밝자 일행은 분주하게 아침 요기를 마친 후 호숫가 숙영지를 출발했다.

배는 모두 네 척이었다. 세 척은 야르간이 이끄는 타림의 상선, 다른 한 척은 적풍 일행이 타고 있는 배였다.

네 척의 중형 상선이라면 적지 않은 규모였지만, 바다처럼 넓은 호수에서는 티끌보다도 작은 존재였다.

그래서 일단 배들이 호수의 중심으로 나오자 오히려 그들의 존재는 세상으로부터 거의 완벽하게 감춰지게 되었다.

*   *   *

―한 달 전 현월문의 사원에서.

어두운 벽 안쪽으로 혼돈을 상징하는 태극 문양이 그려진 벽이 있다. 그런데 자세히 보면 태극 문양은 손으로 그린 것이 아니라 두 개의 붉은 돌과 청색 돌이 맞물려 만들어진 것이었다.

자연적으로 생겨난 것이라면 믿을 수 없게 신비한 것이고, 사람의 손으로 만든 것이라면 그걸 만든 자의 능력을 감히 추측할 수 없었다.

그 거대한 태극 문양 앞, 옥석이 넓게 깔린 석실이 있었다. 석실 중앙에는 은은한 향이 나는 향나무로 만든 탁자가 있었고, 그 주위로 역시 굴곡진 향나무를 이용해 교묘하게 만든 의자가 다섯 개 놓여 있었다.

그 다섯'개의 의자 중 네 개에는 이미 사람이 앉아 있었고, 가장 북쪽 태극 문양의 벽을 등진 바로 앞 의자만 비어 있었다.

의자에 앉아 있는 삼 남 일 녀 네 사람은 모두 머리가 희끗한 노인들이었는데 묘하게도 그 얼굴에선 젊음이 느껴졌다.

늙음을 거슬러 다시 젊어진다는 반로환동이나 회춘의 전설들은 이야기 속에서나 존재하는 것이지만, 누군가 이들을 본다면 그 말들이 실재하는 현상일 수도 있겠다는 생각이 들 만했다.

네 사람은 그 누구도 입을 열어 말을 하지 않았다. 물론 가끔 서로 시선을 교환하기는 했지만, 석실의 무거운 침묵을 깨는 사람은 아무도 없었다.

그 침묵으로 인해 네 사람은 마치 거대한 관에 앉아 있는 죽은 자들의 시신처럼 느껴지기도 했다. 그러나 그들은 시선을 움직였고, 간혹 손발도 움직였으니 죽은 자들은 아니었다.

그런데 영원할 것 같던 침묵이 한순간 깨졌다. 그리고 침묵을 깬 것은 그들 네 사람이 아닌 청홍 석벽이 만든 거대한 태극 문양이었다.

스릉!

묵직하지만 매끄럽게 밀리는 소리가 나며 맞물려 있던 태극 문양의 벽면이 좌우로 벌어졌다.

그러자 벽 안쪽에 검은 공간이 나타나더니 유령처럼 한 노인이 회색 빛 옷차림으로 걸어 나왔다. 석실에 있던 네 사람이 동시에 자리에서 일어나 태극 문양의 벽에서 나온 노인에게 고개를 숙여 보였다.

노인이 네 사람의 인사를 가볍게 눈으로 받고는 비어 있던 북쪽 의자에 앉았다. 노인이 앉자 네 사람도 각기 본래 앉아 있던 자리를 차지하고 앉았다.

"모두 오랜만에 뵙는구려."

노인이 네 사람을 보며 먼저 입을 열었다. 참으로 모호한 목소리와 표정이었다. 감정이 없는 것이 아니라 모든 감정을 다 담고 있는 것 같은 노인의 목소리였다.

화가 난 듯도 하고, 부드럽기도 하고, 웃음기가 섞여 있는 것도 같고, 살기가 느껴지기도 했다.

그러면서도 그의 표정은 미미한 웃음을 짓고 있어서 사람들에게 거부감이 들게 만들지는 않았다.

"문주께서 건강하신 것을 보니 마음이 놓입니다."

오른쪽에 앉아 있던 초로의 사내가 노인에게 말했다. 그러자 문주라 불린 노인이 고개를 저으며 대답했다.

"후후, 겉으로 보이는 것이 진실이 아님은 우리 현월문의 수련자에게는 가장 기초가 되는 가르침 아니겠소? 나도 이젠 늙었소."

"무슨 말씀을! 문주께서는 아직도 수십 년은 끄떡없으십니다."

말을 했던 초로의 사내가 말했다.

"글쎄. 요즘 들어서는 사람의 천명이란 것을 가늠하기가 참 어렵다는 생각이 드오."

"현월문의 문주께서 그런 말씀을 하신다면 천하의 모든 현자와 술사, 그리고 법사들은 어찌하란 말씀이십니까?"

"농으로 하는 말이 아니오. 내가… 그의 수명을 읽지 못하지 않았소?"

"무황을 말씀하시는 거군요."

장내에 있는 사람들 중 유일한 여인이 입을 열었다.

"그렇소. 난 최소한 그의 수명이 이십여 년은 더 남았을 거라 생각했는데, 겨우 오 년 안쪽이라니… 그 계산이 잘못 되어서 큰 판단착오를 하고 말았소."

"그게 어찌 문주님의 잘못이겠습니까. 그의 수명이 변한 것은 그가 교벽과 밀교의 문을 이동해서 나타난 후유증일 겁니다."

"그렇다한들 이번 실수로 인해 칠왕의 땅이 큰 위험에 처하게 되었으니 내 스스로 잘못을 탓하지 않을 수 없소."

"그가 정말 대원정을 할까요?"

다른 노인이 확신이 없는 표정으로 물었다.

"그럴 것이오."

현월문의 문주가 망설이지 않고 대답했다.

"하지만 그건 아바르에도 무척 위험한 선택일 텐데요?"

"그렇긴 해도 대원정을 시도하지 않았을 때의 위험보단 낫소. 만약 이대로 그가 오 년을 넘기지 못하고 죽는다면 아바르는 다른 다섯 개의 왕국들로부터 무서운 공격을 받게 될 것이오. 지금으로선 아바르에 그 합공을 막아낼 사람이 없소. 그래서 그가 나에게 도움을 청했던 것인데… 내가 그의 상태를 몰랐던 것이 실수라면 실수요."

"지금은 늦었을까요?"

여인이 물었다.

"지금에 와서는 그의 생각을 돌릴 수 있을 거라 자신할 수가 없구려. 지금이라면 그는 오히려 대원정에서 월문이 자신을 도와줄 것을 요구할 가능성이 크오."

"그럼 걱정이군요."

초로의 여인이 어두운 표정으로 말했다.

문주라 불린 노인, 현월문의 문주가 한 손을 들어 올려 향나무 탁자 위에 놓았다. 그러자 놀라운 일이 벌어졌다.

그의 손이 닿는 곳부터 시작해서 나무로 만든 탁자가 투명한 옥돌로 만든 것처럼 변해가기 시작했다. 그리고 그 위에 하나의 거대한 지도가 조각된 것처럼 나타났다.

그 지도들은 마치 실물을 있는 그대로 축소해 놓은 것처럼 생생했다. 그리고 그중 몇몇 곳에서 붉은 빛이 반짝이고 있었다.

"이곳들입니까?"

노인 중 한 명이 물었다.

노인이 서탁에 만들어 낸 신비한 지도를 보면서도 네 사람은 그리 놀라는 눈치가 아니었다. 그건 곧 이들이 이 지도를 보는 것이 처음이 아니라는 뜻이다.

"그렇소."

"심각하군요."

"음… 칠왕의 땅이 평화롭다면 어렵지 않게 해결할 수 있는 징후들이오. 그러나 무황이 대원정을 시작한 이상 이 땅의 아주 사소한 위기조차도 쉽게 해결할 수 없을 것이오."

"어쩌시렵니까?"

"둘 중 하나요. 현월문이 나서서 칠왕의 화해를 주선하는 것, 두 번째는 한쪽의 승리가 빨리 정해지도록 한쪽에 힘을 보내는 것이오."

현월문주가 대답했다.

"둘 모두 어렵군요. 칠왕의 후예들은 무황을 칠왕으로 인정하지 않고 있고, 무황 역시 자신의 사후를 생각해, 이 원정을 포기하지 않을 테니까요. 힘으로 보자면 양쪽의 균형이 팽팽

한 편이니… 일찍 끝내기도 어려울 겁니다."

노인 중 한 명이 말했다.

그러자 현월문의 문주가 잠시 생각에 잠겼다가 입을 열었다.

"야수족과 신비족의 영역에 나타나는 이 힘의 증거들은 심상치가 않소. 다행히 아직까지는 도발의 징후는 보이지 않지만. 힘의 증거들이 나타난다는 것은 누군가 그 힘을 쓸 수도 있다는 의미이기도 하오. 예감이 좋지 않소. 누군가 이 거대한 움직임의 배후에 있을 것처럼 말이오."

"월문의 눈으로도 볼 수 없는 자가 있을까요?"

여인이 물었다.

"칠왕의 땅에서야 누구든 월문의 눈을 벗어날 수 없지만, 쿰 넘어 카말의 숲이나 북쪽의 흑해, 혹은 남해 등 우리의 눈이 미치지 않는 곳은 많소. 알다시피 칠왕의 땅은 이 현계에서 아주 작은 지역에 불과하지 않소? 단지 비옥할 뿐이지……."

현월문 문주의 대답에 네 사람의 얼굴이 더욱 어두워졌다.

"어찌할까요?"

네 사람 중 한 노인이 현월문의 문주에게 물었다. 그러자 현월문의 문주가 잠시 생각에 잠겼다가 대답했다.

"우선 네 분 중 세 분은 칠왕을 방문해 주시오. 변경의 위험한 움직임을 알려는 줘서 함부로 아바르와 충돌하는 것을 막아야 할 것이오. 난 무황을 만나보겠소."

"직접 말이십니까?"

네 사람이 동시에 현월문의 문주를 바라봤다.

"그렇소. 무황이라면… 그럴 자격이 있소."

현월문의 문주가 말했다.

"하지만……."

"먼저 손을 내밀었던 것은 그요. 거절한 것은 나였지. 그러니 이젠 내가 그를 찾아가 봐야 하오. 그 정도 대접은 받을 자격이 있는 무황이오."

현월문의 문주가 단호하게 말했다.

그러자 더 이상 반대하는 사람이 없었다. 그러자 현월문의 문주가 개중 가장 나이가 많아 보이는 노인을 보며 말했다.

"대법사께는 특별히 따로 부탁드릴 일이 있소. 그래서 칠왕을 만나는 일을 네 분 중 세 분께만 부탁드린 것이오."

"무엇입니까?"

노인이 물었다.

그러자 현월문의 문주가 서탁 위에 드러난 신비한 지도 중 한곳을 가리키며 말했다.

"두어 달 전 기이하게도 쿰 너머에 교벽이 열렸소. 알다시피 교벽이 칠왕의 땅 이외의 장소에서 열리는 경우는 거의 없소. 그런데 당시 변경의 땅에 상당히 큰 교벽이 열렸소."

"그곳을 살펴보라는 말씀이시군요."

노인이 물었다.

"그렇소."

"단지 그곳에 교벽이 떨어졌다는 이유만으로 사형께서 그 먼 사막까지 가셔야 한단 말입니까?"

문득 함께 있던 여인이 물었다.

지금까지 변경에 교벽이 열렸다 해서 현월문의 대법사가 직접 조사를 나간 적은 없었다. 그러니 이번 현월문주의 명은 확실히 특별한 구석이 있었다.

여인의 질문에 현월문주가 손을 들어 지도에서 사막 쿰을 나타내는 지점을 가리키며 말했다.

"단지 교벽이 그곳에 떨어져서만은 아니오. 그보다 야수족이나 신비족의 기운과는 전혀 다른 특별한 기운이 그곳에서부터 나타났기 때문이오. 마치… 칠왕의 검이 지닌 신령스러운 기운 같은 것이 말이오."

"그런 일이 있었군요. 알겠습니다. 자세히 살펴보도록 하지요."

명을 받은 노인이 대답했다.

"그런데… 수로 이놈은 아직돕니까?"

현월문의 문주가 대법사들을 보며 물었다.

그러자 장내의 인물들이 제각기 혀를 차며 불만을 쏟아냈다.

"그러게 말입니다. 이 녀석이 이 위중한 시기에 기어코 검은산을 구경하러 간 모양입니다."

"아이구, 그 뛰어난 재주만 아니라면 당장 파문시켜버리는 건데… 쯔쯔!"

제9장
제왕의 호수

모든 일은 야르간의 예상대로 진행됐다.

호수에서의 여행은 지금까지와 달리 평온했다. 일행의 앞을 막아서는 자들도 없었다.

여행을 하면서 십자성의 고수들은 야르간이 속한 타림 상인들의 주도면밀함에 감탄했다.

그들은 호수의 중심으로 나갔을 때는 물색과 비슷한 천막으로 도람석을 가렸고, 호숫가를 따라 이동할 때는 근처 무성하게 자란 숲과 같은 색의 위장막으로 배를 가렸다.

그리고 밤이 되면 검은 위장막을 사용해서 사람들의 이목을 피했다.

그 일은 무척 번거로운 일이었지만, 타림 상인들은 부지런하게 때와 장소에 맞게 배를 위장시켰다.

그래서 간혹 적풍 일행은 타림의 상선 세 척이 사라진 호수를 홀로 여행하는 듯한 착각에 빠지기도 했다.

더군다나 타림의 상인들은 오손의 왕이 지배하는 이 호수의 수로와 지형을 눈금 보듯이 알고 있었다.

그들은 오손 전사들이 순찰을 도는 시간과 수로까지 꿰고 있을 정도였다.

타림 상인들의 노련한 안내 덕분에 적풍 일행은 첫 번째 호수의 끝자락에 도달할 때까지 오손의 전사들을 단 한 번도 만나지 않았다.

그렇게 오 일 동안의 뱃길이 서서히 끝나가고 있었다.

한눈에 담기 어려웠던 호수의 양쪽 풍경이 한눈에 들어오기 시작했다. 그만큼 호수의 폭이 좁아졌다는 뜻이다.

주위의 풍경은 점점 더 아름다워졌다. 사막 쿰과 첫 번째 호수 혼돈의 초입과는 비교할 수 없는 아름다움이었다.

왜 칠왕의 땅이 이 세상의 중심인지 말해주는 것처럼 그렇게 아름다운 풍경이 일행을 압도했다.

숲과 첨탑 같이 솟은 산이 균형을 맞춰 어우러져 있고, 나무의 색들도 다양했다.

호수는 끝에 이를수록 검푸른 빛에서 옥빛으로 변해갔고, 하늘색과 닮은 호수에 비추는 주변의 풍경은 꿈속에서 보는 것처럼 황홀했다.

"정말 놀라운 땅이군요."

거대한 체구를 가졌지만 누구보다 여성스러운 몽금이 황홀한 눈빛으로 감탄했다.

"그러게 말이에요, 언니. 이런 풍경을 보리라곤 기대치 않았는데, 사막 쿰과는 너무 다르군요."

"왜 이 땅이 칠왕의 땅이 되었는지 아시겠지요?"

옆에 서 있던 단우하가 미소를 지으며 말했다. 그러자 몽금이 말했다.

"치열했겠어요."

"물론이오. 칠왕이 이 땅에 사람들의 왕국을 세울 때, 이 호수가 모두 피로 물들었다고 하오. 이 아름다운 땅은 사실 피의 역사를 지니고 있소."

"그럴 만하군요."

"칠왕은… 우리 신혈족들에게는 참으로 가혹한 존재들이었지만, 인간으로 대상을 넓히면 그 나름대로 충분히 존중받을 만한 사람들이었소. 이 땅을 인간에게 선물했으니 말이오."

"대단하긴 하군요. 그런데 그들의 연원이 정확치 않다고 하셨죠?"

"그렇소. 전설로는 그들 역시 먼 옛날 명계에서 온 사람들의 후손이라고 하고. 그들 가문에 대한 나름대로의 역사서를 가지고는 있지만, 사실 칠왕의 탄생에 대한 설은 무척 분분하오. 전설대로 명계의 후손이라면 갑자기 그 시대에 일곱이나 되는 특별한 능력을 갖춘 절대자들이 태어났다는 뜻인데 그게 쉬운 일은 아니니까."

"그럼 다른 추측은 어떤 것이죠?"

몽금이 물었다.

"음… 그것은 칠왕의 땅에서 금기시 되는 이야기긴 한데. 물론 우리 신혈족의 아바르에선 금지의 말은 아니오."

"어떤 거죠?"

"칠왕의 검을 만든 무색의 현자 차요담에 대해서 말해주었던 기억할 거요."

단우하가 몽금을 보며 말했다.

"물론이죠. 칠왕의 땅에서 가장 중요했던 인물인데요."

"맞소. 그의 출신에 대해서 많은 의문이 있다는 것도 말해줬을 거요. 월문과의 연관도 의심하지 않을 수 없다는… 하지만 가장 중요한 의심은 항상 하나였소. 그의 내력이 어떻든 상관없이 칠왕 자체를 그가 만들어 낸 것이 아닌가 하는……."

단우하의 말에 몽금과 설루가 동시에 고개를 갸웃했다.

"그게 무슨 말씀이죠? 칠왕의 검을 만들어 칠왕에게 절대의 힘을 준 것이 그이니 칠왕은 당연히 차요담이 만든 것 아닌가요?"

"칠왕의 검에 대한 것이 아니라 칠왕의 태생에 대한 말이오."

"아예 그들이 태어나는 일에도 관여했다는 건가요?"

"그런 말이 있소. 칠왕이 일곱 개의 신검이 지니고 있는 그 무서운 기운들을 통제할 수 있었던 것도, 그들이 가문의 혈통으로 이어진 특별한 체질 때문이 아니라 차요담이 그들의 잉태와 탄생에 관여했기 때문이라는… 또 칠왕이 인간의 혈통만 이은 것인지 아니면 이 땅 원주족들의 혈통도 섞인 것인지에 대해서도 많은 추측들이 있소. 물론 칠왕의 후예들에겐 금기의 말이지만……."

"그런 일이 있었군요."

설루가 고개를 끄떡였다.

사실 인간의 혈통만으로 칠왕의 후예나 신혈족들이 보여주고 있는 기이한 능력을 설명하는 데는 한계가 있었다.

무공 수련 이전의 그 무서운 능력들, 특히 살아가는 시간, 수명에 대한 차이는 칠왕의 피를 인간만의 것이라고 설명하기에는 부족한 면이 많았다.

"하지만 조금 더 깊이 이 땅의 역사에 대해 논하자면, 애초에 야수족이나 신비족 같은 원주족의 기원조차도 명계로부터 시작된 인간이라는 말이 있으니… 그 구분은 애초에 쓸모없는 논쟁일 수 있소. 파묵과 타르두 노인을 보면 그들이 우리 명계의 피를 이었다는 사람들과 별로 다를 바가 없으니 말이오."

"그렇군요. 어쩌면 근원적인 질문이 될 수도 있겠네요. 같은 인간이라는 가정을 하면 어느 쪽이 먼저 시원이 되었는지에 대한 질문이 나올 테니까요."

"후후, 맞소이다. 명계 인간의 기원이 이 땅의 원주족일 수도 있다는, 좀, 비참한 질문도 성립되긴 하오. 별로 설득력은 없지만……."

"비참하다뇨?"

듣고 있던 설루가 물었다.

"미개한 야수족이 인간의 선조일 수 있다는 가정은 아무래
도……."

"그들이 정말 미개한가요?"

설루가 되물었다.

"문명에 대한 것을 말하자면 그렇습니다. 하지만… 신비족의
신령스러움이나 야수족의 선천적인 재능은 인간을 능가하지
요."

"애초에 공존할 수 없게 된 것은 명계 사람들의 탓일 수도
있겠어요."

설루가 말했다.

그러자 단우하가 고개를 끄떡였다.

"그럴지도 모르지요. 사람이란 자신과 다르거나 혹은 우월
한 존재를 배격하는 특징을 지니고 있으니까요."

단우하가 우울한 얼굴로 말했다.

그들 자신, 신혈족의 기원 역시 그러한 차별과 억압으로부터
시작된 역사이기 때문이었다.

그런데 그때였다. 갑자기 앞서 가던 타림성의 배에서 물새 소
리가 들렸다.

소쩍새의 울음과 비슷한 물새 소리가 퍼져나가지 갑자기 타
림 상인들의 배가 호숫가로 급격하게 방향을 선회했다.

"모두 선실로 들어가세요!"

파묵이 갑판을 뛰어다니며 작은 목소리로 소리쳤다.

"무슨 일이죠?"

설루가 파묵을 잡고 물었다.

"오손의 전선이 나타났나 봅니다."

"순찰이 없을 거라더니……."

"그건 저도 잘… 아무튼 다행스럽게 근처에 숨을 곳이 있으니 일단 배를 숨겨야 해요."

파묵이 빠르게 말하고는 서둘러 다른 사람들에게 말을 전하기 위해 달려갔다.

"주모, 들어가세요."

몽금이 설루에게 말했다. 몽금의 말에 설루가 고개를 끄떡이고는 선실로 들어갔다.

그러자 단우하게 얼굴 반을 가린 두건을 더 깊게 눌러쓰며 중얼거렸다.

"오손의 전선이라. 이제야 칠왕의 땅에 들어온 것이 실감나는군."

신비롭고 기이한 호수의 지형이 타림의 상선들과 적풍 일행의 배가 모습을 숨기는 데 큰 도움을 주었다.

거기에 타림의 상인들이 내준 위장막은 적풍 일행의 배를 거의 완벽하게 호수에서 사라지게 만들었다.

절벽으로부터 시작된 호수변의 숲은 수백 년 동안 자라 호수 외곽의 수면을 하늘처럼 덮고 있었다.

덕분에 그 안쪽으로 사람들의 눈을 피할 수 있는 너른 공간이 생겼는데 적풍 일행이 배를 숨긴 곳은 바로 그곳이었다.

그 안을 배를 몰아간 후 숲의 색이 나는 위장막을 걸치자 배는 완전히 숲의 일부분이 되어 사람들의 시야에서 사라진 것이다.

그렇게 다급한 이동과 위장이 끝난 직후 호수의 동쪽에 한 척의 배가 나타났다.

"특이하네."

위장막 틈 사이로 호수에 나타난 기이한 모양의 전선을 보며 이위령이 중얼거렸다.

"그러게. 선수(船首)와 선미(船尾)가 기형적으로 높은데? 마치 자신들의 위세를 과시하고 싶어 미친 자들 같네."

감문이 이위령의 말에 맞장구를 쳤다.

두 사람의 말처럼 호수에 나타난 오손의 전선들은 특이했다. 마치 말의 안장처럼 앞뒤가 하늘 높이 치솟아 있었다.

끝을 뾰족하게 만든 선수와 선미는 사실 배의 실용성과는 전혀 상관이 없어 보였다. 적을 공격하기 위한 것이라면 배와 수평으로 나와 있어야 하는데 하늘 높이 솟구친 것이 마치 작은 탑을 보는 것 같았다.

그러니 십자성의 고수들이 오손의 배를 보고 자신들의 위세를 과시하기 위해 과한 멋을 부렸다고 생각하는 것도 무리는 아니었다.

그러나 두 사람의 생각을 단우하가 바로 잡았다.

"멋을 부리기 위한 것이 아니네."

"그럼 배가 저런 모양인 게 쓸모가 있다는 겁니까?"

"그렇다네. 자네들은 잘 못 느꼈겠지만 사실 우리가 지나온 호수는 자체적으로 무척 강한 와류를 형성하는 곳이 많네. 두 번째 호수인 제왕의 호수 같은 경우는 물결의 높이가 바다의 파도와 같은 곳도 더러 있지. 세 번째 호수도 마찬가지네. 이런 거친 호수를 무리 없이 이동하기 위해서 선수와 선미를 높여 파도가 배 안으로 들어오는 것을 막은 걸세."

"그 정도는 아닌 것 같았는데요?"

이위령이 고개를 갸웃하며 되물었다.

그들이 지나온 혼돈의 호수에서 배의 선수를 높여 막아야 할 만큼 큰 물결은 없었다.

"그건 타림의 상인들 때문일세. 저자들은 정말 오손의 전사들만큼이나 이 호수에 대해 잘 알고 있는 것 같네. 물살이 편한 길을 알고 있었어."

"그런가요? 그럼 우리가 길잡이는 제대로 잡은 셈이네요."

"그렇게 보면 그렇지. 하지만……."

"여전히 못마땅하시군요?"

이번에는 감문이 물었다.

"이번에는 숨을 곳을 찾았다지만 과연 다음번에도 숨을 수 있을까 싶네만……."

"하긴 그렇군요. 예상과 달리 오손의 전선이 불시에 순찰을 하고 있다면… 제길 여기서부터는 따로 가는 게 좋을까요?"

"그건 소공자께서 결정하시겠지."

단우하가 위장막 앞쪽에서 묵묵히 오손의 배를 지켜보고 있는 적풍을 보며 말했다.

적풍은 타르두와 나란히 서서 앞뒤가 탑처럼 솟구친 오손의
전선을 바라보고 있었다.

그 특이한 모습의 배는 무척 빠른 속도로 이동했다. 태양을
받아 빛나는 돛은 순백의 흰색이었는데 짙은 나무색을 지닌 선
체와 묘하게 조화가 됐다.

"이쯤에서 다른 길을 택하는 게 낫겠소?"

한참 동안 오손의 전선을 지켜보고 있던 적풍이 물었다.

"아닙니다."

타르두가 망설이지 않고 대답했다.

"저들의 정찰이 일시적일 거라 생각하시오?"

"그도 그렇지만 일시적인 것이 아니라 할지라도 타림의 상인
들에게 뚫고 나갈 방도가 있을 것입니다. 일단 그들이 준비해
놓은 비밀 수로에 도착만 하면 이후야 수월할 것이고요."

"가다가 발각되면?"

"그럴 리는 없겠지만 만약 그렇다고 해도 비밀 수로가 가까
운 곳에 있다면 마주친 오손의 전사들만 물리치면 큰 문제는
없을 겁니다."

타르두의 말에 적풍이 시선을 돌려 타르두를 보며 물었다.

"싸우란 뜻이오?"

은밀한 길을 안내하는 타르두의 성정과 맞지 않는 충고에 적
풍이 의아한 표정으로 물었다.

"필요하다면 싸우는 것도 나쁘지 않지요."

"싸움을 회피하는 편 아니었소?"

"시간을 다툴 때는 싸워 시간을 버는 것도 좋은 방책이지요. 이는 오직… 성주님의 능력을 보고 드리는 조언입니다."

이제 타르두는 적풍을 자신의 주군이라도 된 것처럼 대하고 있었다. 호수 초입에서 거래를 하던 때의 태도는 어디서도 찾아볼 수 없었다.

적풍은 타르두나 파묵이나 이 흑수족들이 세간에 알려진 것처럼 비열하거나 얄팍한 계략을 쓰는 자들이 아니라는 것을 두 사람을 겪으며 깨닫게 되었다.

그런 소문들은 아마도 이들의 비상한 능력, 본능적으로 길을 찾아내는 능력과 그 능력을 사용하도록 강요한 자들에 의해 만들어진 오해인 듯 보였다.

"시간이라……."

"우리에게 필요한 것 비밀 수로까지 도착할 수 있는 시간이니까요. 이후에는… 아마도 타림의 상인들이 여러 준비를 해두었을 겁니다. 수로에서의 추격을 막기 위해서 말입니다."

"그도 그렇구려. 알겠소. 그럼 일단 저들과 동행하기로 합시다."

적풍이 타르두의 의견에 동의했다.

그때 문득 타림의 상선에서 야르간이 가볍게 몸을 날려 적풍의 배로 넘어왔다.

적풍의 배로 넘어 온 야르간이 즉시 적풍 옆으로 다가왔다.

"이제부턴 이동 시간을 바꿔야 할 것 같소이다."

"어떻게 말이오?"

"여기서부터는 밤에 이동하고 낮에 쉬도록 하겠소이다."

"나쁘지 않구려. 그런데 수로까지는 얼마나 남았소?"

"중간에 변수가 없다면 대엿새면 도착하오."

"그리 멀지 않군."

"오손의 전선과 충돌하지만 않는다면……."

야르간이 조금은 걱정스러운 시선으로 어느새 그들 앞을 지나쳐 일행이 왔던 먼 호수로 나아가고 있는 오손의 배를 바라봤다.

"그들이 채굴하는 장소를 발견할 수도 있지 않소?"

"하하, 오해를 하고 계셨구려. 도람석 채굴 장소는 결코 발견될 수 없소이다."

"어째서 말이오."

"이미 그곳에는 아무도 남아 있지 않기 때문이오."

"……?"

"지난번에 말했듯이 도람석을 채취하던 자들은 우리 타림의 사람들이 아니라 이미 사방으로 흩어졌을 것이오. 더군다나 그들 중 대부분은 아주 특별한 자들이라 결코 오손의 전사들에게 발견되지 않을 것이오."

"특별한 자들이라. 대체 그들이 누구요?"

"칠왕의 땅 원주족 중 하나인데 야수족 계열의 토호족들이오."

"그들이 토호족이었소?"

적풍 옆에서 야르간의 말을 듣고 있던 타르두가 놀란 표정으로 물었다.

"그렇소."

"놀라운 일이군. 토호족은 멸족한 것으로 알려진 족속인데……."

"잘 알고 있구려. 알다시피 그들이 숨으려면 누구도 찾을 수 없소. 하지만 숨어 살아도 필요한 물건이 있는 법, 도람석의 밀매는 바로 그들이 타림성에 은밀한 제안을 해서 시작된 일이오."

"그렇게 된 일이었구려. 내내 의아했었소. 아무리 타림의 상인들께서 대단한 능력을 지니셨다고 해도 어떻게 도람석을 채굴까지 할 수 있었을까 하고 말이오. 도람석은 그리 쉽게 채굴할 수 있는 것이 아닌데."

"맞소이다. 토호족의 제안이 아니라면 이 일을 시작될 수 없는 일이었소. 사실 우리야 물건을 싣고 나르는 데는 익숙하지만 돌을 캐내는 일에는 재주가 없소."

"맞소이다. 그나저나 놀라운 일이구려. 토호족이 생존해 있다니……."

"우리도 처음엔 무척 놀랐었소. 오손 왕국과 석림 왕의 합공으로 백여 년 전 완전히 멸족한 줄 알았는데 설마 오손의 앞마당인 세 어머니의 호수 근처에서 살고 있었을 줄 누가 알았겠소."

야르간이 지금 생각해도 신기한 일이라는 듯 평소의 그답지
않게 홍분한 목소리로 말했다.

"오손의 왕이 알면 아바르와 싸우는 것보다 더 신경 쓰이겠
구려."

"그럴 것이오. 토호족이라면 충분히 오손 성의 지하를 뚫어
버릴 수 있을 테니. 더군다나 토호족과 오손의 원한을 생각하
면 언제든 가능성이 농후한 일이오."

타르두의 말에 야르간이 동의했다.

"이러니 저러니 해도 위험한 거래를 하셨구려."

타르두가 야르간을 보며 말했다. 그들의 말대로라면 오손 왕
이 타림 상인들이 토호족과 거래한 것을 알게 되면 도람석을
밀매한 것보다 더 강력한 보복을 가할 수 있었다.

"누가 뭐래도 우린 상인이니까."

야르간이 미소를 지으며 말했다.

적풍은 그런 야르간을 보며 씁쓸한 미소를 지었다. 이 세계
나 그가 살아온 명계라 부르는 세계나 재물에 인생을 건 상인
들의 삶은 언제나 비슷해 보였기 때문이었다.

"아무튼 밤에 이동한다면 지금은 쉬어야 할 시간이구려."

적풍이 대화가 길어질 것 같은 야르간과 타르두의 대화를 끊
으며 물었다,.

"그렇소이다."

야르간이 대답했다.

그러자 적풍이 손짓으로 감문을 불렀다. 감문이 즉시 몸을

날려 적풍에게 다가왔다.

"오늘부터는 밤에 이동한다니 그리 준비하시오."

"알겠습니다. 성주!"

감문이 대답을 하고는 즉시 십자성 고수들에게 소식을 알리기 위해 움직였다.

"할 이야기는 다한 거요?"

감문에게 명을 내린 적풍이 야르간을 보며 물었다. 그러자 야르간이 대답했다.

"그렇소이다."

"알겠소. 그럼 난 들어가겠소."

적풍이 그 말을 남기고 자리를 떠났다. 그러자 야르간이 잠시 적풍의 뒷모습을 바라보다 타르두에게 물었다.

"당신은 어떻게 그의 사람이 된 것이오?"

"뭐, 어쩌다 보니 그리 되었소."

"…흑수족이오?"

야르간이 조심스레 물었다.

"알면서 뭘 물어보시오."

타르두의 대답이 퉁명스럽다.

타림의 상인이라면, 그것도 이렇게 중요한 밀매를 책임진 사람이라면 타르두와 파묵이 흑수족 사람임을 눈치채지 못할 리 없었다. 같은 듯하지만 흑수족은 보통 사람들과 미세한 차이가 있기 때문이었다.

"아, 경계하진 마시오. 난 야수족이니 뭐니 하는 구분을 좋아하지 않으니까. 사실 우리 타림성에도 흑수족이 몇 명 있소."

야르간의 말에 타르두의 눈빛이 변했다.

"흑수족이 있다고 했소?"

"그렇소."

순간 타르두의 눈에서 옅은 살기가 느껴졌다.

"설마… 당신들도 흑수족을 길잡이로 잡아두고 있는 것이
오?"

타르두의 말에 섞인 분노를 읽은 야르간이 얼른 고개를 저었
다.

"오해 마시오. 우리 타림성에 강제로 억류되어 있는 사람은
없소. 타림에 머무는 흑수족은 모두 성주의 은혜로 살아난 사
람들이오. 그래서 성주 곁에 머물길 스스로 원했소."

"…성주의 은혜?"

"그렇소. 성주는 많은 곳을 다닌 분이오. 나이에 비하면 놀
라울 정도지. 그러다 보니 죽음의 위기에 처한 사람을 종종 구
해주시기도 하오. 타림의 흑수족 친구들도 그런 인연이 있는
사람들이니 오해 마시오."

"냉정하게 말해 우린 호의가 사라진 세상에 살고 있소. 정확
하게 우리 흑수족은 말이오."

타르두가 차갑게 말했다.

"나도 흑수족이 겪은 고난을 모르는 바는 아니지만 세상을
너무 그렇게 비관적으로만 보지 마시오. 토호족도 멸족의 위기
에서 벗어나 이젠 재기를 꿈꾸고 있지 않소?"

"그들은… 숨어 사는 데 익숙한 사람들이니까."

"흑수족도 힘을 모으면 가능한 일 아니오? 세상에서 가장 밝은 눈을 가지고 있지 않소. 모든 길을 안다는 것은 곧 모든 것으로부터 숨을 수 있단 뜻 아니오?"

"후후, 타림의 상인이라도 모든 것을 아는 것은 아닌 모양이구려."

"무슨 말씀이오?"

"당신은 우리 흑수족이 왜 고난을 겪었다고 생각하시오?"

타르두가 진지하게 물었다.

그러자 야르간이 망설이지 않고 대답했다.

"그야 당연히 칠왕의 땅에선 그대들이 변방 외족의 길잡이가 될 것을 두려워했고, 야수족이나 신비족들은 그대들의 능력을 차지하게 위해 그대들을 억압하려 했기 때문이 아니오?"

야르간이 말한 것은 이 땅에서 흑수족이 산산조각 난 가장 근거 있는 이유였다.

그러나 타르두의 생각은 다른 모양이었다.

"그건 그저 겉으로 드러난 이유에 지나지 않소. 사실 우리 흑수족이 이렇게 고난을 겪게 된 것은 다른 사람들 때문이 아니라 우리 스스로의 문제 때문이오. 우리 흑수족은 자신의 재능을 너무 과신하는 경향이 있소. 나나 파묵 역시 마찬가지요. 우리의 특별함 때문에 누구나 우릴 중요한 존재로 대접하기 때문에 생긴 나쁜 성정이오."

"그럴 만한 재능이 있지 않소?"

야르간이 물었다.

"그렇소. 하지만 결국 그 재능이 우릴 망친 거요. 어딜 가나 환영받으니 동족의 중요함을 몰랐던 거요. 하나로 모여 서로를 의지해 힘을 기르는 대신 대접 좋은 왕이나 영주, 카르를 찾아가 자신의 재능을 파는 데 열중했으니 흑수족이 제대로 단합될 수 있었겠소? 이게 바로 우리 흑수족이 고난을 겪게 된 실질적인 이유요. 그래서 우린 토호족과는 다르오. 그들은 체구는 작고, 가진 재주라고는 땅 파는 것밖에 없지만 동족간의 우애가 남다르지 않소."

"그렇긴 하오."

야르간이 고개를 끄떡였다.

"아바르도 그렇고… 고난을 겪고 동족의 소중함을 알아야 진정한 강자가 되는 법인데. 그런 면에서 우리 흑수족은 틀린 것 같소. 이렇게 갈갈이 찢어져서 강자들의 길잡이 노릇이나 하면서도 함께 모여 흑수족의 부활을 도모할 의지가 없으니 말이오."

타르두가 우울한 표정으로 말했다. 그러자 야르간이 말했다.

"그대가 시도해 보시지 그러오?"

"후후, 나 말이오? 난 그런 재목이 못 된다오. 나야말로 가장 먼저 내 재능을 팔려 했던 사람이라오."

"스스로 못하면 가능한 사람을 찾으며 될 것 아니오? 아시는지 모르지만 우리 타림의 성주님도 전대 성주님이 찾아내신 분이라오."

"그 이야기는 나도 알고 있소. 변방을 떠돌던 고아셨다고……."

"그러니 그대도 눈여겨 재능 있는 흑수족 후인을 찾아 일을 도모하면 될 것 아니오? 그런 의미에서… 나와 같이 타림 성에 가는 것은 어떻소?"

야르간이 은근한 말투로 말했다.

그 순간 타르두는 이 도람석 밀매업자가 왜 갑자기 그에게 긴 이야기를 늘어놓았는지 그 이유를 알아챘다.

"내가 필요하오?"

타르두가 직설적으로 물었다.

타르두의 질문에 야르간은 자신의 생각을 숨기지 않았다.

"그렇소."

"이유가 뭐요?"

"당신의 아주 특별한 능력을 알고 있으니까."

타르두가 다시 야르간을 향해 경계의 빛을 보였다.

"우리 흑수족의 능력이 아니라 내 능력을 안다는 것은 곧 날 안다는 것이구려?"

"맞소. 바람의… 타르두! 아니오?"

야르간의 말에 타르두가 훌쩍 뒤로 물러났다. 그리고 품속에 숨겨 두고 있었던 작은 단검을 꺼내들었다.

"위험한 자였군!"

시퍼렇게 날이 선 타르두의 단검이 허공에서 요기롭게 흔들렸다.

"진정하시오. 설마 지금 여기서 싸우자는 거요?"

야르간이 침착하게 말했다.

"죽여야 한다면 죽여야지."

타르두가 단호하게 말했다.

그 순간 야르간은 이 노회한 길잡이가 정말 살의를 품었다는 것을 깨달았다.

"내 말을 더 들어볼 생각은 없소?"

야르간이 타르두의 공격에 대비해 언제라도 검을 뽑을 준비를 하며 말했다.

그런데 그 순간 갑자기 허공을 가르는 바람 소리와 함께 한 자루 창이 야르간을 향해 날아왔다.

"헛!"

갑자기 나타난 창이 자신을 향해 날아들자 야르간이 당황해 뒤로 물러나며 급하게 검을 뽑아 창을 막았다.

차앙!

날카로운 마찰음이 일어나며 야르간의 몸이 다시 뒤로 밀렸다.

뒤로 밀려난 야르간은 배의 난간에 등이 닿고서야 겨우 멈췄다.

"이게 무슨 짓이오?"

야르간이 자신을 향해 창을 날린 자를 노려보며 소리쳤다.

"제길 이래서 장사꾼들은 못 믿는 거야."

선실 쪽에서 이위령이 투덜거리며 걸어 나왔다. 그리고는 아무 일도 없다는 듯 야르간의 검에 막혀 배 한쪽에 박힌 창을 잡아 뽑았다.

"대체 왜 날 공격한 것이오?"

야르간이 검으로 자신의 몸을 보호하며 물었다.

갑작스러운 십자성 고수의 공격을 도저히 이해할 수 없는 눈치였다. 더군다나 창을 던진 이이령은 자신에게 적대감까지 드러내고 있었다.

"몰라서 묻소?"

이위령이 뽑아든 창을 허공에 대한 두어 번 휘두르더니 창 끝을 야르간에게 겨누며 물었다.

"분명한 이유를 대야 할 거요!"

야르간이 단호하게 말했다.

그사이 어느새 사건이 벌어진 것을 눈치챈 십자성 고수들과 타림성 고수들이 서로를 경계하며 모여들었다.

"난 귀가 무척 밝아. 당신도 알겠지만 난 신혈족이거든."

이위령이 말했다.

순간 야르간은 이위령이 자신을 공격한 이유를 짐작했다. 그는 노련한 상인이라서 이위령의 짧은 대답을 듣는 것만으로 자신이 공격당한 이유를 짐작한 것이다.

하지만 선실에 있던 그가 어떻게 자신의 말을 들었을까.

"설마 정말 내가 저 사람에게 한 말 때문이오?"

야르간이 타르두를 가리키며 물었다.

"정확하게 말하자는 그에게 한 제안 때문이오."

"제안이라니 무슨……?"

"성주께선 오고가는 사람에 미련을 두는 분은 아니지만, 그렇다고 이렇게 노골적으로 우리 사람을 빼내가는 자를 용서할 분도 아니지."

이위령이 빙긋 미소를 지었다. 그러나 그 미소가 절대 호의를 지닌 미소는 아니었다.

야르간은 이위령의 미소에서 강렬한 살의를 느꼈다. 당장에라도 그의 창이 자신의 심장을 향해 날아올 것만 같았다.

"오해요. 난 그가 당신들에게 일시적으로 고용된 사람이라고 생각했소. 그래서 이 일이 끝난 후를 대비해 그런 제안을 한 것이오."

야르간이 재빨리 말했다.

그러면서도 한편으로는 무척 당황한 표정을 지었다. 그도 그럴 것이 그는 설마 자신과 타르두의 대화를 누군가가 들었을 거라고는 꿈에도 생각지 못했었다.

두 사람이 대화를 나누던 장소는 선실로부터도 제법 떨어져 있었고, 또 야르간 자신이 충분히 조심했기 때문이었다.

그런데 이 놀라운 자는 어느새 자신의 이야기를 모두 듣고 있었던 것이다. 모골이 송연해질 수밖에 없는 일이었다.

"물론 그가 온전히 우리 성주님의 사람이라고는 할 수는 없지. 거래에 의해 움직이는 관계인 것도 맞고. 하지만 그렇다고 우리와 함께 움직이는 사람을 데려가려 한다는 것은 성주님에 대한 아주 큰 실례지."

"불쾌했다면 사과하겠소."

야르간이 이 상황을 어떻게든 잠재우기 위해 급히 사과했다. 그러자 이위령이 대꾸했다.

"물론 무척 불쾌하지. 당신도 거래처를 다른 상인이 가로채려 한다면 기분이 썩 좋지는 않을 걸?"

"알겠소. 이 일은 내 잘못을 인정하겠소."

야르간은 현명한 인물이다. 물러설 때는 깨끗하게 자신을 낮췄다. 그러자 이위령이 고개를 돌려 선실 쪽을 바라보며 물었다.

"성주 어쩔까요?"

"동행이 아닌가?"

"알겠습니다. 그럼 이 정도로 하지요. 이보쇼."

이위령이 창을 거둬들이며 야르간을 불렀다.

"말씀하시오."

"한 가지 더 충고하자면 우리 앞에서 함부로 무기를 꺼내지 마시오. 당신 수하들도 마찬가지고. 우린 말이오… 상대가 무기를 꺼내 드는 것만 보면 아주 다른 사람이 된단 말이오."

"알겠소."

야르간이 다시 고개를 끄떡였다.

그러자 이위령이 모호한 미소를 지으며 말했다.

"그럼, 난 그만 들어가겠소. 두 분은 못다 한 이야기 마주 하시구려. 허허허!"

이위령이 호탕한 웃음을 터뜨리며 선실로 걸어 들어갔다.

잠시의 위기가 무사히 넘어가자 십자성의 고수들과 타림의 상인들도 각기 제자리로 돌아갔다.

그러자 배의 갑판에는 다시 야르간과 타르두만 남았다.

그러나 두 사람은 다시는 그들이 했던 이야기를 나눌 수 없었다. 듣는 사람이 있다는 것을 안 이상 두 사람의 대화가 이어질 수는 없었다.

"내가 한 말은 모두 잊으시오. 난 건너가 보겠소."

야르간이 타르두를 보며 말하고 배를 떠나려는데 타르두가 재빨리 그를 불러 세웠다.

"잠깐!"

"달리 할 말이 있소?"

"대체 나에 대해 어떻게 안 것이오?"

"그리 심각하게 생각할 필요 없소. 당신에 대한 옛 소문을 기억하고 있던 차에 당신의 그간 행동을 보고 짐작한 것이니까."

"단지 짐작만으로?"

"그렇소."

"아, 정말 타림의 상인들은 뛰어나구려. 단지 짐작만으로 날 알아보다니……."

타르두가 감탄하듯 말했다.

"뭐, 그래서 내가 타림성의 삼 대 상주 중 한 명 아니겠소?"

야르간이 실없이 웃으며 말했다.

"다른 사람들도 알고 있소?"

타르두가 걱정스러운 표정으로 건너편 배 위에 있는 타림의 상인들을 보며 물었다.

"걱정 마시오. 나 혼자만의 추측이었으니까."

"그렇다면… 부탁하겠소."

자신의 정체에 대해 함구해 달라는 부탁이다.

"걱정 마시오. 난 생각보다 입이 무겁소. 하지만… 당신이 거래한 사람들은 이미 들은 것 같은데 문제가 없겠소?"

야르간이 선실 쪽을 보며 물었다.

"그야 어쩔 수 없는 일, 또 언젠가는 말할 생각이었소."

"그렇구려. 그 말을 들으니 확실히 알겠소. 당신은 쉽게 이들을 떠나지 않겠구려."

"서로를 알아가는 중이오."

"알겠소. 더 이상 당신에게 관심을 갖지 않겠소."

야르간이 고개를 끄떡이고는 훌쩍 몸을 날려 자신의 배로 돌아갔다. 그러자 타르두가 고개를 돌려 선실 쪽을 보며 중얼거렸다.

"설명해야 하나?"

"제 입으론 말 못합니다."

파묵이 고개를 저었다. 그의 표정이 자못 단호했다. 그러자 감문이 투박한 말투로 말했다.

"뭘 그렇게 긴장해? 누가 꼭 말하래? 그냥 궁금해서 물어본 것뿐이야."

"아무튼 전 말 못해요."

파묵이 다시 말했다.

"아, 글쎄 알았다니까! 안 물어본다고! 됐어?"

감문이 소리쳤다.

그러자 파묵이 벌떡 자리에서 일어났다. 그러고는 빠른 걸음으로 선실을 벗어나며 말했다.

"전… 나가보겠습니다."

도망치듯 선실을 나가는 파묵을 보며 감문이 어깨를 으쓱하며 적풍을 바라봤다.

"말하고 싶을 때 말하겠지."

"그럼 그냥 놔둘까요?"

감문이 되묻자 적풍이 고개를 끄떡였다.

"그래도 위험한 문제가 있을 수도 있으니 들어보시는 것이……."

조어장이 조심스레 물었다. 그러자 적풍이 고개를 저었다.

"지금까지의 행동을 보면 우리를 위험에 빠뜨리거나 배신할 염려는 없을 것 같군. 단지… 한 경우를 제외하고는 말이야."

"그의 딸?"

설루가 물었다.

"음……."

적풍이 고개를 끄떡여 대답을 대신했다.

그런데 그때 파묵이 나간 문으로 타르두가 들어오며 말했다.

"딸년 문제라도 성주를 배신하는 일은 없을 겁니다."

"어? 나만큼 귀가 밝으셨군?"

이위령이 놀란 듯 타르두를 보며 말했다.

"필요한 만큼은 듣소."

타르두가 퉁명스럽게 대답했다.

"생각보다 재주가 많으셨구려? 야르간이 욕심을 낼 만큼."

"그래봐야 딸이나 빼앗기는 아비요."

타르두가 자조적으로 말했다.

"아, 뭐 그야……."

이위령이 당황해 말을 얼버무렸다. 타르두가 더 이상 이위령을 상대하지 않고 적풍에게 다가갔다.

"내 일은 걱정하지 않으셔도 됩니다."

"누가 걱정한다고 했소?"

"딸년 문제라도 말입니다."

"그렇다면 다행이오."

"절 믿으십니까?"

"믿지 않는 자에게 길을 맡기는 사람은 없소. 걱정 마시오. 나 역시 우리 약속을 지킬 테니까. 물론 시간은 좀 걸릴 거요."

"알고 있습니다. 그런데……."

타르두가 말꼬리를 흐린다.

"말해보시오."

"묻지 않으십니까?"

"당신의 과거 말이오?"

"그렇습니다."

"내가 알아야 하오?"

"꼭 그렇지는 않습니다만……."

"그럼 굳이 알 필요 없지 않소?"

적풍이 뭐 대단한 일이냐는 듯 심드렁하게 대답했다. 그러자 타르두가 잠시 생각에 잠겼다가 입을 열었다.

"생각해 보니 그래도 알아두시는 것이 좋을 것 같습니다. 왜 냐하면 저로 인해 이 여행이 위험해질 수도 있기 때문입니다."

제10장
오손과의 조우

그것은 일종의 작은 반란 같은 것이었다고 한다.

애초에 타르두는 흑수족의 여러 유파 중 하나인 작은 파벌을 이끌고 세상의 눈을 피해 남쪽 변경에 은거해 살았다.

그런데 어떻게 알았는지 칠왕의 땅 남쪽을 지배하는 천인총의 십이 영주 중 한 명인 괴력 난신이 천인총의 마전사(魔戰士)들을 이끌고 타르두의 부족을 급습했다.

흑수족의 재능은 칠왕의 땅은 물론 변경으로 물러난 원주족들에게도 귀하게 팔리는 것이어서, 그들 일족이 사냥당하는 일은 비일비재했다.

특히나 천인총은 칠왕의 세력 중 가장 사나운 자들이어서 야수족에 속하는 흑수족 사냥에 망설임이 없었다.

천인총의 전사들이 마전사라 불리는 것은 그들의 광포한 난폭성 때문이었다. 습격당한 타르두 일족 중 태반이 죽고 태반은 사로잡혔다.

마전사들의 공격에서 살아남은 사람은 마침 당시 어린 파묵과 딸 타린을 데리고 외유를 나갔던 타르두가 유일했다.

그가 마을에 돌아왔을 때 그의 눈에 보인 것은 타버린 마을과 피 흘리며 죽은 일족들, 그리고 천인총의 마전사들에게 끌려가는 형제자매들이었다.

타르두는 일족에게 닥친 참상을 강인한 인내심으로 견뎌냈다. 무모하게 끌려가는 형제들을 구하기 위해 나서기보다는 후일의 복수를 위해 참고 기다렸다.

그리고 정확히 삼 년 뒤 타르두는 복수를 실행했다.

그 삼 년 동안 타르두는 괴력 난신의 영지를 샅샅이 파악했다. 길이라면 개미가 다니는 길까지도 확인해 낸 타르두였다.

그리고 괴력 난신에 대한 모든 것을 파악했다고 확신한 순간 그는 복수에 돌입했다.

그의 복수는 냉정하고 철저했다.

그는 먼저 괴력 난신의 영지에 있는 우물 스물 두 곳에 독을 풀어 그날 밤 괴력 난신의 영지에 사는 사람들을 복통과 설사에 시달리게 만들었다.

그리고 그 혼란의 와중에 은밀히 괴력 난신의 거처에 숨어들어가 역시 복통에 시달리던 괴력 난신을 기습했다.

괴력 난신은 자신의 눈앞에 다가온 그를 복통이 멎는 약을 가져온 시종으로 착각했다.

그런 괴력 난신에게 그가 건넨 것은 카말의 숲에까지 가서 구해온 전신을 마비시키는 독이었다.

그가 건넨 독을 먹은 괴력 난신은 온몸이 굳고 말도 할 수 없는 지경에 처했다. 그런 난신을 타르두는 침착하고 냉정한 손길로 처참한 고통 속에서 죽였다.

그리고 난신의 죽음을 눈치채고 암살자를 잡기 위해 달려온 천인총 마전사들의 추격을 타르두는 유유히 따돌렸다.

괴력 난신의 영지에 대해 모든 것을 알고 있던 그를 추격하는 일은 불가능했다. 그는 천인총의 마전사들보다도 그들이 살고 있는 땅에 대해 훨씬 많은 것을 알고 있었던 것이다.

그는 마전사들의 눈앞에서 마치 산보를 하듯 유유히, 숲을 지나는 바람처럼 추격을 따돌렸다.

천인총의 마검사들이 그를 잡았다고 확신하는 순간에도 그는 거짓말처럼 그들 앞에서 사라지곤 했던 것이다.

그래서 그는 그 날의 전설적인 도주행을 통해 바람의 타르두라는 명성을 얻었다.

괴력 난신의 암살보다도 그의 신비로운 도주가 천인총의 마전사들에게 더 큰 충격을 준 일이었다.

물론 이후 그는 천인총은 물론 칠왕의 전사들 모두에게 추격당하는 신세가 됐지만, 그의 종적은 세상 어디서도 발견되지 않았고 그 명성은 반대로 높아졌다.

추격은 한동안 이어졌다. 그러나 세상의 모든 길을 알고 있다는 그를 잡는 것은 불가능했다.

누군가는 그가 야수족이 대거 살고 있는 사막 쿰을 넘어 카말의 숲으로 갔다고도 하고, 또 누군가는 북방의 흑해나 혹은 천인총 남쪽의 드넓은 바닷가 어딘가에 숨어 산다고도 했다. 그러나 그 어디서도 그는 발견되지 않았다.

그런 그가 놀랍게도 칠왕의 땅, 세 어머니의 호수 초입에 은거해 있었던 것이다.

"그런데 왜 하필 칠왕의 땅에 숨어 있었던 것이오? 너무 위험하지 않소? 더군다나 천인총은 세 어머니의 호수와 그리 먼 곳이 아닌데……?"

감문이 타르두의 지난 이야기를 모두 듣고 의아한 표정으로 물었다.

천인총은 세 어머니의 호수 남쪽에 길게 뻗어 있는 높고 장대한 산맥을 넘으면 바로 도착할 수 있는 곳이다.

그래서 비록 세 어머니의 호수가 오손의 영역이지만 일단 그의 존재가 발견되면 천인총의 마검사들이 단시간에 추격해 올 수 있는 거리였다.

그러자 타르두가 대답했다.

"놈들의 눈 아래 머무는 것이 오히려 안전할 거란 생각 때문이기도 하지만……."

"등하불명이라, 좋은 계책이긴 하지."

감문이 타르두가 말을 하는 도중에 고개를 끄떡이며 중얼거렸다.

"하지만 그 이유로 세 어머니의 호수에 머물렀던 것은 아니오."

"허면……?"

"아시지 않소?"

타르두가 되물었다.

"아! 따님!"

"그 아이를 찾으러 갈 준비를 하고 있었소. 그래서 배를 만들고 있었던 것이고. 그러다 성주님이 찾아오신 겁니다."

타르두가 감문에게서 시선을 돌려 적풍을 보며 말했다.

"잘 들었소."

적풍은 타르두의 과거에 별 관심이 없는 듯 무심하게 대답했다.

"제 과거를 들으시고도 절 쓰시겠습니까? 만약 타림의 상인 야르간처럼 절 알아보는 자가 또 나온다면 성주께서도 위험해지실 수 있습니다."

"그럼 당신도 저 양반처럼 지금부터 얼굴 한쪽은 가리시오."

적풍이 단우하를 가리키며 말했다. 심각한 타르두의 표정에 비하면 너무 간단한 대답이다.

그러나 또한 가장 좋은 해결책이기도 했다.

"맞는 말이구만. 얼굴을 가리고 다니면 되지."

이위령이 맞장구를 쳤다.

"그렇게 단순한 문제가……."

타르두가 다시 입을 열려는데 적풍이 손을 들어 타르두의 말을 막았다.

"됐소. 그 문제는 더 걱정할 것 없소. 어떤 경우라도 당신을 누군가에게 넘기는 일은 없을 거요. 그건 내가 약속하지!"

무심하지만 믿음이 가는 적풍의 말에 타르두의 눈동자가 흔들렸다. 그가 잠시 말문을 닫고 있다가 자리에서 일어나 한 손을 가슴에 올리고 가볍게 머리를 숙이며 말했다.

"성주님의 호의에 감사드립니다."

"호의? 이건 호의가 아니라 우리 거래의 일부요."

"아무튼… 다시 한 번 감사드립니다. 저도 약속드리지요. 반드시 성주님을 무황이 있는 곳까지 모시겠습니다."

"물론 그건 당신의 일이니까."

"그럼 쉬십시오."

타르두가 다시 한 번 고개를 숙이고는 선실을 나갔다.

"참 사연 많은 양반이었구만."

타르두가 선실을 벗어나자 이위령이 중얼거렸다.

그런데 타르두가 선실을 벗어나자 적풍이 표정이 변했다. 그가 어두워지는 호수를 바라보고 있는 단우하를 응시했다. 그리고 나직하게 입을 열었다.

"알고 있었소?"

비록 시선을 돌리고 있었지만, 단우하는 그 질문이 자신을 향한 것임을 알고 있었다.

"예."

단우하가 나직하게 대답했다.

"그런데 왜 말하지 않았소?"

"말씀드렸다면 그를 포기하셨겠습니까?"

단우하가 고개를 돌려 적풍을 보며 물었다.

"물론 포기하지는 않았겠지만, 적어도 조심은 했겠지."

"별 의미 없는 일이라고 생각했습니다. 그를 포기할 것이 아니라면……"

단우하가 대답했다.

"그대는 언제나 뭔가를 숨기는군."

적풍이 고개를 저으며 말했다.

"숨긴 것이 아니라 그저 말하지 않은 것뿐입니다."

"내겐 같은 말이오. 이래서 내가 그대를 신뢰하기 어려운 거요."

적풍이 자리를 털고 일어났다.

그러자 설루가 함께 자리에서 일어나 적풍을 따라 자신들의 선실로 떠났다.

적풍과 설루가 자리를 뜨자 조어장이 혀를 찼다.

"어르신께선 정말 성주님과 뭔가 잘 맞지가 않는군요."

"그러게 말일세. 의도치 않아도 매사에 왜 일이 이렇게 꼬이는지 알 수 없군."

그러자 소두괴가 말했다.

"제가 보기엔 어르신께서 성주님을 너무 어려워하시는 것 같습니다."

"응? 무슨 말이신가? 내가 소공자님을 어려워한다고?"

"그렇습니다. 달리 말하면 지나치게 조심스러워한다고 해야 할지……."

"그렇게 보이나?"

단우하가 진지하게 물었다.

"그렇습니다. 이번 일도 그렇습니다. 사실 처음부터 있는 그 대로 말씀하셔도 되는 일이었는데……."

소두괴의 말에 단우하가 잠시 생각에 잠겼다가 고개를 끄떡였다.

"생각해 보니 자네 말이 맞군. 맞는 말이야. 난 사실 소공자가 어렵다네. 아마도 과거 무황께서 소공자께 드린 상처에 대해 나 역시 같은 죄책감을 가지고 있는 모양이네."

"그래도 지금처럼 불신이 계속되는 것은 좋지 않지요."

소두괴가 충고했다.

"알겠네. 앞으로는 좀 달라지도록 해보지."

"좋은 일이든 나쁜 일이든 터놓고 이야기 하는 것이 성주님의 마음을 얻는 가장 좋은 방법입니다."

"충고 고맙네."

단우하가 그제야 빙그레 미소를 지었다.

배는 예정대로 밤에 떠났다. 언제나처럼 타림성의 상선이 앞에 섰다.

대신 다른 때와 달리 숲에서 멀어지지는 않았다. 배는 호숫가를 따라 우거진 숲에 거의 닿을 듯한 거리에서 움직였다.

다행인 것은 숲과 맞닿아 있는 호수의 수심이 충분히 깊어 상선들이 움직일 만하다는 것이었다.

그래도 역시 호숫가를 따라 이동하는 것은 호수의 중심에서 이동하는 것보다는 조심스러워 속도는 무척 느렸다.

그렇게 일행은 낮에는 호숫가 숲의 그늘에서 휴식을 취하고 밤에는 이동하는 식으로 삼 일을 이동했다.

그러자 드디어 호수의 끝이 나타났다.

호숫가를 따라 이어지던 숲의 그들이 갑자기 앞을 막아섰고, 계속 이동하자면 배의 방향을 북쪽으로 돌려야 했다.

"두 번째 호수로 이동하려면 두 호수 사이에 흐르는 십 마르의 강줄기를 지나야 합니다. 그런데 그 길은 오손의 전사들이 지키고 있을 텐데 어떻게 타림의 상선들이 이동하려는지 모르겠군요."

파묵이 걱정스러운 표정으로 말했다.

"자네는 어쩔 생각이었나?"

감문이 물었다.

"본래의 계획대로라면 이곳에서 배를 놓고 육로를 택하는 일정이었지요."

파묵이 대답했다.

"계속 가는데?"

이위령이 앞선 타림의 상선들을 보며 말했다. 그의 말대로 타림의 상선들은 숲이 꺾여 들어간 북쪽으로 선수를 돌리고 있었다.

"아무래도 강을 통과하는 것은 불가능한데……."

파묵이 의문스러운 표정으로 중얼거렸다.

그러자 배를 몰던 타르두가 말했다.

"중간에 늪지를 통과할 것 같다."

"설마요?"

파묵이 말도 안 된다는 표정으로 고개를 저었다.

"아니면 길이 없어."

"하지만 두 호수 사이의 늪지는 거의 숲이나 마찬가지 아닙니까? 이렇게 큰 상선들이 통과할 수 있는 곳이 아니잖아요?"

"모르지. 타림이 상인들 아니냐? 도람석의 밀매를 강행하고 있고. 그렇다면 늪을 지나는 길이 있다는 거지."

"그렇긴 하지만……."

파묵이 여전히 동의하기 어렵다는 듯 고개를 갸웃했다. 그사이에도 배는 어둠을 뚫고, 계속해서 북쪽으로 이동했다.

그렇게 얼마를 이동했을까. 문득 앞서 가던 타림의 배에서 하얀 깃발이 올랐다. 밤에도 알아볼 수 있게 하얀 깃발로 수신호를 하고 있었다.

깃발은 빠르게 오른쪽으로 움직였다. 그건 곧 배가 오른쪽으로 향한다는 의미, 깃발의 수신호를 보고는 파묵이 질린 표정으로 말했다.

"정말 늪지로 들어가려는 모양인데요?"

"글쎄, 그 길 말고는 길이 없다니까?"

타르두가 당연하다는 듯 말했다. 그러면서 급히 키를 움직여 타림의 상선을 따라 배를 몰았다.

투투툭!

길게 자란 나뭇가지들이 배에 걸려 수시로 부러져 나갔다.

센 놈이야 크게 휘어졌다가 본래의 자리로 돌아가지만 약한 놈들은 여지없이 부러져서 물 위로 떨어졌다.

늪이라고는 해도 물은 충분했다. 사실 늪이라기보다는 물 위에 형성된 오래된 숲이라는 것이 더 옳은 말이었다.

빼곡하게 자란 나무들로 인해 도저히 배를 타고는 지나갈 수 없는 곳이었지만, 신기하게도 타림의 배들은 숲을 이룬 늪지를 막힘없이 전진하고 있었다.

그리고 이젠 파묵도 타르두의 말을 인정할 수밖에 없었다. 애초부터 타림의 상인들은 오손의 안방인 이 세 어머니의 호수를 은밀하게 통과할 수 있는 길을 확보하고 있었던 것이다.

"이 길은 만들 걸까요?"

파묵이 시무룩한 표정으로 입을 열었다.

자신의 예상이 틀린 것이 불편한 모양이었다.

"찾았든지 만들었든지 그거야 상관없지. 길이 있다는 것이 중요한 것 아니냐?"

타르두가 대답했다.

대답을 하면서도 그는 파묵에게 시선을 돌리지 않았다. 워낙 무성한 숲을 이동하는 것이라 노련한 그조차도 함부로 시선을 돌릴 수 없었다.

사각사각!

그때 두 사람의 귀에 미세한 절단음이 들렸다. 그리고 갑자기 배 앞쪽의 시야가 수월하게 트였다.

자세히 보니 배 앞쪽에서 이위령이 자신의 병기인 장창을 들고 배 앞쪽을 가로막는 나뭇가지들을 베어 내고 있었다.

이위령이 베어 내는 나뭇가지들 중에는 팔뚝만 한 것도 있었는데, 그럼에도 불구하고 이위령은 큰 소리를 내지 않고 나뭇가지들을 베어냈다.

"정말… 대단한 사람들이지요?"

파묵이 나직하게 타르두에게 물었다.

"그렇구나. 어쩌면……."

타르두가 말꼬리를 흐렸다.

"신혈족 이상, 칠왕의 피가 흐르는 사람들일지도 모른다는 거지요?"

"다른 사람들은 모르겠지만 성주는 그런 느낌이 드는구나. 분명 특별한 내력이 있는 사람일 거야."

"그래도 괜찮으세요?"

파묵이 물었다.

"상관있나? 지금은 동행인걸. 그리고… 이상하게 성주에게 믿음이 가는구나."

"그렇긴 하죠. 저도 그렇게 그분을 따르게 되었으니까요."

"애초에 포엽 같은 하찮은 흑상 밑에는 왜 기어들어갔느냐?

뭘 얻어먹을 게 있다고."

"포엽은 아바르에도 거래선이 있었지요."

파묵이 정색을 하며 말했다.

"무슨 소리냐?"

타르두가 되물었다.

"그를 통하면 하미성에 들어갈 수 있었단 말입니다."

"흑상이 하미성에?"

"아바르가 변하고 있어요. 흑상들의 출입이 예전보다 훨씬 자유로워졌다고 하더군요."

"각 영주들이 흑상의 출입을 자유롭게 한다는 것은 그들을 이용해 힘을 기른다는 뜻인데… 무황의 쇠락이 소문대로인 모양이구나."

"모두 그렇게 믿었죠. 하지만 대원정을 시도한다고 하니 세상을 모두 속인 걸까요?"

파묵이 물었다.

파묵은 무황 적황의 칠왕의 땅에 대한 대원정이 적풍과 단우하의 실종으로 인해 어쩔 수 없이 선택한 것임을 알지 못했다. 그래서 그는 대원정을 하려는 무황이 그동안 세상을 속였다고 생각하고 있었다.

하지만 타르두는 파묵과 생각이 다른 듯했다.

"꺼지기 직전의 불꽃이 가장 강렬한 법이다."

"무슨 말씀이세요?"

"무황이 대원정이라는 강수를 두는 것은 그의 신상에 이상

이 생겼다는 뜻이란 거다. 아마도 그래서 아바르의 영주들이 은밀히 힘을 기르고 있는 것일 거다. 아무튼 그래서 포엽을 통해 하미성에 들어가 타린을 구하려고 한 거냐?"

타르두가 다시 본론 돌아왔다.

"예."

파묵이 퉁명스레 대답했다.

"그래도 네놈이 용기는 있구나."

"그래봤자 타린을 빼앗기고 혼자 돌아온 사실이 변하는 것은 아니지요."

"너무 자책 말거라. 과거 내가 널 원망했던 것은 단지 자식 잃은 아버지의 원망같은 것이었다. 사실… 너로서도 어쩔 수 없는 일이었겠지."

"아저씨 때문이 아니라 저 스스로 절 용서할 수가 없어서 그래요."

"…지옥은 다른 곳에 있는 게 아니라 자기 마음에 있는 거다. 내가 천인총을 향해 복수심에 불타던 그 시절이 내겐 지옥이었던 것처럼. 이젠 그걸 네놈이 겪는 구나."

타르두가 안타까운 말투로 말했다.

"지금은 다르세요? 타린이 붙잡혀 있는데?"

"타린을 잡고 있는 하미성주에 대한 분노가 없는 것은 아니다. 단지… 천인총에 들어갈 때보다는 침착해졌다는 것이 다르다. 그래서 살아만 있다면 난 좀 더 확실하게 타린을 구해낼 수 있을 것이다. 당시에는… 천인총에 잡혀 있던 형제들을 거의 구하지 못했지. 괴력 난신을 죽이는 데만 혈안이 되어서……."

타르두가 후회하듯 말했다.

"아저씨는 최선을 다했어요. 살아 있는 흑수족들은 모두 마음깊이 아저씨를 존경할 겁니다."

"글쎄, 그건 또 모르는 일이지. 아무튼 이번 여행은 예감이 좋아. 특히 십자성주라는 양반은 무심하지만 믿을 수 있는 사람인 것 같아서 더욱 기대가 되는구나."

"저도 그렇게 생각해요."

"그리고 약간 흥분되기도 하는구나."

"……?"

"성주가 앞으로 아바르에 가서 일궈낼 일들에 대해서 말이다. 꼭 타린의 문제가 아니더라도 같이 다니고 싶은 생각이 들 정도야!"

"후후, 우린 어쩔 수 없는 흑수족이에요."

"그렇지? 이런 호기심이 흑수족을 파멸의 길로 이끌었음에도……."

타르두가 씁쓸하게 미소를 지었다.

숲이 우거진 늪을 배로 여행하는 이 기이한 여정은 하루 밤 내내 이어졌다.

늪이 아닌 호수나 강이었다면 불과 두어 시진도 안 걸릴 거리였지만, 늪의 숲은 타림성의 상인들이 미리 보아둔 뱃길이 있어도 그리 쉬운 길이 아니었다.

  그러나 어쨌든 일행은 큰 문제없이 동이 틀 무렵 늪의 끝자락에 도착했다. 그리고 그곳에서 적풍 일행은 다시 또 하나의 특별한 호수를 만났다.

  하늘과 같은 색의, 그래서 물과 하늘의 구분이 없는 그런 호수를…….

                    *   *   *

  선수와 선미가 높게 솟은 오손의 전선 한 척이 빠르게 호숫가 숲으로 다가갔다.

  워낙 빠르게 움직인 탓에 나뭇가지들이 태풍에 쓸리듯 배에 닿아 흔들렸다.

  후두둑!

  새벽이슬이 마르지 않아 흔들리는 숲에서 이슬들이 비처럼 쏟아졌다.

  그러나 갑판 위에 서 있는 전사들은 몸이 젖는 것에 아랑곳하지 않았다. 대신 그들 중 일부가 재빨리 배 위로 드리워진 나뭇가지들을 잡아 당겨 그 모양새를 자세히 살폈다.

  "어떠냐?"

  배의 중앙, 전후좌우 어디라도 고개만 돌리면 살필 수 있는 위치에 사람 허리 높이의 좌대가 설치되어 있었다. 그 위에 단순하지만 귀하게 보이는 의자에 앉아 있던 자가 물었다.

나이는 오십 전후, 머리에는 배의 선수와 선미의 모양처럼 뾰족하고 높은 투구를 쓰고 있었고, 몸에는 아침 햇살을 받아 눈부시게 번쩍이는 은빛 갑옷을 입고 있는 자가 물었다.

그러자 역시 은빛으로 번쩍이는 갑주를 걸친 자가 나뭇가지를 놓고 말했다.

"역시 하루 이틀 새에 생긴 상처가 있습니다. 부러진 곳이 아직 완전히 마르지 않았습니다."

나뭇가지에 난 상처들을 두고 하는 말이다.

"흔적을 따라 이동하라."

좌대에 앉은 사내가 차가운 목소리로 명을 내렸다. 그의 눈과 말투에서 은은한 분노가 느껴졌다.

"예, 대선장! 노를 저어라!"

대여섯 걸음 뒤에서 배를 조정하고 있던 자가 멈췄던 배를 다시 출발시켰다.

사내의 명에 배의 좌우에 각기 여덟 개씩 설치된 노가 힘차게 움직이기 시작했다. 돛을 달고 있음에도 다시 도합 열여섯 개의 대노를 준비하고 있는 것은 이 배가 기동력을 중시하는 전선(戰船)임을 말해주고 있었다.

노가 움직이기 시작하자 배가 바람처럼 물살을 가르기 시작했다. 무성한 숲이 호수에 드리울 정도였지만, 날렵하게 생긴 배는 숲의 방해에도 아랑곳하지 않고 앞으로 전진했다.

배는 반 시진 정도 쉬지 않고 이동했다.

어느새 숲 사이로 스며든 늪지가 보이기 시작했다. 그런데 그쯤에서 갑자기 배 앞머리 높이 솟은 선수에 올라 앞을 살피고 있던 자가 뒤를 돌아보며 소리쳤다.

"정지!"

사내의 외침에 배가 거짓말처럼 정지했다.

물살을 가르던 속도를 생각하면 놀라울 정도로 기민한 진퇴를 보여주는 전선이다.

"무슨 일이냐?"

중앙 좌대에 앉아 있던 사내가 물었다.

"늪지로 들어간 것 같습니다"

배를 멈추게 한 사내가 소리쳤다.

"늪지로?"

좌대에 앉은 사내가 눈살을 찌푸렸다.

"그렇습니다."

"도람석을 싣고 이동하는 배라면 작은 배가 아닐 텐데 늪지로 들어갔다고? 이제 보니 이자들이 아주 오래전부터 도람석 밀매를 준비를 해온 게 분명하구나."

"쫓습니까?"

사내의 등 뒤에서 배를 조정하는 자가 물었다.

"길을 모르면 갈 수 없는 늪지다. 더군다나 소선(小船)을 준비하지도 않았고… 강을 통해 이동한다. 전서를 보내 제왕의 호수에 나와 있는 전선들에게 늪지의 출구를 지키라고 전하라."

"알겠습니다. 강으로 간다!"

사내가 명을 전하자 열여섯 개의 노가 다시 움직이기 시작했다. 더불어 날카로운 모서리를 자랑하는 돛 세 개가 동시에 펼쳐졌다. 그러자 기이한 모습을 오손의 전선이 지금까지와는 비교할 수 없는 속도로 물살을 가르기 시작했다.

*　　　　　*　　　　　*

호르르!

아름다운 호수를 따라 그보다 더 아름다운 물새가 낮게 날며 신령스러운 울음을 울었다.

그런데 그 순간 타르두의 표정이 변했다. 동시에 그가 앞서 가는 타림의 상선을 바라봤다.

타림의 상선 위에서도 갑자기 분주한 움직임이 일어났다. 그리고 서로간의 소통을 위해 움직이는 깃발 중 붉은 깃발이 올랐다.

배들은 아직 늪의 숲에 있었고, 이제 곧 어두워지면 이 아름다운 호수, 세 어머니의 호수 중 두 번째 호수인 제왕의 호수로 진입해 들어갈 예정이었다.

"무슨 일이오?"

갑작스러운 분주함에 놀란 감문이 타르두에게 물었다. 그러자 타르두가 걱정스러운 표정으로 대답했다.

"호수 비둘기가 날았소."

"호수 비둘기? 그게 뭐요?"

감문이 되물었다. 그러자 타르두가 대답했다.

"칠왕의 땅에선 청구라고 부르지만 본래 원주족들은 호수 비둘기라고 부르는 새요. 세 어머니의 호수에서 주로 서식하는데 사람의 손을 타지 않기로 유명하오. 워낙 아름다운 색을 지녀서 예로부터 이 땅의 권력자와 상인들이 갖기를 희망하지만 제대로 길들여진 청구는 오직 오손의 전사들만이 가지고 있는 것으로 알려졌소."

"그런데 이 호수에 사는 비둘기가 날았다고 그게 뭐가 걱정이오?"

"좀 전에 나타났던 호수 비둘기는… 길들여진 놈이오. 그건 곧 오손의 전사들이 근처에 있다는 뜻이오."

그 순간 다시 멀리 바다처럼 넓은 호수의 수면 저쪽에서 한 마리 푸른 비둘기가 나타나 늪 앞쪽을 가로질러 북쪽으로 이동했다.

"저렇게 낮게 난다는 것은 가까운 곳에 그들이 있다는 건데… 그리고 청구는 오손의 전사들도 무척 귀하게 생각하는 거라서 급할 때만 사용하는 새요. 설마……."

"우리 흔적을 발견했다고 생각하는 것이오?"

"그럴 가능성이 많소."

"다른 일이 있을 수도 있지 않소?"

"저걸 보시오."

타르두가 이번에는 손을 들어 하늘을 가리켰다. 감문이 시선을 돌리니 하늘 높은 곳에 점 하나가 떠 있다.

"저건 뭐요?"

"저놈도 호수 비둘기요. 호수 비둘기는 한 번 길들이기가 어려워서 그렇지 일단 길들이고 나면 쓸모가 무척 많은 새요. 지금 저놈은 이 근방을 감시하고 있소. 아무래도 꼬리를 밟힌 것 같소. 타림의 상인들도 그래서 걱정하는 것 같고."

그사이 야르간이 타고 있는 상선이 무성한 숲을 헤치고 적풍의 배로 다가왔다.

그러고는 훌쩍 몸을 날려 적풍의 배로 건너왔다.

사람들이 자연스럽게 야르간에게로 모여들었다. 하지만 야르간은 모여든 사람들을 지나쳐 적풍이 있는 곳으로 다가갔다.

배를 건너온 야르간에게 적풍이 물었다.

"문제가 있소?"

"그렇소이다. 아무래도 우리의 흔적이 발견된 듯하오. 오손에서 늪 근방으로 청구를 날렸다는 것은 우릴 찾고 있다는 의미일 것이오."

"그래서 다음 방책은 뭐요?"

일단 일어난 일에는 관심이 없는 적풍이다. 앞으로의 일을 생각해야 할 때다.

"두 가지 방법이 있소."

"말해보시오."

"하나는 이곳에서 남쪽으로 이동해 육로를 통해 이동하는 것이오. 물론 그 경우 호수 남단을 이동하다 보면 여러 변수가 생길 것이오. 예를 들면 앞서 싸웠던 수적단 갈훈의 본거지를 지나야 할 수도 있고. 물론 그래도 오손의 전사들을 상대하는 것보다야 낫지만……."

"도람석은?"

"물론 그 경우 도람석은 포기해야 하오."

"할 수 있겠소?"

적풍이 물었다.

"최악의 경우에는 포기해야 하지만 난 그러지 않을 생각이오."

"두 번째 방법은 뭐요?"

적풍이 물었다.

"저들이 아직 우리를 발견하지 못한 지금 노을을 타고 호수로 나가 비밀 수로가 있는 곳까지 전속력으로 나아가는 것이오. 그렇게 되면 반드시 오손의 전사들에게 발견될 것이지만 빠르게만 움직이면 저들이 앞을 막기 전에 비밀 수로로 들어갈 수 있을 것이오."

"시간은?"

"빠르면 이틀에서 삼일 정도……."

"그 안에 오손의 전사들을 만나면?"

"도움을 바랄 뿐이오."

야르간이 정중하게 고개를 숙여 보였다. 이미 십자성 고수들의 실력을 알고 있는 야르간이다. 이들이라면 충분히 오손 전사들로부터 자신들을 지켜줄 수 있을 거라 생각하는 듯했다.

그런데 뜻밖의 인물이 반대하고 나섰다.

"안 될 말이오."

야르간의 제안을 반대하고 나선 사람은 단우하였다. 그는 얼굴의 반을 가리고 있는 두건 안쪽에서 차가운 살기까지 내비쳤다.

얼굴을 가리고 있는 단우하에 대해 내내 호기심을 가지고 있던 야르간이 단우하의 살기에 놀라 흠칫 뒤로 물러났다.

"반대하는 이유는?"

적풍이 단우하에게 침착하게 물었다. 그러자 단우하가 단호하게 말했다.

"누가 뭐래도 오손은 칠왕의 한 축입니다. 칠왕의 전력은 지금까지 우리가 상대했던 자들과는 차원이 다릅니다. 그들은 이 땅에서 하늘 위의 하늘로 군림하는 자들입니다. 그 명성이 거저 생긴 것은 아니지요."

"하지만 유리한 것도 있지 않소?"

적풍이 반문했다.

"이 상황에서 유리한 점이 뭐가 있겠습니까?"

단우하가 고개를 저으며 말했다.

"아주 간단한 거요. 비록 저들이 우리 흔적을 발견했다 해도, 아바르의 도발에 대비하느라 현재 호수에 나와 있는 숫자가 적다는 것, 그 사실은 변함없는 것 아니오?"

"그건… 그렇습니다만."

"더군다나 아바르의 공격을 걱정하는 자들이 밀매업자 잡자고 오손 성의 정예들을 내보낼 일도 없을 거요. 정찰하러 나온 자들로 충분하다 생각하겠지. 그럼 우리도 승산이 있는 것 아니오?"

"하지만 상대는 오손입니다. 시작은 작아도 나중에라도 큰 싸움으로 번질 수 있습니다."

"후후, 쓸데없는 걱정을 다하는구려. 이미 아바르와 나머지 칠왕의 전쟁이 시작됐는데 나중 일을 걱정하는 거요?"

"그러나……."

"다른 문제가 있소?"

그제야 적풍은 단우하가 아직 말하지 않은 다른 걱정이 있다는 것을 깨달았다.

적풍의 질문에 단우하가 다른 사람이 듣지 못하도록 적풍을 갑판 한쪽으로 데려가 나직하게 말했다.

"아무리 적은 숫자의 오손 전사들이라 해도 족히 서너 척의 정찰선은 동원될 겁니다. 그리고 며칠 전 보았던 오손의 전선까지 포함되어 있다면 그땐… 승패를 장담할 수 없는 치열한 싸움을 해야 할 겁니다. 그렇게 되면 결국 소공자님의 진면목을 드러낼 수밖에 없습니다. 그때 오손의 전사 중 뛰어난 우두머리가 한명이라도 포함되어 있다면 결국……."

"우리의 정체를 알 것이다?"

"두 가지 위험이 있습니다. 소공자님의 검과 저 자신입니다. 최악의 경우 저까지 싸움에 뛰어든다면……."

"그렇군. 그런 위험이 있군. 그래서 남쪽 육로로 가잔 말이오?"

"제 생각은 그렇습니다."

"그대답지 않구려."

"……?"

"시간을 다투지 않았소? 그래서 무리한 일정을 잡았던 것이고 말이오."

"그렇긴 하지만 이 위험은……."

단우하는 오손의 전사들과의 접전에 대해선 끝까지 반대했다. 그러나 적풍은 결국 단우하의 반대를 용납하지 않았다.

"우린 뱃길로 갈 것이오."

"소공자!"

"그만 이미 난 결심했소. 위험하긴 하지만 이득도 있소."

"시간 말입니까? 소공자께서야 말로 시간을 중요하게 생각지 않으시지 않았습니까?"

"시간의 문제가 아니오."

"허면 무엇입니까?"

"좋은 기회 아니오? 대체 칠왕의 후예란 자들이 얼마나 강한지 한 번쯤은 경험해 볼 기회 말이오. 그런 면에서 적은 수의 오손의 전사라면 아주 좋은 상대지."

적풍이 무심하게 말하고는 다시 본래 있던 곳으로 돌아오며 십자성 고수들에게 물었다.

"오손의 전사들이란 자들, 그대들에게도 흥미로운 상대가 아닌가?"

"당연합니다. 특히 전 그들의 그 이상한 배를 꼭 한 번 타보고 싶습니다."

이위령이 호기롭게 말했다.

"우리가 언제 싸움을 피한 적이 있습니까? 도망치는 건 우리 성미에 맞지 않지요!"

조어장도 검을 들어 올리며 말했다.

"자네들……!"

단우하가 십자성 고수들의 반응에 당황한 표정을 지으며 뭔가 말하려다 문득 설루를 발견하고는 급히 그녀에게 다가갔다.

"소주모께서 말려주십시오. 이 일은……."

순간 설루가 손을 들어 단우하의 말을 막았다. 그리고 고개를 저으며 말했다.

"아뇨. 이 일은 저도 다른 사람들과 같은 생각이에요. 한 번쯤은 경험해 보는 게 좋겠지요. 이곳이 얼마나 위험한 땅이고, 칠왕의 전사들이 얼마나 대단한 자들인지."

"소주모님……!"

단우하의 표정이 절망적으로 변했다.

그러나 적풍은 그런 단우하에게 더 이상 신경 쓰지 않았다. 대신 그는 타르두를 찾았다.

"노인장, 이 배의 속도를 최대한 높일 다른 방도가 없소?"

"배 밑에 노를 만들어 놓기는 했지만 사람 숫자가……."

"걱정 마시오. 이 사람들은 일당백의 힘을 가지고 있으니. 여섯은 노를 젓는다. 당신들은 어떻소?"

적풍이 이번에는 야르간에게 물었다.

"우리도 노가 있소이다. 저을 수 있는 사람도 있고… 돛도 필요하면 세 개까지 세울 수 있소이다. 그러니 이 배가 우릴 따라올 수 있다면 일은 훨씬 수월할 수도 있소."

야르간이 대답했다.

"좋소. 그럼 호수를 가로질러 비밀 수로가 있는 곳까지 가는 것으로 합시다. 최대한 시간을 줄여 이틀 안에 도착해 봅시다."

"알겠소이다. 그리고 감사하오!"

"우리도 필요한 일이니 고마워할 필요 없소. 그런데 비밀 수로에서는 또 얼마나 가야 하오?"

"십여 일은 걸릴 겁니다. 출구가 세 번째 호수 끝자락의 남동쪽, 그곳에서 거대한 폭포가 있는데 그 위를 가로질러 가면 호수의 북동쪽으로 벗어나게 될 것이오."

"그때부터는?"

"약속 장소에 타림의 상인들이 말과 마차를 준비해 놓고 있을 것이오. 거기부터는 서로 다른 길을 가면 되오."

야르간의 말에 적풍이 타르두에게 물었다.

"어떻소?"

"계획대로 된다면 괜찮습니다."

타르두가 대답했다.

"좋소. 그럼 떠납시다. 마침 해도 지고 있군."

적풍이 시선을 호수로 돌렸다.

그의 말대로 세 어머니의 호수 중 두 번째 호수인 제왕의 호수가 어느새 붉게 변해가고 있었다.

그날.
옥빛이 사라지고 붉게 변한 호수 속으로 네 척의 배가 미끄러지듯 들어갔다.
그리고 다시 하루가 지났을 때, 오손의 배들이 광활한 호수를 가로질러 누군가를 추격하기 시작했다.

『십자성—칠왕의 땅』 11권에 계속…

초대형 24시 만화방

신간 100%, 샤워실, 흡연실, 수면실(침대석), 커플석, 세탁기 완비

■ 강북 노원역점 ■

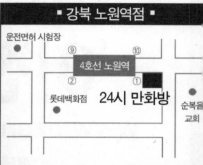

서울 노원구 상계동 340-6 노원역 1번 출구 앞 3층
02) 951-8324 (화용빌딩 3층)

■ 일산 정발산역점 ■

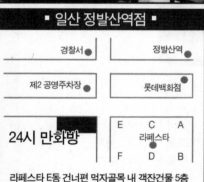

라페스타 T동 건너편 먹자골목 내 객잔건물 5층
031) 914-1957

■ 일산 화정역점 ■

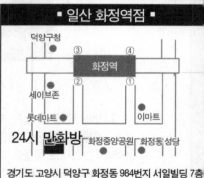

경기도 고양시 덕양구 화정동 984번지 서일빌딩 7층
031) 979-4874 (서일사우나 건물 7층)

■ 부천 역곡역점 ■

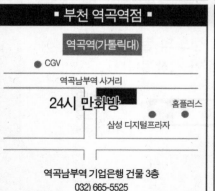

역곡남부역 기업은행 건물 3층
032) 665-5525

■ 부평역점 ■

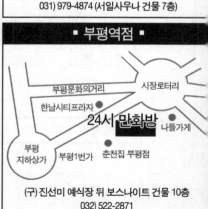

(구) 진선미 예식장 뒤 보스나이트 건물 10층
032) 522-2871